〈冰冻未来〉

人民文学出版社

Galaxy's Edge: A Frozen Future
All translation material is either copyright by Arc Manor LLC, Rockville, MD, United States, or the respective authors as per the date indicated in each issue of the magazine.
Simplified Chinese language edition published in arrangement with Arc Manor LLC.
Simplfied Chinese edition copyright:
2018 Chengdu Eight Light Minutes Culture Communication Co., Ltd.
All rights reserved.
All translated material of Galaxy's Edge: A Frozen Future is selected from Issue 1-10 of Galaxy's Edge original edition.
Published by special arrangement with Arc Manor/Phoenix Pick, Rockville, Maryland, United States.

所有翻译小说版权均为美国马里兰州罗克维尔市的 Arc Manor 有限责任公司所有，或者为每一篇中所注明的各位作者所有。

图书在版编目（CIP）数据

冰冻未来 / 杨枫,（美）迈克·雷斯尼克编. —北京：人民文学出版社，2018

（银河边缘）

ISBN 978-7-02-014613-0

Ⅰ.①冰… Ⅱ.①杨… ②迈… Ⅲ.①科学幻想小说-小说集—世界—现代 Ⅳ.①I14

中国版本图书馆 CIP 数据核字（2018）第 225104 号

策划编辑	赵　萍
责任编辑	涂俊杰
责任印制	徐　冉

出版发行　人民文学出版社
社　　址　北京市朝内大街 166 号
邮政编码　100705
网　　址　http：// www.rw-cn.com

印　　刷　三河市宏盛印务有限公司
经　　销　全国新华书店等

字　　数　300 千字
开　　本　680 毫米 × 1000 毫米　1/16
印　　张　18
印　　数　1—10000
版　　次　2018 年 11 月北京第 1 版
印　　次　2018 年 11 月第 1 次印刷

书　　号　978-7-02-014613-0
定　　价　43.00 元

如有印装质量问题，请与本社图书销售中心调换。电话：010-65233595

目录 Contents

主编会客厅

盛名之下，糗事一箩筐 1
　　/［美］迈克·雷斯尼克 著　华　龙 译

重磅推荐

牢狱之花 5
　　/［美］南希·克雷斯 著　denovo 译

名家访谈

《银河边缘》专访乔治·R. R. 马丁 41
　　/［美］乔伊·沃德 著　屈　畅 译

明日经典

霸王龙雷克斯 49
　　/［美］大卫·杰罗德 著　胡永琦 译

外星狗吃了我的皮卡 65
　　/［美］梅赛德斯·莱基 著　刘为民 译

科学家笔记·冰冻未来

人体冷冻这场赌博 75
　　/［美］格里高利·本福德 著　胡　致 译

中国新势力·冷湖奖专辑

冷湖之夜 85
　　/王诺诺

灵魂游舞者 103
　　/段子期

冷湖，我们未了的约会 133
　　/宝　树

超短科幻

宇宙创造者的工作今日面试 181
　　/［美］尼克·迪查里奥 著　华　龙 译

纯粹幻想

从洋葱到胡萝卜 187
　　/［美］罗伯特·谢克里 著　罗妍莉 译

从此幸福快乐及幻想故事两则 205
　　/［美］C. L. 摩尔 著　琥　珀 \ 艾德琳 译

长篇连载

黑暗宇宙 02 213
　　/［美］丹尼尔·F. 伽卢耶 著　华　龙 译

幻想书房

《玩家一号》等四部 278
　　/刘晓竹 译

主　编
杨　枫
［美］迈克·雷斯尼克

总 策 划
半　夏

版权经理
姚　雪

项目统筹
戴浩然

外文编辑
姚　雪　范轶伦
胡怡萱　余曦赟

中文编辑
戴浩然　田兴海
李晨旭

美术设计
付　莉

封面绘制：GuangYuan

THE EDITOR'S WORD	1
/ by Mike Resnick	
FEATURE	
THE FLOWERS OF AULIT PRISON	5
/ by Nancy Kress	
THE GALAXY'S EDGE INTERVIEW	
GEORGE R. R. MARTIN	41
/ by Joy Ward	
FUTURE CLASSICS	
REX	49
/ by David Gerrold	
ALIENS ATE MY PICKUP	65
/ by Mercedes Lackey	
A SCIENTIST'S NOTEBOOK	
A FROZEN FUTURE	75
/ by Gregory Benford	
CHINESE RISING STARS:	
LENGHU AWARD-WINNING WORKS	
INTO A WARM COLD NIGHT	85
/ by Wang Nuonuo	
SPIRIT TRAVELLER	103
/ by Duan Ziqi	
A FORGOTTEN DATE	133
/ by Bao Shu	
SUPER SHORT	
CREATOR OF THE COSMOS JOB INTERVIEW TODAY	181
/ by Nick DiChario	
PURE FANTASY	
CORDLE TO ONION TO CARROT	187
/ by Robert Sheckley	
HAPPILY EVER AFTER AND TWO FANTASIES	205
/ by C. L. Moore	
SERIALIZATION	
DARK UNIVERSE 02	213
/ by Daniel F. Galouye	
BOOK REVIEWS	278
/ by Paul Cook, Jody Lynn Nye and Bill Fawcett	

Editors in Chief
Yang Feng
Mike Resnick

Executive Director
Ban Xia

Copyright Manager
Yao Xue

Project Coordinator
Dai Haoran

Editors for Translated Works
Yao Xue, Fan Yilun
Hu Yixuan, Yu Xiyun

Editors for Chinese Works
Dai Haoran, Tian Xinghai
Li Chenxu

Art Director
Fu Li

Cover Artist : GuangYuan

| 主编会客厅 |

盛名之下，糗事一箩筐
THE EDITOR'S WORD

［美］迈克·雷斯尼克 Mike Resnick 著

华　龙 译

欢迎欣赏第二辑《银河边缘》。和第一辑一样，也和未来的每一辑一样，同样是新老故事应有尽有，回顾与评论不一而足。重新亮相的老故事都是颇负盛名的作家写的，当初大家可能与这些故事失之交臂；而新故事的作者都是我们对之有着殷切期望的后起之秀，他们的前途不可限量。

那么接下来，我要讲一讲与那些颇负盛名的作家有关的话题……

本辑我们有一位殿堂级的名家。杰出的 C. L. 摩尔是过去半个多世纪以来我最喜欢的两三位作家之一，我向大家保证，这绝非我一人之见。她二十岁出头就开始发表作品了，她的第一篇作品《珊布吕》刊登于 1933 年的某一期《怪谭传奇》杂志上，绝对是经典之作。

好吧，应该这么说，《珊布吕》算是她第一篇在专业杂志上发表的作品，但咱们要说清楚，她真正的处女作是发表于《漂泊》杂志 1930 年 11 月号上的那篇《此后永远快乐》，《漂泊》是印第安纳大学的学生杂志。这篇故事很短，但显示出她早在那时就精于此道了。真是令人激动啊，本期《银河边缘》在时隔八十三年（《银河边缘》美国版创刊于 2013 年）之后能再次奉上 C. L. 摩尔的这篇处女作。感谢凯瑟琳写下这篇故事，也要感谢安德鲁·莱普泰克将它重新挖掘出来。

那么为什么（我听到有人要问了）她被称为"C. L. 摩尔"，而不直接叫她"凯瑟琳·摩尔"呢？[1] 一般的看法是，她想要在这个男人横行的领域里隐藏自己的性别。符合逻辑，但绝不是那么回事。她其实是为了在自己的老板跟前隐瞒自己的名字，她的老板是一位银行经理，对于廉价通俗刊物深恶痛绝。

这算是一桩挺有意思的趣闻轶事吧？

---

1. C 是 Catherine 的缩写。

没错，绝对算是……不过这只是万花丛中的一点红而已。

很多人对于我们这个领域中的诸位大家都很有兴趣——可惜啊，其中很多都已经离我们而去了——我想我会与诸位分享一些关于他们的回忆，赶在他们被我和其他人彻底遗忘之前。

晚年的罗伯特·谢克里与我交情甚笃，他甚至在去世前的那一年都是我的合作者。

鲍勃[1]偶尔也会遭遇写作的瓶颈，但他有一个能力挽狂澜的绝招。他规定自己每天至少要写出五千个单词。如果实在想不出什么可写的了，他就把自己的名字写两千五百遍。在他处于瓶颈期的那些日子里，他就坐下来，强迫自己开始打字。下面这段话是他本人所说："在我把'罗伯特·谢克里'敲了八九百遍之后，潜意识里就会钻出来一个小小的编辑说：'真混蛋，你真要傻坐在这里接着敲剩下的三千三百个单词啊？有这工夫你还不如写个故事呢。'"

据鲍勃说，这招屡试不爽。

E. E. 史密斯"博士"[2]是我亲眼见到的第一位作家，那还是在 1963 年的世界科幻大会上。他是一位和蔼可亲的男士，对那些狂热的爱好者平易近人，喜爱有加。我一直都觉得他最伟大的创作，除了"透镜"和"透镜人"，就是随季节而变化的普露尔行星的人。博士的女儿维娜·崔斯特蕾尔后来成了我的好朋友，而且我曾在中西部科幻大会以及河流科幻大会上每年都见到她。有一次她谈起自己一次又一次给爸爸出主意的事情。于是我问是怎么回事儿，在杂七杂八的各种创意里，她提到说普露尔人其实也是她创造的。

维娜还创造了克拉丽莎不得不赤身裸体的那颗行星。她告诉我说，博士买了一幅据此创作的极其漂亮的绘画作品，而博士夫人只看了一眼，就把它丢到阁楼上去了，一直尘封了二十五年。

我与罗伯特·A. 海因莱因只有几面之缘，那还是在 1976 年和 1977 年的世界科幻大会上，所以我也没有什么关于他的私藏秘闻告诉你们啦——不过西奥多·斯特金有。在 20 世纪 40 年代中期的某一天，斯特金身心俱疲，他连一篇可以换钱的故事都拿不出了，债主整天紧追不舍，他简直万念俱灭……于是，他给海因莱因写了一封信诉苦。一个星期之后，他收到一封海因莱因的回信，里边有二十六个故事的梗概，还有一百美元的支票，让他暂渡难关，直到他又能发表故事赚钱。据斯特金说，在渡过难关之前，他写下并卖出了那二十六个故事。

我从未见过弗雷德里克·布朗本人。我知道他是在辛辛那提长大的，而过去的

---

1. 即罗伯特·谢克里。雷斯尼克在回忆老朋友时喜欢称呼昵称。
2. 博士的笔名就是 E. E. 'Doc' Smith。

三十七年我就是在那座城市度过的，可是那里没有人记得曾经见过他。我还知道他曾长期在芝加哥工作，而我就是在那座城市度过了我人生最初的三十三年，可我在那里也从未听谁说过曾经认识他。但是我很清楚他的一个习惯，特别是在他创作那些神秘小说的时候（这类小说的数量远超他的科幻小说），他喜欢坐上一辆灰狗大巴，一走就是几百英里，甚至几千英里，直到他把故事的每一个细节都构思得清清楚楚为止。然后他就回到家里，坐下，飞快地把他在乡野旅途中已经烙印在头脑中的故事敲进打字机。

菲尔·克拉斯（笔名威廉·泰恩）在 2004 年世界科幻大会暨第四届诺里斯科幻大会的一场讨论会上告诉我了一件事。他当时是荣誉嘉宾。

有一次他交了一个新女友，就跟泰德·斯特金[1]炫耀了一番，当时他们俩都住在纽约。斯特金迫不及待地让菲尔把那个姑娘带到他的公寓来吃顿饭，说他和妻子会准备一顿丰盛的宴席，而且还会向那个姑娘夸耀菲尔如何杰出、如何举足轻重。菲尔满心欢喜地答应了。

可有件事菲尔不知道，泰德和他当时的那位妻子都是裸体主义者。那天，菲尔带着女友走到泰德公寓的门前，叩响大门。门开了，迎接他们的是泰德和他妻子，一丝不挂。泰德夫妇热情地迎接了他们，并领着他们去了餐厅。

菲尔的女朋友偷偷跟菲尔说："你没跟我说必须要穿着衣服用餐啊！"

说到用餐么……

在我们的第一届世界科幻大会，就是 1963 年的第一届迪斯科幻大会[2]——当时我二十一岁，我那位至今依然美貌动人的娇妻卡萝尔当时年方二十一——兰道尔·嘉莱特邀请了一帮新作家以及他们的配偶一起聚餐——他请客。然后，在吃甜点的时候，他满怀歉意地告退说自己要去跟代理人谈一件很重要的事情，那位代理人刚好从这家饭馆前路过。于是，他就这样离开了桌子——那天我们再没见到他。我们这帮傻小子就只能傻眼了，自己掏腰包买单吧（这可是一家豪华餐厅，我们当时还都是一文不名的穷小子，而兰道尔本人吃了菜单上最贵的菜，喝了最贵的酒。）

时钟往后拨三年。兰迪[3]在特里科幻大会（即 1966 年克利夫兰世界科幻大会上）上认出了我和卡萝尔，当即力邀我们俩吃饭。我们答应了。用甜点的时候，卡萝尔告退说要去给鼻子补补粉，而我正好想起来要打个电话。我们两口子就这么溜了，留下兰迪买单，反正是他说的要请客嘛（不过，在我随兰迪出去用餐之前，鲍勃·布罗切、鲍勃·塔克尔以及其他一些人早就跟我打过招呼，说兰迪肯定不会打算付账的）。

---

1. 即西奥多·斯特金。

2. 世界科幻大会 WorldCon 始于 1939 年，每一次按照举办地不同又作专门命名，1963 年是第一次在华盛顿特区（Washington D. C.）举办，因此命名为第一届迪斯科幻大会 DisCon I。

3. 即兰道尔。

又过了一年，到了1967年纽约的世界科幻大会，也就是第三届NY科幻大会。开幕式的晚会上，兰迪在房间另一头老远就认出了我，立时义愤填膺、满脸通红，连声大喊："雷斯尼克，我再也不会跟你一起吃饭了！"

随即，在场的每一位专业作家和每一位粉丝，但凡被他坑过吃白食的，立刻向我报以热烈的掌声与喝彩声。

让我以一位仍然在世的大家来收尾吧。这位的身份可不一样——他一直是我的好朋友，星云奖大师，世界科幻大会荣誉嘉宾——罗伯特·西尔弗伯格。

当鲍勃开始效力于《惊异科幻》的时候，约翰·坎贝尔拒绝了他最初的几篇故事，而经常与鲍勃合作写作的兰迪·嘉莱特（他俩共同的笔名是罗伯特·兰道尔）提议说，坎贝尔不喜欢犹太人的名字，于是鲍勃改用"凯尔文·M. 科诺克斯"的笔名投了一稿，坎贝尔果然用了。

很多年间，他卖给坎贝尔的故事都是用科诺克斯和西尔弗伯格的名字。过了些年，约翰·坎贝尔问他为什么要用笔名，鲍勃老老实实告诉了他原委。坎贝尔说道："你听说过艾萨克·阿西莫夫[1]这个人吗？"

然后，当谈话快要结束，鲍勃准备起身离开的时候，坎贝尔问他世界上那么多笔名，他干吗要用凯尔文·M. 科诺克斯这个名字，鲍勃答道，这是他能想得出来的听上去最像新教徒的名字了。

最后，他都出门了，坎贝尔又问他，"M"是什么意思。

鲍勃回答说："摩西。"

你怎能不爱这片天地？

---

[1] 艾萨克，Isaac，是犹太人常用的名字。

牢狱之花
THE FLOWERS OF AULIT PRISON

[美] 南希·克雷斯 Nancy Kress 著
denovo 译

南希·克雷斯出生于1948年1月20日，自1976年开始自己的创作生涯以来，她先后获得了6次星云奖、2次雨果奖，以及坎贝尔纪念奖和斯特金奖。本文为1997年西奥多·斯特金纪念奖及1998年星云奖"最佳短篇小说奖"获奖作品。

denovo（1978–2017），本名徐海燕，哥伦比亚大学基因学博士，资深潜水员，科普作家，知名科幻译者，代表译作有：《出卖月亮的人》《奇点天空》《神经漫游者》等。2017年9月，热爱潜水的她在唐山潘家口水库参与潜水项目时不幸遇难，年仅39岁。

在2007年成都举办国际科幻奇幻大会期间，denovo曾担任南希·克雷斯的随身翻译，二人从此结下了深厚的友情。在得知denovo的悲讯后，南希写下了这样一段话："denovo是个非常优秀的人，她遇难的消息令我非常难过。虽然这不可能了，但我总是觉得，自己还能再见到她。"

在denovo逝世一周年之际，我们特别选登这篇denovo十年前的译作，以表达我们深切的怀念。

感谢她家人的授权。愿生者安康，逝者安息。

插画 / 阿茶

妹妹安恬地躺在我对面的床上，手指微微弯曲，笔直的双腿好似依林德树。她漂亮精致的小鼻子优雅地翘着，比我的好看多了。她的肌肤如鲜花般光洁，但毫无生机。她已经死了。

我滑下床，晃悠悠地站起来。我早上起床时总会有些头晕，一个来自地球的医生曾说我这是血压过低。地球人常说这类莫名其妙的话，比如"空气太潮湿了"。空气就是空气，我就是我。

我就是我，一个杀人凶手。

昨晚我除了水没喝别的，可今早还是有些口臭。我跪在妹妹的水晶棺前，险些打了个哈欠，幸好我及时抿住了嘴，这引得我一阵耳鸣，嘴里的味道也更难闻了，可我总算是没有在阿诺灵前失礼。她是我仅有的姐妹，也是我最亲密的朋友，直到我任凭幻象将她取而代之。

"还有两年，阿诺，"我说，"差四十二天。然后你就自由了，我也一样。"

阿诺自然没有回答，没那个必要，她和我同样清楚她何时才能下葬，直到那时，她的尸身才能脱离药物和水晶棺的拘禁，解放出来，归于先祖。我认识一些人，他们的亲人也在赎罪拘禁当中，他们说那些尸体会怨愤报复，令家人噩梦连连，苦不堪言。体贴的阿诺并不会骚扰我，令我画地为牢的，从来只有我自己。

我做完晨礼，跳起身来，晕乎乎地向厕所踉跄走去。昨晚我似乎并没有喝佩迩酒，现在却觉得膀胱快憋炸了。

中午，一个信使骑着从地球进口的自行车来到了我的院子里。他的斜杠自行车款式优美、曲线流畅，显然是为本星球市场特地进行了改良。那个面容阴沉的信使可就没自行车好看了。那小男孩儿大概今年才开始工作，我向他微笑致意，他却避开眼光，一副不愿待在这里的样子。他要是老这么下去，多半能如愿以偿。

"邬莉·本加琳朋友的信。"

"我就是邬莉·本加琳朋友。"

他皱着眉头把信递给我，骑上车走了。我明白他那恶劣的态度并不单单是在针对我。和我的邻居们一样，他绝对不知道我的身份，否则我待在这里也就没有意义了。在争取回归真实的过程中，我首先需要假装自己是完全真实的。

这封信毫不花哨，只是公式化地做成了圆形，上面盖着一枚政府通用印章。这样的信可能来自税务部、民政部或者礼仪部，不过我知道，这些机构在我回归真实之前不可能发信给我。这是来自真赎部的传唤令，他们又要给我派任务了。

也差不多是时候了。我完成上个任务后，已经在家待了快六个星期了，整天侍弄花草、擦洗盘碟，还试着画一幅画，重现上个月出现的六月同辉的美景。我画得很烂，是时候接受下一个任务了。

我整理好肩袋，吻过妹妹的水晶棺，锁上了门。我从车棚里把自行车推出来，可惜我的车没有信使的车那么曲线优美，然后沿着尘土飞扬的道路向城里骑去。

弗拉卜里特·布瑞米丁朋友看起来很紧张。这让我觉得很有趣，布瑞米丁朋友通常冷静自制，属于那种永远不会被幻觉影响的人。他之前给我分配任务时，从不会小题大做。可是现在他竟然无法安坐，反而在小办公室里走来走去，房间里堆满了文件、造型夸张令我看不顺眼的石像以及没有吃完的食物。我对这些残羹冷炙不予置评，对他的来回走动也没有意见。我对布瑞米丁朋友除了深深的感激之情，还颇有几分喜爱。他是真赎部里唯一愿意给我机会、让我重归真实的人，另外两位法官都判我永久死亡，没留任何赎罪机会。其实，关于自己这案子我本不应知道这么多，但我就是知道。布瑞米丁朋友是个矮壮的中年人，颈发刚刚开始发黄，灰色的眼睛显得很和气。

"本加琳朋友。"他终于开口了，却又止住了话头。

"我时刻准备为您效劳。"我轻柔地说着，以免让他紧张的情绪火上浇油。但我的内心却愈发沉重，这事看起来有点蹊跷。

"本加琳朋友，"他又顿了一下，"你是个密探。"

"我时刻准备为共享真实效力。"虽然大吃一惊，我还是重复了一遍。我当然是个密探，我干这行已经两年零八十二天了。我害死了我的妹妹，所以要一直充当密探，直到完成赎罪，那时我才可以重归真实，阿诺也终将获得自由，回归先祖。布瑞米丁朋友明明是知道这些的。我以前的任务都是他分派的，从最初简单的伪币案到最近的婴儿盗窃案。他也知道我是个很好的密探。他究竟是怎么了？

布瑞米丁朋友突然挺直了腰，却没有与我视线相对，"你是个密探，真赎部有一个新任务给你，地点在渥利特监狱。"

原来如此。我呆住了。渥利特监狱关押的不是普通的盗窃、欺诈、拐卖儿童之类的罪犯，而是那些不真实的家伙，那些屈于幻觉、自以为不属于共享真实，从而对他人最具体的实体——也就是别人的身体——犯下罪行的人：伤害犯、强奸犯、谋杀犯。

就像我。

我感觉自己的左手颤抖起来，我努力稳住它，不愿表现出内心受到的伤害。我曾以为布瑞米丁朋友对我的印象还不错。世上当然没有"局部赎清"这种事——一个人要么真实，要么不真实——但是我心里总是隐约以为，布瑞米丁朋友能认可这两年零八十二天里我为了重归真实做出的一切努力。毕竟我是那么呕心沥血。

他一定从我脸上看出了什么，所以很快地说："朋友，不好意思给你分配了这么个任务。我希望能给你一个好点儿的，可萨洛城点名要你来干这个。"原来是首都那边点名要我啊，我的心情稍稍好了一点儿。"他们还授权我通知你：这个任务有额外补偿。如果成功了，你的赎罪期会马上清零，你可以立即恢复真实。"

立即恢复真实啊。那我就又能问心无愧、完完整整地作为此界的一员而存在了。我有权生活在共享人性的真实世界里，自豪地昂起头来。阿诺也可以入土为安了，她那洗去药水的身体得以重回此界，而她甜美的灵魂则能与我们的先祖团圆。阿诺，她也能够因此重归真实了啊。

"我接受。"我告诉布瑞米丁朋友，然后严肃地说，"我时刻准备为我们的共享真实效力。"

"本加琳朋友，你同意之前，还需知道另一件事。"布瑞米丁朋友又不安起来，"疑犯是个地球人。"

我从来没有监视过地球人。当然了，渥利特监狱也关押着那些被判为"不真实"的外星人：地球人，堕星人，还有古怪的小呼呼哈人。问题是，虽然外星飞船陆续进入此界也有三十年了，但外星人究竟真实与否，这个问题还颇有争议。他们的身体显然是存在的，因为他们明明白白出现在我们眼前。可是他们的思想太混乱了，几乎可以断定，他们无法认知共享的社会真实，简直跟那些一直不能明白事理、最终必须被销毁的可怜孩子一样，毫无真实可言。

除了贸易往来，我们此界人通常并不搭理那些外星人。特别是那些地球人，他们出售的东西非常有趣，比如那些自行车，而他们索要的东西却并无用处，大都只是非常浅显的知识。但是这些外星人到底有没有灵魂，能不能认知并且遵从一个与其他灵魂共享的真实？学术界的争论从未停止，这种争论甚至在集市广场和佩迩酒馆里也时有耳闻——我就是在那里听到的。我个人认为外星人也可能是真实的，我不想做顽固不化之人。

我对布瑞米丁朋友说："我愿意监视地球人。"

他高兴得直摆手："好，好。你会比疑犯早一个卡普月进入渥利特监狱。请使用你的主要伪装身份。"

我点了点头，而布瑞米丁朋友心里明白，这对我来说并不容易。我的主要伪装身份其实正是事实：我两年零八十二天前杀死了自己的妹妹阿诺·本加琳朋友，这种行径不真实的程度已足以判处永久死亡，永远不能与先祖团聚。唯一伪装的部分是"我犯罪后潜逃至今"。

"你刚落网，"布瑞米丁朋友接着说，"被送到渥利特监狱服死刑的第一阶段。你的档案上会有相应记录。"

我避开他的目光，又点了点头。死刑第一阶段在渥利特监狱执行，等时候到了，就会进入死刑的第二阶段，也就是被拘禁在浸泡着阿诺的那种药水中，而且永远无法获释——永远！这要是真的会怎样？我会发疯的，而很多人也的确就这样疯掉了。

"疑犯名叫卡瑞·沃特尔斯。他是个地球医生，为了研究真实之人的大脑功能，杀害了一个此界儿童。他被判永久死亡，但是真赎部相信有一些此界人在与他合作。在此界的某个地方，有那么一批丧心病狂的人，不惜杀害儿童来研究科学。"

一时间我觉得整个房间都摇晃了起来，连布瑞米丁朋友那些难看的雕像上的夸张曲线也扭动不休。不过我很快控制住了自己。我是个密探，优秀的密探。我能行。我在为自己赎罪，也在解救阿诺。我是个密探。

"我会查出这些人是谁，"我说，"查出他们在做什么，身在何处。"

布瑞米丁朋友冲我笑了笑，"好。"他的信任正是一份共享真实：在没有谎言和暴力的情况下，双方达成了共识。这正是我需要的。在未来很长一段时间里，这可能是我能得到的最后一份共享真实了。

那些被判处永久死亡的人，只能靠孤独的幻觉度日，他们是怎么熬过来的？

渥利特监狱里一定有很多疯子。

去渥利特监狱要经过两天艰难的骑行。路上我的车掉了颗螺丝，我只好把它推到下一座村庄。那个自行车铺的女老板虽然能干，却很刻薄，属于那种一门心思想要从共享真实里挑刺儿的人。

"还好这不是一辆地球产的自行车。"

"还好。"我说，不过她没有听出我的嘲讽。

"那些卑鄙而没有灵魂的罪人，他们正在慢慢腐蚀我们呢。我们根本就不应该让他们进来。政府本该保护我们，不让那些不真实的渣滓祸害我们，哈，这可真是个笑话。你这螺丝的尺寸可不标准。"

"是吗？"我问。

"是啊，要另外加钱。"

我点点头。车店的后门敞着，两个小姑娘在一丛茂盛的月亮草中玩耍。

"我们就该杀光那些外星人，"她说，"在他们彻底腐蚀我们之前先下手为强，消灭他们，没什么好丢人的。"

"唔……"我含糊应着。密探应当低调，不该搅和进政治争论里。比那两个孩子还高的月亮草在风中优雅地伏低了身子。其中一个小姑娘有着长而秀美的棕色颈发，另一个却没有。

"好了，这颗螺丝就能固定得稳稳当当了。你从哪里来？"

"萨洛城。"密探从不会暴露自己真正的家乡。

她很夸张地抖了抖，"我永远不会去首都的，那里外星人太多了。他们只会毫不犹豫地破坏我们对真实的共享！一共三块八，谢了。"

我想说"除了你自己，没有人能破坏你对真实的共享"，但没有说出口，只是默默地付了钱。

她瞪着我，也瞪着这个世界，"你不相信我说的那些关于地球人的话。可是我心里门儿清！"

我骑上车离开了，一路穿过鲜花盛开的乡野。天上只有月亮卡普，它正从太阳对面的地平线上升起，那皎洁的白色月光，一如阿诺的肌肤。

我听说地球人只有一个月亮。他们那个世界里的共享真实与我们的相

11

比，大概只能相形见绌——因为他们的没有这么圆润，这么饱满，这么温暖。

他们会嫉妒我们吗？

渥利特监狱位于南海滨内的一处平原。我知道此界里别的岛屿也有自己的监狱，就像他们都有自己的政府那样，但只有渥利特监狱是用来关押不真实的外星人和此界人的。此界的这些政府为此达成了一项特殊协议。外星政府曾对此提出抗议，当然，那不过是在自讨没趣。不真实者毕竟是不真实的，任他们四处游荡的话太危险了。再说，反正那些外星政府都远在天边。

渥利特监狱巨大而丑陋，整个儿就是一块四四方方、毫无光泽的红色石头，半点儿曲线也看不见。一个真赎部官员接待了我，并把我转交给两个狱卒。我们进入一扇戒备森严的大门，我被锁在自己的自行车上，我的自行车又被锁在狱卒的车上。他们领着我穿过了一个尘土飞扬的大院子，走向一堵石墙。狱卒们自然是不会跟我说话的，我毕竟是不真实的。

我的牢房是方形的，边长是我身高的两倍。里面有一张床、一只尿壶、一张桌子和一把椅子。门上没有小窗，其他牢房的门则全都关着。

"犯人什么时候集体活动？"我问道，不过狱卒当然不会回答。我又不是真实的。

我坐在椅子上干等着。没有钟很难判断时间，不过我估计自己还是无聊地度过了好几个小时，才听见一声锣响。我的门向上滑去，收进了屋顶。那些绳子和滑轮都是从上面控制的，在牢房里面是够不到的。

走道里挤满了魑魅魍魉，其中有男有女，有的颈发已经发黄，他们眼眶深陷、老态龙钟、步履蹒跚。有的却还年轻，他们大步流星地走着，步伐中透露着颇为危险的愤懑与绝望。此外，还有外星人。

我倒是见过外星人，但从没一下子见过这么多。堕星人身量和我们相近，但肤色黝黑，就像被他们那遥远的太阳烤焦了似的。他们会留很长的颈发，把它染成古怪的亮色，尽管他们并不是在监狱里染的。地球人根本没有颈发，他们的毛发长在脑袋上，有时它们会被修剪成花哨的曲线，看起来还挺漂亮。地球人身材高大，有点吓人，他们的行动也很缓慢。阿诺在被我杀死前曾经上过一年大学，她告诉过我，在地球人自己的世界上，他们觉得自己要轻一些。我听不明白，不过阿诺很聪明，所以这多半是对的。

她还说堕星人、地球人，和此界人在很久以前是有什么关系的，不过这也太匪夷所思了。也许她搞错了吧。

没人会认为呼呼哈人跟我们有任何关系。他们个子很小、行动迅速、丑陋不堪、心怀不轨，走起路来四肢着地。他们身上长满了疣子，还臭烘烘的。我很庆幸自己在渥利特监狱的走道里只看见了几个呼呼哈人，他们紧紧地挨在一起。

我们来到一个大房间，里面放满了粗硬的桌椅，在角落里还有个给呼呼哈人用的食槽。桌上已经放好了食物。麦片、扁面包、依林德果实——很普通但是有营养。令我吃惊的是这里完全没有狱卒，显然，犯人们可以对食物、房间乃至彼此为所欲为，不会有任何人出面干涉。而这又有什么不对呢？反正我们也不真实。

我需要保护，马上就要。

我选择了那个两女三男的团队。他们坐在一张桌子旁，背对着墙壁，其他人都与他们保持着一定距离，以示尊重。从他们落座的方式来看，那个年龄最大的女人是他们的头领。我径直站到她面前，直视她的脸。一道长长的伤疤划过她的左颊，直没入她那灰色的颈发中。

"我是邬莉·本加琳朋友。"我的音调平稳，但音量不大，只有这一群人能够听见，"我的罪名是谋杀妹妹。你们用得着我。"

她没出声，也没看我，不过注意力显然已集中到我身上了。其他犯人则偷偷地看着我们。

"我知道狱卒里有个密探。他也知道我知道。为了避免我出卖他，他会给我夹带东西到渥利特监狱里来。"

她的眼睛还是一动不动，但我看出她相信我了，我话里的愤慨说服了她。一个因为密报这一行为破坏了共享真实、从而丧失了真实的狱卒，多半会以不太有害的物质好处作为交换。毕竟，真实一旦遭到破坏，伤创只会与日俱增。出于同样的原因，她也很容易相信，我可能会违反与那个狱卒的协议。

"什么样的东西？"她貌似不经意地问道。她的声音粗糙厚重，仿佛某个令人毛骨悚然的基本音。

"信件、糖果、佩迩酒。"酒精饮料在监狱里可是禁品，它们会增进共享的欢愉，而不真实者无权享乐。

"有武器吗?"

"可能吧。"我说。

"那我为什么不揍得你供出这个狱卒的名字,然后自己与他谈条件?"

"他不会和你谈的,他是我的堂兄弟。"这是真赎部给我提供的伪装里最棘手的部分:它需要让我未来的保护者相信,这个人保有足够的真实意识,会尊重家庭关系,但也会在更大的尺度上违反共享真实。我告诉布瑞米丁朋友,连我都怀疑这样扭曲的思想状况能否稳定,一个通晓世故的犯人自然就更不会相信了。不过布瑞米丁朋友是对的,而我错了。那个女人点头了。

"好。坐下吧。"

她没有问我想用这个"堂兄弟"提供的好处交换什么。她心知肚明。我坐在她身旁,从此以后,除了她,渥利特监狱里任谁都不能再伤害我的身体。

下一步,我就得去和一个地球人交朋友了。

这比我想象的要难。地球人只和自己人来往,我们也如此。就像渥利特监狱中所有疯狂无望的灵魂一样,他们对同类也残忍得很。这个地方充斥着那些孩子们口耳相传、用来彼此吓唬的恐怖事件。不出十天,我已看见两个此界男人强奸了一个女人,没有任何人干涉;我看见一帮地球人殴打一个堕星人;我看见一个此界女人用刀子捅了另一个女人,后者躺在石头地板上流血至死。这是唯一一次有狱卒出现的情形,他们全副武装,同来的还有一个牧师,他推来一口装着药水的棺材,及时将尸身浸入其中,以免尸身腐烂,令犯人逃脱永久死亡的刑罚。

当晚,在孤独的牢房中,我梦见了弗拉卜里特·布瑞米丁朋友,他忽然出现,取消了我临时的真实身份。中刀死去的人变成了阿诺,而那个凶手变成了我。我哭着从梦中醒来,倒不是因为悲伤,而是由于恐惧。我的生活,阿诺的命运,全都悬在了那个我还没能认识的罪犯身上。

不过我知道他是谁。我竭尽所能地凑近地球人的集团去偷听。我当然不会说他们的语言,但是布瑞米丁朋友教了我如何在几种不同的地球方言中分辨出"卡瑞·沃特尔斯"的音调。卡瑞·沃特尔斯是个老人,一头灰发剪得方正无趣,棕色皮肤布满皱纹,眼窝也深深陷了进去。但是他的十个手指头却修长敏捷——他们到底是怎么避免多出来的那些指头缠在一起的呢?

我只用了一天,就发现卡瑞·沃特尔斯的同类不仅不会去找他的茬儿,还对他保持着我的保护者也享有的那种无冒犯意味的尊敬。我花了比这长得多的时间来弄明白原因。卡瑞·沃特尔斯看起来并不可怕,既不保护也不惩罚别人。此外,我也不认为他跟狱卒之间有任何私交。直到那个此界女人遇刺,我才明白过来。

事情就发生在院子里,那天天气凉爽,我如饥似渴地注视着头上那一小块明亮的天空。被刺伤的女人尖叫着,凶手把刀从她的肚子里拔了出来,鲜血狂喷而出,迅速浸透了地面。那女人蜷起了身子,除了我,所有人都转开了目光。卡瑞·沃特尔斯以老人特有的那种蹒跚步伐跑了过去,跪在那女人身边,徒劳地想要挽救那个本也算是死了的女人。

这其实理所当然啊,他是个医生嘛。地球人都不找他的麻烦,是因为他们知道,也许下次需要他救助的正是他们自己。

我觉得自己很蠢,竟然没能马上明白这个道理,我本该是一个很优秀的密探啊。现在我得迅速展开行动来补救自己的失误了。问题是:在阿发·法卡尔朋友的保护下,没有人会来找我的麻烦,而挑衅法卡尔朋友本人又太危险了。

我只有一个办法。

我等了几天。在院子里,我安静地靠墙坐着,呼吸轻浅。几分钟后我猛地跳起身子,一阵晕眩顿时向我袭来,我屏住呼吸,加剧了这种感觉。然后我用尽全力撞向坚硬的石墙,顺着它跌坐在地。我的胳膊和前额一阵剧痛。某个法卡尔朋友的手下大喊了一句什么。

法卡尔朋友立刻就赶到了。我听见了她的声音——也听见了所有人的声音——不过在晕眩与疼痛中听起来十分模糊。

"……直接就冲到墙上,我看见了……"

"……跟我说过她会有这种突发眩晕……"

"……头撞破了……"

我忍住一阵突如其来的恶心,喘息着说:"医生。那个地球人……"

"地球人?"法卡尔朋友的声音冷硬起来,充满了怀疑。但我继续气喘吁吁地挤出了几句:"……病……一个地球人告诉我的……从小就有……没有救护我就……"我出乎意料地吐了,污物落到了她的鞋子上,意外地起到了效果。

"把那个地球人找来!"法卡尔朋友对某个人怒喊道,"再拿条毛巾!"

然后卡瑞·沃特尔斯在我身边弯下腰来。我抓住他的胳膊,想要微笑,却晕了过去。

我醒来后,发现自己躺在了食堂的地板上,那个地球人盘腿坐在我身边。几个此界人在对面的墙边晃来晃去,对我们怒目而视。卡瑞·沃特尔斯问:"你看见几根手指?"

"四根。你们不是应该有五根的吗?"

他展开第五根指头,说:"你好了。"

"不,我不好。"我说。他的遣词造句就像个小孩儿,还带着奇怪的口音,不过还算听得懂。"我有病。另一个地球医生告诉我的。"

"谁?"

"她的名字叫安娜·拉科夫朋友。"

"什么病?"

"我不记得了,是脑袋里的什么问题。我会中邪。"

"中什么邪?你会突然摔倒,跌在地上?"

"不是。对,有时候是。有时候又不这样。"我看着他的眼睛,它们很奇怪,比我的小,还带着一种难以想象的蓝色。"拉科夫朋友说,如果没人救护,我可能会在中邪的时候死掉。"

他对我捏造的谎言没有反应。或许他有反应,只是我看不出来,我从来没有监视过地球人。他说了句即使在渥利特监狱里也算极其下作的话:"你为什么不真实?你干了什么?"

我移开视线,"我杀了自己的妹妹。"如果他再追问细节,我会哭的。我的头疼得要命。

他说:"抱歉。"

他是为自己问了这个问题,还是为我杀死了阿诺感到抱歉?拉科夫朋友可不会这样,她比较有礼貌。我说:"那个地球医生说我应该有人照看,那个人得知道如果我中邪了该怎么办。你知道怎么办吗,沃特尔斯朋友?"

"知道。"

"你会照看我吗?"

"会。"事实上，他正仔仔细细地看着我呢。我摸了摸自己的头，撞破的地方被绑了一块布。头更疼了，我拿开手，上面沾着血，黏糊糊的。

我说："那我怎么报答你？"

"你用什么报答法卡尔朋友的保护？"

他比我想象的聪明。"我不能告诉你。"她会狠狠惩罚我的。

"那我照看你，你告诉我关于此界的信息。"

我点点头，地球人通常想要的就是这些。再说，给予信息的同时，我也可以收集。"我会向法卡尔朋友解释你为何在我身边。"我赶紧说完，头痛再次毫无预警地淹没了我，餐厅里的一切都模糊起来。

法卡尔朋友很不满。不过我刚给了她一把我"堂兄弟"偷运进来的枪。我会在自己牢房的床下给监狱管理员留纸条，每天无论天气如何，犯人们都会在院子里待一会儿，这时我床下的纸条就会被换成我要的东西。法卡尔朋友要了一件"武器"，不过我们都没料到来的是一把地球手枪。她是狱中唯一拥有这玩意儿的人。这再次残酷地提醒了我，没人在乎我们这些不真实者是否会互相残杀。反正也没有别的什么人可以随便拿枪打，在这里的全是已经永久死亡的人。

"沃特尔斯朋友不在的话，我可能会再次中邪，然后死掉。"我对怒容满面的法卡尔朋友说，"他有一种特殊的办法，可以松弛我的头脑，驱除邪魔。"

"他可以把这办法教给我。"

"到目前为止，还没有此界人学会过。他们的脑子和我们长得不一样。"

她瞪着我。可哪怕不真实者也无法否认，外星人的脑子就是很奇怪。而且我也确实伤势严重：头上的纱布血迹斑斑，左眼肿得无法睁开，整个左颊都磨破了，胳膊也青肿着。她抚玩着那把毫无光泽、线条僵直的手枪，"好吧。你可以让那个地球人接近你，只要他愿意。他凭什么会愿意呢？"

我缓缓地对她微笑起来。法卡尔朋友向来不会对阿谀奉承作出反应，因为这样只会暴露弱点。但是她明白，或者以为自己明白我的意思——我狐假虎威地唬住了那个地球人，现在整个监狱都知道，她的势力范围已经扩张到外星人中了。她仍然瞪着我，但不再不快，那把枪在她手里闪闪发亮。

于是，我开始了与地球人的交流。

与卡瑞·沃特尔斯朋友交谈，既令人困窘也让人泄气。他会在餐厅或院子里坐在我身旁，还会当众挠头。他高兴时还会从嘴里发出尖厉可怕的口哨声。他会谈起只有亲人才能触及的话题：他的皮肤（上面长着古怪的棕色肿块）和肺（显然有液体堵塞）的状况。他不知道两个人的对话按照惯例应该以花起头。跟他说话就像在跟一个孩子说话，可这个孩子会突然大谈自行车制造或大学法规。

"你们认为个体几乎没有意义，而集体才是意义所在。"他说。

我们靠墙坐在院子里，离其他犯人都有点距离。有的人鬼鬼祟祟地朝这边偷看，有的则看得正大光明。我很生气，我经常被沃特尔斯朋友搞得很生气。这事没有照我的计划发展。

"你怎么能这么说？在此界里，个体是非常重要的！我们互相关心，不让任何一个人被孤立于共有真实之外，除非他自作自受！"

"没错，"沃特尔斯朋友说，他刚跟我学会这个词，"你们关心他人，不孤立任何一个人。形单影只是错的，独来独往也是错的。只有聚在一起才是真实的。"

"当然了。"我说。难道他终究是个蠢货？"真实的事物始终是共享的。如果一颗星星的光芒只有一只眼睛能够看到，这颗星星能算真的存在吗？"

他微笑起来，用地球语讲了些我听不懂的话。然后，他用真实的语言重复道："当森林中有一棵树倒下，如果没人听见，那它发出声音了吗？"

"可是……你是想说，在你的星球上，人们相信他们……"相信什么？我一时找不到合适的词。

他说："人们相信，无论独行还是共处，他们都是真实的。即使别人说他们已经死了，他们仍是真实的。即使他们干了坏事，也还是真实的。甚至连谋杀犯也是。"

"可是他们并不真实！怎么可能呢？他们违背了共享真实！如果我不承认你的存在，不承认你灵魂的真实性，如果我不经你同意就送你去见先祖，那就证明我并不理解真实，也根本看不见真实！只有不真实者才会这样！"

"婴儿就不理解共享真实。婴儿都是不真实的吗？"

"当然了。儿童在长到明白事理的岁数前，都是不真实的。"

"那如果我杀害婴儿，就没什么大不了的了，因为我没杀真实的人？"

"那当然不是！杀死一个婴儿，就破坏了它成为真实的人的机会，而且它也永远无法回归先祖，更不可能成为别人的先祖了！此界里没有任何人会杀害婴孩，连渥利特监狱里这些已死的魂灵也做不出这种事！你是说地球上的人会杀害婴孩吗？"

他望向了我看不见的什么东西，说："是的。"

我的机会来了，虽然和我预想的方式颇有出入，但无论如何，我可得干活儿了。我说："我听说地球人会为了科学而杀人，甚至连婴孩也不会放过，那么做是为了研究一些事物，比如安娜·拉科夫朋友了解到的关于我脑子的毛病那之类的事。这是真的吗？"

"是，也不是。"

"怎么会既是又不是？有孩子被用于科学实验吗？"

"有。"

"什么样的实验？"

"你应该问，什么样的孩子？濒死的孩子，还未出世的孩子，生下来就……有问题的孩子。没有脑子，或者脑子有问题的那类。"

我竭力想要理解这一切。濒死的孩子……他说的肯定不是已经真正死去的孩子，而是在说那些正要去见先祖的孩子。如果孩子的躯体在之后可以腐烂，灵魂也得以释放，那倒不算太糟。没有脑子或者脑子有问题的孩子……也还说得过去，反正这些不真实的孩子早晚会被消灭。可是还没出世的孩子……还在妈妈肚子里吗？我把这事先放到一边，准备以后再问。我现在要另辟蹊径了。

"而你们从来不用活着的、真实的儿童做实验？"

他的表情我看不懂。其实地球人的好多表情在我看来仍然奇怪得很。"不，我们也会用他们做某些实验，但这些实验不会伤害孩子。"

"比如？"我问道。此刻我俩互相盯着对方，我突然怀疑这个老头儿是否已经猜到我是个打探消息的密探，是否因此才接受了我破绽百出的"中邪"故事。如果这样，倒也不完全是件坏事。你仍是可以和不真实者讨价还价的，只要大家都承认讨价还价是既定事实。不过，我不确定这对沃特尔斯朋友是否适用。

他说："研究大脑怎么工作的那种实验，比如说记忆是怎么运行的，包括共享的记忆。"

"记忆？记忆可不会'运行'，记忆就是记忆。"

"不对。记忆是会运行的，通过组建记忆的'蛋-白质'。"他用了一个地球词汇，然后补充道，"就是那些微小的食物粒。"这简直是莫名其妙。食物跟记忆有什么关系？你又不吃记忆，也不会从食物里得到记忆。不过我已经颇有进展了，而且还可以利用他说的话争取顺藤摸瓜。

"此界人的记忆也和地球人的一样，要通过同样的……'蛋-白质'来运行吗？"

"是，也不是。有些是一样的，或者说几乎完全一样。但还是有些不一样。"他很专注地观察着我。

"你怎么知道此界人的记忆运行方式一不一样？地球人在此界做过脑部实验吗？"

"是的。"

"用此界儿童？"

"是的。"

我望着院子那头的一群呼呼哈人，这些臭烘烘的小异种正聚在一起，不知是在搞些什么仪式，还是在玩什么游戏，"那你自己有没有参与过这些用儿童做的科学实验呢，沃特尔斯朋友？"

他没有回答我，却微笑起来，要是我不清楚他的底细，就会觉得他的微笑充满悲哀。他说："本加琳朋友，你为什么杀死你的妹妹？"

在就快获得有用信息的关头，这个突如其来的问题令我怒不可遏。就连法卡尔朋友都没有问过我这个。我愤怒地瞪着他。他说："我知道我不该问，这么问是错的。可是我已经跟你说了很多，这答案也非常重要……"

"可是这个问题太无礼了。你不该问的。此界人就不会对彼此这么残忍。"

"即使是渥利特监狱里的这些混球？"他问。虽然我听不懂他用的某个词，但是我明白，他已经发现我是个密探，发现我是在收集情报了。没关系，这样也许更好。不过我需要一点时间来考虑如何换个方式提问。

为了争取时间，我重复了一遍刚才的话："此界人没有这么残忍。"

"那你……"

空气忽然吱吱作响，一阵焦味传来。人们开始大声喊叫。我抬起头，阿发·法卡尔朋友站在院子中间，拿着那把地球手枪，正朝呼呼哈人开火。他们接二连三被光束击中，继而摔倒在地，身上留下烧焦的大洞。这些外星人进入了永久死亡的第二阶段。

我站起来,拉住沃特尔斯朋友的胳膊,"快走。我们得赶紧离开这里,不然狱卒就要放毒气了。"

"为什么?"

"当然是因为他们要把这些尸体放进拘禁药水里!"这外星人难道以为,狱管会让这些不真实者获得哪怕一星半点的腐烂?我还以为与我交谈几次之后,沃特尔斯朋友会明白这些道理呢。

他缓慢蹒跚地站起身来。法卡尔朋友狂笑着朝门内走去,手中还握着枪。

沃特尔斯朋友说:"此界人没那么残忍?"

在我们身后,呼呼哈人的尸体纵横交错地垒在地上,还冒着烟。

当我们再次从牢房进入餐厅,再来到院子里的时候,呼呼哈人的那些尸体已经不见了。沃特尔斯朋友最近开始咳嗽了。他走得越来越慢,有一次,在走向我们常待的那个墙边场地时,他不得不扶住我的胳膊来保持平衡。

"你生病了吗,朋友?"

"没错。"他说。

"可你是医生。你能让自己不咳。"

他微笑起来,如释重负般靠着墙慢慢坐下,"'医者,不自医。'"

"什么?"

"没什么。本加琳朋友,你是个密探,你想让我告诉你在此界里用儿童做科学实验的事情。"

我深深地吸了口气。法卡尔朋友从我们身边走过,带着她的手枪。她现在总是随身带着两个手下,杜绝旁人夺枪的企图。我不信有人敢这样做,不过我不一定正确。你永远没法知道这些不真实者能干出什么来。沃特尔斯朋友看着她走过,脸上的微笑消失了。昨天法卡尔朋友又射杀了一个人,这次受害的已经不是外星人了。我床下放着一张纸条,上面要求着更多的枪。

我说:"你说我是密探。我可没这么说。"

"没错。"沃特尔斯朋友说。他又咳了一阵,然后疲惫地闭上了眼,"我没有'抗–生–素'。"

这又是个地球词汇。我小心地重复了一遍:"'抗–生–素'?"

"用来治病的'蛋–白质'。"

21

又是那个词，微小的食物粒什么的。我抓住机会，问："跟我说说科学实验里用的那些'蛋—白质'吧。"

"如果你先回答问题，我会告诉你与实验有关的所有事。"

他会问我关于我妹妹的事，这全然是出于无礼和残忍。我的脸色僵硬起来。

他问："告诉我，为什么窃婴没有破坏别人的真实那么糟糕。"

我眨了眨眼。答案不是很明显吗？"窃婴并没有损害这个婴儿的真实性。它只是会在另一个地方，和另一些人一起长大。而且，此界里所有人都共享着同一个真实，这孩子最终也会回归它血缘上的先祖。窃婴当然不对，不过也不算很严重的犯罪。"

"制造假币呢？"

"一样的。不论真假，钱币都是共享的。"

他更剧烈地咳了起来。我只能等着。然后他说："所以我要是偷了你的自行车，我也没有太违反共享真实，因为自行车仍在此界某个地方。"

"当然了。"

"但是在我偷车的时候，我还是稍稍违反了共享真实？"

"是的。"过了一会儿我补充道，"因为归根究底，自行车还是我的。你没有与我共享你的决定，这就导致我所在的真实发生了一些变化。"我仔细打量着他，像他这样睿智的人，为什么会不明白这些浅显的东西呢？

他说："本加琳朋友，你太轻信人了，不适合做密探。"

我气得喉头发胀。我可是个出类拔萃的密探。我不是刚刚才和这个地球人达成了一项私密的共享真实，从而得以互相交换信息了吗？我正想要求他履行自己那部分义务，他却突然说："你为什么杀死你的妹妹？"

法卡尔朋友的两个手下从我们面前耀武扬威地经过，手里拿着新枪。院子那头有一个堕星人，慢慢转过头来看着他们，那张异类的脸上浮现出了连我都能读懂的恐惧。

我尽量平静地说："我受到了幻觉的影响。我以为阿诺在和我的爱人私通。她比我年轻、聪明、漂亮。你也看得出来，我长得不怎么样。我没有和她，或者是他，共享这个真实，于是我的幻觉愈演愈烈，直到爆发，我……就那样做了。"我的呼吸变得艰涩起来，视野也模糊得连法卡尔朋友的手下看不清了。

"你对谋杀阿诺这整件事都记得很清楚吗？"

我震惊地转向他，"我怎么可能忘记呢？"

"你不能。你忘不掉，因为你有构建记忆的'蛋－白质'。你脑海中的记忆栩栩如生，构建记忆的'蛋－白质'在你大脑中状况良好。我们用此界儿童进行科学研究，想弄懂那些'蛋－白质'的结构、位置、功能，但我们最终却有了另外的发现。"

"什么另外的发现？"我问道。但沃特尔斯朋友只是摇着头，又开始咳嗽。我怀疑他想用咳嗽来逃避履行约定的义务。他毕竟是个不真实者。

法卡尔朋友的手下回到牢房里去了。那个堕星人靠墙跌坐下来。他们没有杀了他，至少到目前为止，他还不用进入永久死亡的第二阶段。

然而，在我身边，沃特尔斯朋友咳出了鲜血。

他快死了。我很清楚，但没有此界医生会来救他。他本来就已经算是死了。其他的地球人躲得远远的，看起来十分害怕，这让我觉得他的病可能会传染。总之，现在他身边就只剩我了。我把他扶回牢房，突然想到其实关门后我也可以待在里面。没人会来检查，再说，就算有，他们也不会在乎。这可能是我收集情报的最后一个机会了——要么沃特尔斯朋友很快就会被放进棺材里，要么法卡尔朋友就会指出他已无力照看我所谓的血液病，从而命令我离他远点儿。

他的身体变得很烫。漫漫长夜中，他在床上翻来覆去，用地球话喃喃自语，有时他那古怪的眼珠还会在眼眶里打转。不过他有时会清醒过来，看我的目光也好像还认得我。这些时候我就会问他问题。不过，他清醒与糊涂的时刻已经彼此混杂，他的思想已经不再属于他自己。

"沃特尔斯朋友，那些关于记忆的实验是在哪里进行的？在什么地方？"

"记忆……记忆……"他又哼了几句地球语，声调抑扬顿挫仿佛诗歌。

"沃特尔斯朋友，那些关于记忆的实验是在什么地方进行的？"

"在萨洛城。"他的答案很莫名其妙。萨洛城是政府中心，没人住在那里。那地方不大，人们每天早晨去那里上班，晚上再回到自己的村庄。萨洛城的每一寸土地都处于实实在在的永恒共享真实中。

他咳出更多的血泡，眼珠也翻白了。我喂他喝了一点水，"沃特尔斯朋友，那些关于记忆的实验是在哪里进行的？"

"在萨洛城。在云中。在渥利特监狱。"

此后的情形如此循环往复。清晨时分，沃特尔斯朋友死去了。

在临死前，他曾经有一段异常清醒的回光返照。他看着我，饱经沧桑的面庞已经被死亡折磨得不成样子。他的眼中又充满了令我不安的悲悯，不真实者可不该有这种神色。这份共享实在是太深太重了。他声音微弱，我得弯下腰才听得清楚，"患病的大脑会自说自话。你没有杀害你的妹妹。"

"嘘，别费劲说话……"

"去找……布瑞夫基。马尔东·布瑞夫基朋友，在哈顿城。去找……"他再度陷入了高烧昏迷中。

他死后没多久，全副武装的狱卒就推着装满拘禁药水的棺材进了牢房。神父也随之而来。我想说，等等，他是个好人，不应该遭受永久死亡——可是我没有说出口。光是有这样的想法就已经让我自己大吃一惊了。一个狱卒把我推到过道里，门关上了。

就在当天，我离开了渥利特监狱。

"再把所有的事跟我说一遍。"布瑞米丁朋友说。

布瑞米丁朋友还是老样子：身体健壮、颈发发黄、脊背微驼。他的办公室也还是老样子，乱糟糟的，里面堆着餐盘、纸张和夸张的雕塑。我如饥似渴地盯着那些丑陋的东西，这才后知后觉地发现，自己在监狱里时有多么渴望看到和谐的曲线。不过我盯着那些雕像不放，其实还有另一个原因——我在等待合适的时机，等着问出我的问题。

"沃特尔斯朋友说，他会告诉我关于用此界儿童做实验的所有事。他们是以科学的名义来进行实验的。但是他只来得及告诉我，那些实验涉及'构建记忆的蛋-白质'，大脑就是用这些微小的食物粒来构建记忆的。他还说，这些实验是在萨洛城和渥利特监狱进行的。"

"就这么多吗，本加琳朋友？"

"就这么多。"

布瑞米丁朋友草草点头，他想让自己看起来更可怕一些，从而榨出所有我可能遗漏的信息。但是我并不会害怕弗拉卜里特·布瑞米丁朋友。我已经见识过真正可怕的事物了。

布瑞米丁朋友并没有变，而我已经脱胎换骨。

我问出了自己的问题:"我已经把在那个地球人死前能取得的所有信息都告诉你了,我和阿诺可以因此得到开释了吗?"

他摸了摸自己的颈发,"对不起朋友,我不能做主。我得问问上头的意见。但是我保证,一有消息就马上通知你。"

"谢谢。"我垂下眼说。本加琳朋友,你太轻信人了,不适合做密探。

为什么我没有告诉弗拉卜里特·布瑞米丁朋友其他的事?包括"马尔东·布瑞夫基朋友""哈顿城",以及我其实并没有杀害我的妹妹?因为这很可能只是一个发烧的人的胡话。因为"马尔东·布瑞夫基朋友"可能只是个无辜的此界人,不应该受一个不真实的外星人牵累。因为沃特尔斯朋友的话是他在临死前说给我一个人听的。因为我不想与布瑞米丁朋友的上级再讨论一次阿诺的事,那不仅痛苦,而且徒劳。

因为,我虽不情愿,却相信了卡瑞·沃特尔斯朋友的话。

"你可以走了。"布瑞米丁朋友说。我沿着满是尘土的道路向家骑去。

我和阿诺的尸身做了一个约定。她依旧躺在我对面的床上,手指弯曲、姿容优雅,美丽的栗色长发漂浮在药水里。我小时候曾经无比觊觎那一头秀发,有一次甚至趁她睡着,偷偷地剪掉了她所有的头发。不过大多数时候我会帮她梳头,把花儿编进她的辫子里。她实在太美了。她还是孩子的时候,就戴上了八只求婚指环,每根手指上都有一只。其中,有两个男孩的父亲还在和我们的父亲商议。我虽然比她年长,却从没收到过一只求婚指环。

是我杀死了她吗?

我和她尸身的约定是:如果因为我在渥利特监狱里完成的工作,真赎部开释了我和阿诺,我就再不去追根究底了。阿诺可以回归我们的先祖,而我将成为一个完全真实的人。那时候,我有没有杀害她都已经不再重要,因为我们会重新共享同样的真实,仿佛此事从未发生。但如果在我做了这么多事之后,真赎部还不让我恢复真实,那么我就会去寻找那个"马尔东·布瑞夫基朋友"。

我说这些的时候并没有出声。沃特尔斯朋友明明死在没有窗户的密闭房间里,渥利特监狱的狱卒却马上就能得到消息。他们可能也一直在监视我。此界并没有这样的监视工具,但是沃特尔斯朋友怎么会知道有此界人在和地球人一起做实验？肯定有此界人在与地球人合作吧，众所周知，地球人有我们没有的各种窃听仪器。

我吻了吻阿诺的棺材。我没有说出声，但我极其渴望真赎部能开释我们。我想要回到共享真实里，回到有归属感的、温暖甜美的日常生活里，从此以后，永远回到此界的生者和亡灵中间。我不想再做密探了。

我不想再为任何人做密探了，包括为我自己。

三天后，信使来了。那是个温暖的午后，我坐在屋外的石凳上，看着邻居养的奶兽对那围得结结实实的花圃垂涎欲滴。她新栽了些不知名的花儿，它们娇艳迷人，带着点儿异域风情——会不会是地球上的品种呢？应该不是。我在渥利特监狱里待的那段时间，舆论似乎更倾向于认为地球人并不真实了。那些从外星人手里买东西的人也受到了更多的抱怨和指责。

弗拉卜里特·布瑞米丁朋友费劲地蹬着他老旧的自行车，亲自送来了真赎部的信。他没有穿制服，以免让我在邻居面前难堪。他显然很少这样亲力亲为，我看着他一路骑来，颈发汗湿，灰色的眼睛里也闪烁着不安，便已经对那密封的信的内容了然于胸了。布瑞米丁朋友太善良了，不适合干这个。这也是他一直只能做个低级信使的原因——而不仅仅只是今天。

这些事我以前从不曾看透。

本加琳朋友，你太轻信人了，不适合做密探。

"谢谢，布瑞米丁朋友，"我说，"你要喝杯水吗？或者来杯佩迩酒？"

"不用了，谢谢你，朋友。"他没有看我的眼睛。他向我另一个正在井边汲水的邻居挥手致意，又无意识地把玩着自行车把，"我没时间留在这儿。"

"那小心骑车。"我说完便回到自己的屋子里，站在阿诺身边，拆开了这封政府信件。读完以后，我久久地凝视着她。她是那么美丽，那么甜蜜，那么惹人怜爱。

然后，我开始打扫房间。我不厌其烦地擦洗屋里的每个角落，搭起梯子清洗天花板，将黏稠的肥皂液灌进每个缝隙，还把每件东西都擦了个遍，那些形状精巧的物件则拿到太阳底下晒干。我竭力搜寻着蛛丝马迹，却没有发现任何状似窃听器材的东西。没有任何看起来异样的、不真实的东西。

可我已经不知道什么是真实的了。

天上只有巴塔，其他月亮都还未升起。清朗的天空中繁星点点，天气也凉爽宜人。我把自行车推进屋里，在脑子里清点了一遍我需要的东西。

不知道阿诺的棺材是用哪种玻璃做的，反正它质地十分坚硬。我竭尽全力用花铲去敲，敲到第三下玻璃上才出现裂缝，然后它慢慢碎开，大块大块地掉到地上，四下弹开。透明的药剂像瀑布一样从她的床上倾泻下来，气味不算刺鼻。

我穿着高帮靴子，蹚着水来到她的床边，接连往阿诺身上泼水，洗去残留的药剂。墙边整齐地摆着一排盛水容器，从最大的洗脸盆到厨房里的碗，一应俱全。阿诺甜美地微笑着。

我伸出手，从透湿的床上抱起了她。

我将她柔软却毫无生气的身体放在厨房地板上，脱下她浸满药剂的衣服。我擦干她的身体，把她放到准备好的毯子上，最后看了她一眼，然后用毯子紧紧地将她裹住了。我将她的身体和铲子在自行车上摆放平衡，然后脱下靴子，打开了门。

夜晚的空气中弥漫着我邻居家那异种花卉的香气。阿诺的身体似乎毫无重量，我觉得自己能一直骑几个小时。我也的确骑了那么久。

我把她埋在一条废弃道路的附近，那里是一片沼泽地，我还在上面盖了石头。在那里，潮湿的泥土会加速尸体腐烂，用芦苇和托格力树枝来掩住坟墓也轻而易举。做完这些之后，我把自己的衣服塞进了背包，任它们和那些干净的衣服搅在一起。再骑上几个小时，我应该能找到一间旅馆投宿，实在不行还可以露宿野外。

清晨的天空泛着珍珠般的色泽，其间三月同辉。我所到之处都有鲜花，从野生的到栽培的。虽然疲惫不堪，但对着起伏的花海，对着天空，对着月光下浅白的道路，我仍不由自主地轻轻唱起歌来。阿诺恢复真实了，她自由了。

可爱的妹妹啊，愉快地去吧，我们的先祖在等待着你。

两天之后，我到达了哈顿城。

这是座古老的城市，沿着倾斜的山脉一直延伸到海边。富豪们的房子如同巨大的浑圆白鸟，栖息在海边或是山巅，而山与海之间是混乱错杂的住宅、市集广场、政府大楼、旅舍、酒店和贫民窟，还有满是参天古木和沧桑神殿的公园。城市的北面有制造车间、仓库和码头。

我在找人方面颇有经验。我先去了礼仪部。接待我的年轻柜员，是个见习的神职人员，对人十分热心，"您好？"

"我是阿吉玛·格拉娜丽特朋友，来自门南林家族，受派前来查询一个公民——马尔东·布瑞夫基朋友参与过的仪礼活动。您能帮我查一下吗？"

"当然可以。"她笑容满面地说。关于仪礼活动的查询从来不会有记录，毕竟一个显赫家族在选择荣誉对象时需要谨慎，这样他们才能赐予他纪念他们先祖的殊荣。被选中的人会得到极高的声望和可观的物质财富。我在一间拥挤的酒馆里仔细聆听了一个小时，最后选择了"门南林"这个名字。这个家族古老、庞大、审慎。

"我看看，"她浏览着公开记录，"布瑞夫基……布瑞夫基……当然，这是个很常见的姓。朋友，您具体是想找哪个公民？"

"马尔东。"

"哦，对……在这里。他去年为先祖举行了两场音乐贡礼，向哈顿市教堂捐过一笔……哦！他还被周拉莱家族选中过，纪念他们的先祖！"

她言语间带着敬意。我点点头，"这些我们当然都知道。还有没有其他的？"

"我看没有了……等等。他的克鲁供应商拉姆·弗兰诺过得很拮据，他出钱为拉姆的先祖办了一次慈善祭礼，档次很高，有乐队，还有三个神父。"

"真是好人。"我说。

"大好人！三个神父呢！"她年轻的眼中光芒四射，"有这么多真正的好人与我们共享真实，这难道不是件非常美好的事吗？"

"没错，"我说，"真美好。"

我在不同的市集广场上到处打听，很快就找到了那个克鲁商人。燃料生意在夏天总是比较难做，那些留守柜台的年轻人也乐于同陌生人攀谈。拉姆·弗兰诺朋友住在海边那些豪宅后面的一个破落小区里，那里面住着富人们的仆从和供应商。在另外三家不同的酒馆喝了四杯佩迩酒之后，我打听到马尔东·布瑞夫基朋友正在一个富孀家里客居，还知道了那个寡妇的地址。我还打听到，布瑞夫基朋友是名医生。

医生啊。

患病的大脑会自说自话。你没有杀害你的妹妹。

我喝了四杯酒,有点头晕。该打住了。我找了一家不会多问废话的旅馆,沉沉睡去,一夜无梦。

我假扮成清洁工,花了整整一天才弄清楚,那些在富孀家里出入的人究竟哪个是布瑞夫基朋友。之后那三天,我假扮成各种角色跟踪他。他出入不同的场所,与很多人交谈,但是对于一个喜欢收集古董玻璃瓶的富有医生来说,他的举止都很寻常。第四天我开始寻找接近他的机会,虽然后来我发现这根本是多此一举。

"朋友。"一个男人叫住了我。那时我正扮作甜饼小贩,在依林德路的浴场外闲逛。那些甜品是我天亮前从一家烘焙屋的开放式厨房里偷来的。我立即意识到那人是个保镖,而且非常厉害,从他走路的姿势、看我的眼光、把手放在我胳膊上的动作这些方面都看得出来。他长得还很帅,不过我没往心里去。长得帅的男人从来就不可能喜欢我这样的人。与他们般配的是阿诺。

曾经的阿诺。

"请跟我来。"那个保镖说,我乖乖听从。他领我到了浴场背后,穿过一个秘密入口,来到一个私人梳妆间之类的地方。这里没有别的家具,只有两张小石桌。他熟练而礼貌地检查了我身上是否带有武器,甚至连我的嘴里都没放过。在确认我没有威胁之后,他叫我站到一个地方,打开了另一扇门。

马尔东·布瑞夫基朋友裹着奢华的进口浴袍走了进来。他比卡瑞·沃特尔斯年轻。他年富力强、精力充沛。他的眼睛异常出众,深紫的眸子中嵌着长长的放射状金线。他开口就问:"你为什么跟踪了我三天?"

"有人叫我这样做的。"我说。我觉得说老实话没有任何坏处,不过有没有好处可不好说。

"谁?在我的保镖面前你可以畅所欲言。"

"卡瑞·沃特尔斯朋友。"

他紫色的眼睛眸色更深了,"沃特尔斯朋友已经死了。"

"是的,"我说,"永久死亡了。他进入死亡第二阶段的时候,我就在他身边。"

"在什么地方?"他在考验我。

"渥利特监狱。他临终前让我来找你,来……问点问题。"

"你想问我什么?"

"不是我本来想问的那些。"我这么说着,意识到自己已经决意告诉他一切。直到与他近距离接触前,我都不太确定自己到底要怎么办。即使我告诉弗拉卜里特·布瑞米丁朋友那些他想要的情报,那些关于用儿童做科学实验的信息,我也已经无法再和此界共享真实了。那些情报绝不足以弥补我在真赎部应允前就私自释放阿诺的罪孽。再说,反正布瑞米丁朋友也只是个信使,不,甚至还不如,他更像一个工具,譬如花铲或自行车。他并没有和利用他的人共享真实,他只是自以为如此。

我以前又何尝不是。

我说:"我想知道自己有没有杀害妹妹。沃特尔斯朋友说我没有。他说'患病的大脑会自说自话',我并没有杀死阿诺。他还叫我来问你。我杀害了我的妹妹吗?"

布瑞夫基朋友坐在一张石桌上。"我不知道。"他说,我看见他的颈发在轻轻颤抖,"也许你杀了,也许你没有。"

"那我怎么才能确知真相?"

"你没有办法。"

"永远没有?"

"永远。"然后他说,"对不起。"

我开始头晕。又是那所谓的"血液病"。我清醒过来时,发现自己正躺在一个小房间的地上,布瑞夫基朋友的手指按在我手肘的脉搏上。我努力想要坐起来。

"不,等等,"他说,"等一下。你今天吃饭了吗?"

"吃了。"

"唔,你还是等一下。我得想想。"

他思索了一阵,紫色的眼珠朝里转去,手指却还无意识地按在我的手肘内侧。最后,他说:"你是个密探,所以在沃特尔斯朋友死后你才能离开渥利特监狱。你是政府的密探。"

我没有回答。那已经不重要了。

"不过因为沃特尔斯朋友告诉你的那些事,你已经不再当密探了。因为他告诉你'精－神－分－裂－症'实验可能……不对，不应该是这样。"

他也用了一个我不知道的词。听起来好像是地球语。我再次挣扎着坐起来，想要离开。我在这里得不到什么，这个医生什么也无法告诉我。

他把我按回地上，语速急促，"你妹妹什么时候死的？"他的眼睛又出现了变化：那些长长的金线变亮了，整个儿看起来仿佛闪光的轮辐。"请你告诉我，朋友，这至关重要，对我们俩都很重要。"

"两年零一百五十二天前。"

"在哪里？哪个城市？"

"一个乡村，我们村。埃罗村。"

"对了，"他说，"这就对了。告诉我关于她的死你能记得的一切。全告诉我。"

这次我推开他坐了起来。血液迅速离开我的头部，但是怒火战胜了眩晕。"我什么也不会告诉你。你们这些家伙以为自己是谁啊，先祖吗？你们说我杀了阿诺，又说我没杀，然后又说你们不知道……你们毁了我做密探赎罪获释的希望，却又告诉我没有别的希望……一会儿说可能有……一会儿又说没有……你们这样能安心吗？你们怎么可以在破坏了我对共享真实的信念后，却又不给出任何东西来代替？！"我已经是在尖叫了。保镖在门口扫了一眼，我才不在乎，继续大喊大叫着。

"你们用孩子做实验，像毁了我的真实那样，破坏着他们的真实！你是个谋杀犯……"我没能嚷嚷完。也许我什么都没有嚷嚷出来。一根针扎进了我的手肘，就扎在马尔东·布瑞夫基刚才一直按着的地方。整个房间——如同阿诺滑入她的坟墓那样，在我眼前轻易地滑倒了。

我身下多了一张床，柔软而光滑。周围的墙上有许多贵重的挂饰。房间里很温暖，馨香的微风从我赤裸的肚子上拂过。赤裸？我坐起来，发现自己穿着薄纱裙、窄抹胸，还戴着妓女用的风情面纱。

我才动了一下，布瑞夫基朋友就从壁炉边走到我的床前，"朋友，这间房里的声音是传不出去的。别再大喊大叫了。你明白吗？"

我点点头。他的保镖站在房间另一头。我把风情面纱摘了下来。

"对不起，"布瑞夫基朋友说，"只能把你打扮成这样。保镖要把一个被迷晕的女人扛进私宅的话，只有这模样才不会招致疑心。"

私宅。那我估计这就是那个富孀的海边住宅了吧。一个能防止声音泄漏的房间；一根尖锐可靠、和此界产品截然不同的针头；脑部实验；"精－神－分－裂－症"。

我说："你在与地球人合作。"

"没有，"他说，"我没有。"

"可是沃特尔斯朋友……"算了，这已经不重要了，"你要拿我怎么办？"

他说："我想跟你做笔交易。"

"什么样的交易？"

"你给我情报，我给你自由。"

他还说他没有和地球人合作呢。我说："我要自由来干什么？"不过我不指望他明白，我永远不可能自由。

"不是那种自由。"他说，"我不是指把你从这里放走。我会让你回归先祖和阿诺那里。"

我目瞪口呆地看着他。

"是的，朋友。我会亲手杀了你，然后埋葬你，让你的身体得以腐烂。"

"你会违反共享真实至此？就为了我？"

他紫眸的颜色又变深了。有那么一瞬，我发现那双眼睛里有什么东西，看起来和曾出现在沃特尔斯朋友的蓝眼睛里的一样。"你得明白，我认为你很可能并没有杀害阿诺。你们村属于……实验对象选取地之一。我认为这才是我们这里真正的共享真实。"

我什么也没有说。他满满当当的自信削弱了一点，"或者说我相信如此。你会同意这笔交易吗？"

"也许吧。"我说。他真的会实践诺言吗？我可不能确定。不过我也没有别的路可走。我不可能终生躲避政府的搜捕，我还太年轻了。他们找到我以后，会把我送回渥利特监狱，等我死后，他们会把我放进有防腐药水的棺材里……

我就再也见不到阿诺了。

那医生仔细地观察着我。我在他眼中又见到了沃特尔斯朋友那样的神情：悲悯。

"也许我会同意这笔交易。"我说，等着他继续讲阿诺死去那晚的事情。可是他却说："我想给你看点东西。"

他朝保镖点了点头,保镖离开了房间,片刻后便回来了。他牵着一个小女孩,她干干净净、穿着考究。我只看了她一眼,便汗毛倒竖。她的眼睛茫然无神,嘴里喃喃自语,我连忙向先祖祈祷护佑。这女孩是不真实的,虽然已经过了明事理的年龄,却根本没有感知共享真实的能力。她不是人。她早该被摧毁了。

"这是欧丽。"布瑞夫基朋友说。那女孩突然大笑起来,笑声疯魔,她的眼睛也看向了某个并不存在的东西。

"它为什么在这里?"我听见自己刺耳的声音传来。

"欧丽本来是真实的。她是被政府的脑部科学实验变成这样的。"

"政府的实验!你骗人!"

"是吗?朋友,事到如今你还这样信任你的政府吗?"

"不是,但是……"在我达到他们的要求后,仍要我继续服刑争取阿诺的自由,欺骗布瑞米丁朋友……这些违反共享真实的做法是一回事,而毁坏一个真实的人的身体,就像我对阿诺做的那样(我真的那么做了吗?)又是另一回事,这要糟糕得多。至于毁坏他人的思想,那用于感知共享真实的思想……布瑞夫基朋友一定是在骗人。

他说:"朋友,告诉我,那天晚上阿诺是怎么死的。"

"告诉我这个……这个东西的事!"

"好吧。"他坐在豪华大床旁的一把椅子上。那个东西在房间里四处游荡,自言自语。它好像静不下来。

"她的名字叫欧丽·玛尔芙丝,出生在极北地区的一个小村庄……"

"什么村庄?"我极度关心他在细节上会不会含糊其辞。

但他没有。"拉姆洛村。她父母都是真实的,为人纯朴,属于一个古老而显赫的家族。欧丽六岁那年,有一次在森林里和其他孩子玩儿,然后就消失了。那些孩子说听见有东西朝沼泽地那边去了。家里人认为她一定是被野兽抓走了——你也知道,极北地区还有些野兽在活动——于是,他们就为欧丽举办了回归先祖的祭礼。

"但那并非欧丽的真实遭遇。她是被两个人偷走的,那两个人和你一样,是不真实的、正在赎罪的囚犯。欧丽和其他八个来自此界各地的孩子被抓到了萨洛城。他们在那里被当作可用于实验的孤儿交给了地球人。而那些实验不会以任何方式伤害到这些孩子。"

我看向欧丽，她正在撕扯一张桌布，仍然喃喃自语着。她空茫无物的眼睛转向我这里，我不得不转开目光。

"接下来这一段就很让人难以接受了，"布瑞夫基朋友说，"你听好了，朋友。那些地球人真的没有伤害这些孩子。他们把'电－极'放在孩子们的头上……你不知道这个词。他们有办法测出这些孩子脑子的哪些部分和地球人一样，哪些又不一样。他们进行一系列的测试，用到了机器，还有药物。这些东西都不会伤害孩子们，这些孩子住在地球人做实验的房子里，由此界保姆来照顾。起初孩子们还会想念父母，可是他们还小，没过多久就又开开心心的了。"

我又看了欧丽一眼。不真实者，不能共享共有真实，他们与世隔绝，因此危险难测。一个与他人全无交集的人伤害起别人来就像摘一朵花那么简单。在这样的情况下，他们也许能享乐，但绝对无法幸福。

布瑞夫基朋友拨弄了一下颈发，"地球人在与此界的医生合作，当然啰，也在教他们嘛。通常的交易都是这样，只不过这次是我们得到知识，而他们得到实物：孩子和保姆。此界不可能允许地球人以其他方式染指我们的孩子。我们的医生每时每刻都在。"

他看向我。我说："对。"因为我总得说点什么。

"你知不知道，朋友，当你认识到自己此生的信仰全是谎言，是怎样的感觉？"

"不知道！"我说话的声音太大，连欧丽都抬起头来，用她那疯癫的、不真实的眼光看向我。她微笑起来。我不知道自己为什么要那么大声。布瑞夫基朋友说的跟我毫无关系。半点也没有。

"总之，沃特尔斯朋友知道了。他发现，他参与的那些实验——原本对研究对象毫无损害，只是为了促进基于种群差异的生物研究，却被人用来为非作歹了。'精－神－分－裂－症'的根源，误触发的大脑'回－路'……"他开始长篇大论地讲述我完全听不懂的东西，里面有太多地球词汇、太多诡异的内容。布瑞夫基朋友似乎已经不再是在对我说话，他在自言自语，而那言语中有我所不能领会的痛苦。

突然，那双紫色的眼睛又看向了我，"总之，朋友，有几个医生——我们自己的医生，此界人——学会了篡改地球科学的办法。他们利用这些办法，把没有发生过的记忆放进了人的思想里。"

"不可能！"

"可能的。首先利用地球仪器使大脑极度兴奋，此时再将那些虚假记忆不断重复。这样一来，记忆和情感就会在大脑的不同部分中不断循环，就像水在磨坊里循环一样。这些水都被搅在了一起……不，这么想吧：大脑的不同部分间会互相发送信号，这些信号被迫连成回路，而每一个回路都强化了虚假的记忆。显然，这个方法在地球上用途广泛，不过它的使用是受到严格控制的。"

患病的大脑会自说自话。

"可是……"

"朋友，你不可能反驳我。这是真实的、已经发生了的事，就发生在欧丽身上。那些此界科学家令她的大脑记住了没有发生过的事。起初只是些小事，他们成功了。他们试着使用更复杂的记忆，却出了岔子，于是她就变成了这副模样。但那已经是五年前的事情了，一直以来他们并未中断研究。显然，他们进步了，已经进步到可以用成年对象做实验，实验结束后还能让这些人回到共享真实里。"

"人不可能像种花一样种植记忆，也不能像除草一样除去记忆！"

"这些人就可以，也真的这样做了。"

"可是……为什么？"

"因为这些此界医生——也就那几个——眼中的真实与我们的不同。"

"我不……"

"那些人看到地球人无所不能：从风车到自行车，他们造的机器全比我们的好；他们可以飞向星辰，可以治愈疾病，可以控制自然。很多此界人都害怕地球人，朋友，也害怕堕星人和呼呼哈人，因为他们的真实比我们的优越。"

"共同的真实只有一个，"我说，"地球人只不过比我们更了解这个真实罢了！"

"也许吧。但是地球人的知识让很多人不安、恐惧，以及嫉妒。"

嫉妒啊。窗外，巴塔和卡普双月同辉，阿诺在厨房里对我说："我今天晚上也要出去见他！你没法阻止我！你就是嫉妒，你这争风吃醋、丑陋干瘪的东西，就连你的爱人也不想要你，所以你不想让我也……"一片鲜红随即淹没了我的脑海，菜刀，血……

"朋友？"医生说，"朋友？"

"我……没事。那些心怀嫉妒的医生，他们竟然伤害同胞，伤害此界人，去报复地球人——这毫无道理！"

"那些医生在这么做的时候也很难过。他们知道自己伤害了别人，但是他们必须优化诱发可控'精－神－分－裂－症'的技术……他们必须这么做。只有这样，才能让人们对地球人愤懑不平，愤懑到足以忽视那些诱人的商品，转而起事反对那些外星人，引爆战争。这些医生错了，朋友。此界已经一千年没有发生过战争了，我们的人民不会明白地球人的反击会有多强。可是你必须明白：这些无法无天的科学家认为他们的所作所为是正确的。他们认为他们制造愤怒是为了拯救此界。

"还有一件事——在政府的帮助下，他们谨小慎微，不会让任何此界人永远变成不真实者。那些受到操控变成谋杀犯的成年人，都获得了作为密探赎罪的机会。那些孩子则都得到了很好的照料。像欧丽这样的实验失败的产物将来也能被允许腐烂，回归她的先祖。我会亲自确保这一点。"

欧丽把手中剩下的桌布撕成了碎片，她笑容可怖、双眼无神。她的脑袋里又装着怎样的虚假记忆呢？

我愤恨地说："说什么他们的所作所为是正确的……就让我相信我杀了自己的妹妹！"

"等你回到先祖那里的时候，你就会发现那是假的。回归他们的方法你也唾手可得：完成你作为密探的赎罪任务。"

可我永远不可能完成赎罪了。我没有得到真赎部的允许，就偷走了阿诺的尸体并将她埋葬了。当然，马尔东·布瑞夫基不知道这事。

痛苦和愤怒让我脱口而出："那你呢，布瑞夫基朋友？你和这些有罪的医生合作，帮他们抹杀掉欧丽这样的孩子的现实……"

"我没有和他们合作。我还以为你挺聪明的呢，朋友。我反对他们。卡瑞·沃特尔斯也是，所以他才会死在渥利特监狱。"

"反对他们？"

"我们很多人都在这么做。卡瑞·沃特尔斯也是。他在世时曾是个密探，也是我的朋友。"

我们都没有再说话。布瑞夫基朋友凝视着壁炉里的火焰，我则凝视着欧丽，她做出各种可怕的怪相，还蹲在了一张古老精致的弧形地毯上，一股恶臭忽然充斥了房间。欧丽没有和我们共享关于厕所位置的真实。她仰头大笑，声音犹如金铁碎裂。

"把她带走。"布瑞夫基朋友倦怠地对脸色难看的保镖说，"这里我会清理。"他又对我解释道："我们不能让任何用人进来看到你。"

保镖带走了那个做怪相的孩子。布瑞夫基朋友跪在地上，在我的玻璃瓶里蘸水沾湿抹布，擦起地毯来。我记得他爱好收集古董玻璃瓶。那样的一个他，与擦洗秽物这件事，与欧丽这样的孩子，与在渥利特监狱的外星人中间咳血不止的卡瑞·沃特尔斯，似乎相去甚远啊。

"布瑞夫基朋友……我到底有没有杀害我的妹妹？"

他抬起头来，手上仍沾着屎，"我们没有办法确证。你有可能是你们村里接受实验的人之一。你可能在家里被迷倒，醒来时发现你的妹妹已经身亡，而自己的脑子也受到了改造。"

我以进入这个房间后最为平静的语气问："你真的会杀死我，让我腐烂，从而得以回到先祖那里去吗？"

布瑞夫基朋友站起来，揩掉手上沾的屎，"我会的。"

"但是，如果我不答应，你会怎样？如果我要求回家呢？"

"如果你那样做了，政府就会逮捕你，再给你赎罪的机会，让你来检举我们这些反对他们的人。"

"如果我先找到政府里面好的部门，叫他们终止这些实验，就不会发生这样的事了。你总不可能说整个政府都在做这……这个事吧？"

"当然没有。可是你能确定哪个部门的哪些官员想和地球打仗，哪些不想吗？连我们都不确定，你怎么可能？"

弗拉卜里特·布瑞米丁朋友是无辜的，我想。不过这没有用。布瑞米丁朋友清白无辜，但他也无权无势。

我痛苦地意识到：这两者也许是一回事。

布瑞夫基朋友用靴尖蹭了蹭濡湿的地毯，把抹布放进一个有盖的罐子里，又在洗手池里洗了手。空气中还留有淡淡的臭味，他走到了我的床边。

"你真的想要那样吗，邬莉·本加琳朋友？想让我在不知道你想做什么、想举报谁的情况下，就把你放走？想要我为了让你相信真相，就危及我们迄今为止的一切成果？"

"或者你也可以杀了我，让我回归先祖。你本来以为我会这么选，不是吗？这样你既可以继续效忠你所认同的真正的真实，也不会暴露自己。杀了我是最简单的，不过前提是我得同意让你杀了我。否则，你就违背了你决意选择的真实。"

他低头凝视着我，这个有着动人紫眸的健美男子，是一个会杀人的医生，一个为了阻止兵革之祸而反抗政府的爱国志士，一个竭力减轻自己的罪孽以免无法回归先祖的罪人。一个信仰共享真实，却又试着在不摧毁信仰的情况下改变真实的信徒。

我默不作声，沉默不断蔓延。终于布瑞夫基朋友打破了沉默："我只希望卡瑞·沃特尔斯不曾让你来找我。"

"可是他这样做了，而我选择回到我的村庄。你会放走我，还是继续将我关押在此，或者不经我同意就杀死我？"

"你真该死。"他说。这个词我曾经听卡瑞·沃特尔斯用过，他当时在说渥利特监狱里那些不真实者。

"没错，"我说，"你会怎么做？朋友？在你所谓的那些真实里面，你会选择哪一个？"

在这个炎热的夜晚，我无法入眠。

在宽广空旷的平原上，我躺在自己的帐篷里，倾听着夜的声音。酒馆帐篷里传来粗鲁的笑声，那群矿工喝得未免也太晚了，他们明天一大早还得上工呢。我右边的帐篷里传来了鼾声，稍远一些的某个帐篷里还隐隐传来做爱的声音，我不知道是谁，那女人甜腻地高声笑着。

我做矿工已经半年了。离开北部的拉姆洛村，也就是欧丽的村庄后，我一路向北。赤道是此界里锡、钻石、酒莓和盐的产地，这里的生活更为简单，管理也相对松懈，不需要证件。很多矿工都很年轻，由于各种原因逃避着政府管辖，他们自己一定觉得那些原因相当正当。在这里，政府部门的管理权远不如采矿公司和农业公司。这里没有骑着地球进口自行车的信使，没有地球科学，也没有地球人。

这里当然也有神殿、仪式、游行和祭礼。但是与城市里相比，这些东西很少受到关注，因为它们的存在太过自然。你会注意到空气吗？

那个女人又笑起来，这次我认出了她的声音。阿薇·克拉玛朋友，来自另一座岛的年轻逃亡者，她很漂亮，工作也努力。有时她会让我想起阿诺。

我在拉姆洛村问了很多问题。布瑞夫基说她的名字叫欧丽·玛尔芙丝，属于一个古老而显赫的家族。可是我问了很多人，都说拉姆洛村从来没有过这么一个家族。无论欧丽来自何方，无论她怎么会变成那个在昂贵地毯上拉屎的不真实的皮囊，她那可怜的生命都不是从拉姆洛村开始的。

马尔东·布瑞夫基将我从那富孀的瞰海别墅里放走的时候，知道我会发现这个事实吗？他肯定知道吧。或者，即使知道我是个密探，他也没有想到我真的会到拉姆洛村来追查。人不可能想得那么面面俱到的。

有的时候，置身于最深的黑夜之中，我会希望自己当初答应了布瑞夫基朋友，让他送我回归先祖。

白天，我和碎石工人一起在矿里的石堆上工作，他们举起大锤，将坚硬的石块砸个粉碎。他们聊天、赌咒、痛骂地球人，虽然绝大部分人连见都没有见过地球人。下班后矿工们坐在营地里喝酒，他们用脏手举起大杯，因为粗俗的笑话而哈哈大笑。他们都共享着同一个真实，并因此凝聚在一起，拥有简单快乐的力量和勇气。

我也有自己的力量和勇气。我有力量与其他女人一起挥动大锤，她们大都和我一样相貌平平，也乐于接纳我。我有勇气打破阿诺的棺材，让她入土为安，哪怕当时我明知代价是永久死亡。我有勇气参照卡瑞·沃特尔斯关于大脑实验的说法，去寻找马尔东·布瑞夫基。我有能力巧妙地扭转布瑞夫基朋友的举棋不定，让他放我离开。

但是，我有没有勇气去追寻这一切所指向的终点呢？我有没有勇气，去面对弗拉卜里特·布瑞米丁的真实，卡瑞·沃特尔斯的真实，阿诺的、马尔东·布瑞夫基的、欧丽的真实——然后找出其中相同与不同之处？我有没有勇气继续这样生活，至死无法知道自己是否真的杀害了妹妹？我有没有勇气去怀疑一切，带着怀疑生活，观察此界成千上万种各不相同的真实，寻找其中真正真实的部分——假设我确实分辨得出真假？

难道谁该这样生活吗？生活在无常、怀疑与寂寥中，生活在自己孤独的思想中，生活在一个孤立的、无人共享的真实里？

我想回到阿诺在世的日子，甚至回到做密探的日子也行。回到我还共享着此界的真实，知道它如同大地一样坚固牢靠的日子。回到我知道应该想些什么，从而无须思考的日子。

回到那个从前里，不要像现在这样，异常真实，异常可怖。

《银河边缘》专访乔治·R. R. 马丁
THE GALAXY'S EDGE INTERVIEW: GEORGE R. R. MARTIN

[美] 乔伊·沃德 Joy Ward 著
屈　畅 译

乔伊·沃德是一本长篇小说及发表在许多杂志和选集上的若干中短篇小说的作者，她还为不同的机构主持过许多采访，既有文字采访，也有视频采访。

乔治·R. R. 马丁四度赢得雨果奖的荣誉，他曾是世界科幻大会的特邀嘉宾，也是当前最炙手可热的畅销书作家。2014年9月，《银河边缘》美国版第10期杂志出版时，根据其小说《冰与火之歌》改编的电视剧《权力的游戏》业已创纪录地拿下19项艾美奖。

屈畅，史诗奇幻巨著《冰与火之歌》系列译者，也是著名的幻想文学编辑和评论家。作为西方史诗奇幻类型作品引进国内的重要推手，屈畅曾成功引进《猎魔人》系列、《回忆悲伤与荆棘》系列、《飓光志》系列、《乌有王子》系列等。他曾在各类杂志和报刊上发表大量文学评论和推介，在幻想文学圈内享有广泛声誉，另著有世界奇幻小说史《巨龙的颂歌》。代表译作：《冰与火之歌》系列、《第一律法》系列。

> 乔治·R. R. 马丁是我们这个时代成就最突出的作家之一，也被很多人视为当今在世的最伟大的作家之一。我们有幸在他的家中进行了这次采访，采访现场有一件仍能活动的原子铁金刚等身复制品，以及其他无数迷人的模型及太空玩具，包括他收藏的第一套太空人手办。

乔伊·沃德：你最初是如何走上写作道路的？

马丁：从记事起，我一直在写作。很小的时候，我就喜欢用我的玩具来编故事，并把它们写下来。我给那些玩具都起了名字。我收集了许多太空人，后来才知道它们属于"米勒外星人"系列，理应按来自火星或者月球的黑暗面来分类。但当年的我可不管，我擅自给每个外星人起了名字，擅自认定它们是一伙太空强盗。在我的设定中，它们有的个体充当团伙的头脑，有的是副官，有的负责拷问——没错，瞧那个小不点儿，它拿着一把形似钻头的怪异武器，我便说"噢，这家伙一定是个拷问官"，它能用那个小钻头来钻人。这些外星人使用的武器千奇百怪，我借此赋予了它们各种特征和冒险经历，形成了太空强盗的传说，当时我顶多只有九岁或十岁。

除此之外，我还写怪物故事卖给廉租房同楼的孩子们，换来五美分硬币买一条迷你士力架。一般而言，那些故事是我手写的，一个故事两页长，故事里如果有狼人出现，我还会亲自上阵扮演——我喜欢吓唬其他孩子。

但好景不长，我的某位小顾客做起了噩梦，他母亲便找我母亲抱怨"别吓唬孩子们了，别老讲什么怪物"，于是，我的士力架和漫画书的资金来源就此泡汤。

乔伊·沃德：你接下来有什么变化吗？

马丁：接下来的几年我不再吓唬其他孩子，转而读了很多书。起初主要是漫画书。

但在某个关键的年份，我母亲的朋友送了我一本斯克里布纳出版社的精装书，即罗伯特·A. 海因莱因的《穿上航天服去旅行》。那本书至今仍是我最喜欢的科幻小说之一，我认为它也是有史以来最伟大的科幻小说之一，是海因莱因的杰作。尽管这部小说被归为海因莱因的"少年科幻系列"，但对成年人来说，它同样具有很强的可读性，我至今依旧乐于捧读它。

那本书吸引我去阅读了更多的科幻小说。我每周有一美元零花钱，相较之下，一本平装小说的价格是三毛五，一本漫画的价格约为小说的三分之一。我必须做出选择，三本漫画还是一本小说？有时这很难选，逼得我东拼西凑。哇哦，这是新的蜘蛛侠和神奇四侠的漫画，可是哎哟，那是我没读过的罗伯特·A. 海因莱因或者安德烈·诺顿或者A. E. 范·沃格特的小说。我最喜欢的是 ACE 双面书，因为花三毛五能买到两个故事。海因莱因的《穿上航天服去旅行》作为斯克里布纳出版社的第一版精装书，固然非常精美，我简直把它给翻烂了，但在足足十年时间里，它也是我拥有的唯———本精装书，因为我们家很穷。

乔伊·沃德：你到底读了哪些作家的作品？

马丁：嗯，我刚才已提到了一些名字。安德烈·诺顿是ACE双面书时代的著名作家，我非常喜欢她的作品。

我还喜欢杰瑞·索尔，他写过不少优秀的ACE双面书故事。我读了A. E.范·沃格特的故事，但不太感冒，他的故事虽然有趣，但某些方面总令人迷惑，直到今天我仍旧这么认为。不过无论如何，范·沃格特具有很强的原创性。除此之外，芒斯特、艾萨克·阿西莫夫、杰克·威廉森等所有这些活跃于20世纪五六十年代或更早时期的作家我大致都读过。

我在某个时间点上发现了史密斯博士，并一口气读完了"云雀号"系列，也就是《太空云雀》及其续作。

随后，我又接触到了奇幻小说。我读的第一本奇幻是L.斯宾拉格·德坎普编辑的小册子《剑与魔法》，那是我从旋转货架上偶然入手的，里面有一个关于蛮王柯南的故事。我被那本册子所吸引，尤其是那个柯南的故事。

我第一次接触恐怖文学——我并不称它们为恐怖小说，我管它们叫怪物故事——和接触奇幻小说一样，也是源于旋转货架上的偶遇。那是鲍里斯·卡洛夫还是谁编辑的一本最佳恐怖故事选集，我在里面读到了H. P.洛夫克拉夫特的《猎黑行者》——我的第一篇H. P.洛夫克拉夫特小说，我从未见过比洛氏更具恐怖感的文笔。

乔伊·沃德：你卖出的第一篇作品是？

马丁：在成为职业作家以前，我已是一个"著作等身"的漫迷了。我最初为同人志写作。

今时今日，我在互联网和其他很多地方明确反对"同人作品"，有的读者因此不理解我，他们指责我"你说你自己以前就是写同人的，现在你却反对同人"。可此"同人"非彼"同人"，今天读者口中的同人作品，是指直接采用我创作的角色、罗宾·霍布创作的角色、罗伯特·乔丹创作的角色，或者柯克船长与史波克——总之一句话，从任何电视剧、电影或小说中借来角色，照搬他人的成果进行写作。我从未干过这种事，我也绝不赞成这么做。

我写的那种上世纪60年代漫迷的"同人"，是指发表在同人志上的独立作品，是用原创角色写的原创故事。不错，其中某些角色借鉴得很明显，你可以撕开那层面纱，发现，哇，面纱下面其实是蝙蝠侠，尽管它可能已更名为翠鸟侠。

我写过"蝠鲼侠""强人""怪异博士"及其他很多类似角色的故事，其中有的角色是我自己的创造，有的角色是他人创造并请求我参与创作。这些故事都发表在当时的同人志上，我因此变得相当有名，获得了不少赞誉，而这反过来鼓励了我继续写作。

我是一个非常害羞和内向的孩子，幻想——白日梦、小说和漫画——就是我的避难所。

事实上，我每次发表作品都会有一点小犹豫，具体我也说不清，大概是害怕遭拒之类的吧。但能有这么多作品刊登在同人志上，并且能收到编辑的类似"写得真棒，堪称我们杂志上最优秀的作品之一"这种回复，和读者的类似"那个乔治·马丁太牛了"这些寄语，真的给了我莫大鼓励。我认为，这在我的成长历程中具有非常重要的意义。

乔伊·沃德：你如何看待人们对你写作能力的赞赏？

马丁：在我看来，最初这只能说明中学生的眼界不高，包括我自己在内。你瞧，当年的漫迷圈百分之九十由中学生或更低龄的儿童组成，剩下百分之十才是处于金字塔尖的大学生和成年人，但我接触到的只有中学生。打个比方，我好比身处棒球联赛的小联盟，但不在大联盟。我是小联盟里的一颗新星，却并不意味着我能在大联盟上场，而我一直梦想着能登上大联盟的舞台。

我知道自己终究会想成为职业漫画书作者，我想把写作当成职业。但即便在当时，我也犹豫着该不该踏出这一步。如果他们不喜欢我呢？如果他们拒绝我呢？如果他们对我说"你不够好"，我该怎么办？因此，我想等我足够好的时候再去尝试。等再过几年，我的积累多一些了，能力也就会更强一些。

我怀着这种愿望上了大学，在大学里选修了每一门允许我自由创作的课程，包括创意写作和短篇故事写作。

哪怕在其他课程上，我也每每提议：我的学期论文能不能写成小说形式呢？在伊利诺斯州埃文斯通镇的西北大学就读的第二年，我修习过《斯堪的纳维亚史》——历史是我的副修科目，老师要求我们写一篇在学分上占比很重的学期论文。我找到教授，提出"我能否用历史小说来代替论文"，他从未收到过这种提议，但很感兴趣，他回答道："当然。让我们看看你能用学到的历史知识捣鼓出什么来吧。"

于是，我写了一个发生于1808年俄瑞战争期间的故事，关于被誉为"北方的直布罗陀"的著名要塞瑞典堡的投降经过——这一直是那段历史中的未解之谜，而我在故事中提出了自己的解释。结果这篇名为《要塞》的小说不但评分拿到了"A"，教授对它还赞赏有加，以至于将它投给了专业杂志《美国－斯堪的纳维亚评论》。该杂志的编辑也非常赞赏它，但遗憾的是，该杂志不刊登虚构作品，因此特意写了一封非常礼貌的退稿函，教授将其转交给了我。那是我收到的第一封专业退稿函，我心想：好吧，一位职业编辑说我写的东西不错，或许我不应该再缩手缩脚。

翌年我进一步选修了创意写作，并在课上写了不少科幻故事和主流文学小说。人生中第一次，我投稿给专业杂志，结果那些主流文学作品无一例外被直接贴上了退稿通知，而两篇科幻小说却最终得以发表——尽管其中一篇隔了十年，但另一篇在两年后便得以问世，那篇作品名叫《英雄》。

那是我职业生涯中第一次卖出作品，创作于西北大学三年级的创意写作课上。我曾拿它到处投稿，还因此收到过约翰·W. 小坎贝尔的退稿信——这让我倍感荣耀——最终《银河》杂志买下了它。它刊登于1971年初的某期《银河》上，我得到了94美元的稿酬，这在当时可不是一笔小钱。

我依然记得自己在1971年2月和朋友们跑遍整个芝加哥，搜刮《银河》杂志的情景，这个报摊买两本，那个报摊买两本，咦，这家报摊居然没有？……我们就这样把杂志全抱回了家，因为当年杂志社没有寄送样刊的规矩，你得自己上街找寻。

那份经历我记忆犹新。人生的第一次总是如此令人兴奋，无论出版还是性爱，都会令你永生难忘。打开信封看到稿酬支票的那一刻，在报摊上发现自己名字的那一刻，那是我第一次以作者的身份出现在专业杂志上，而我为之陶醉。

我是个幸运儿。我知道许多人挣扎了很多年，收到过无数退稿函——其实在收到退稿函这点上，我也不遑多让。我在创意写作课上写出的四个故事，除《英雄》外，其他三篇都收到了超过四十封退稿通知，甚至有的永远也没能卖出去。只因这一个故事的成功，才让别的失败显得不那么令人沮丧。假设所有的故事都收到四十封退稿函，我也许会丧失勇气，然而现实是《英雄》的发表让我坚持了下来。我写出了更多的故事，也卖出了更多的故事，其中既有科幻也有奇幻，整个70年代我都非常活跃。1973年某月，我甚至同时在三本杂志——《类比》《惊奇故事》和《幻想与科幻》——有三篇不同的作品获得发表。

那种滋味非常爽快，仿佛能够征服世界。

70年代前中期，我埋首于短篇小说的创作和出版。我被提名坎贝尔奖，但没能获奖；我又被提名星云奖和雨果奖，依然没有获奖；最终我再次被提名雨果奖，那篇名为《莱安娜之歌》的小说终于在1975年为我赢得了雨果奖最佳中篇小说的荣誉。

到了这时，我认为自己已成熟到可以创作长篇小说了。1977年，《光逝》出版了。这一次，我同样非常非常幸运，放眼整个70年代我认识的新手作家，他们的第一部长篇小说大致只能挣到三千美元。

而1977年我完成自己的长篇小说处女作时——由于之前只写过短篇故事，我并没有太多自信——却正好搭上70年代末的科幻小说大潮。科幻小说破天荒地开始登上畅销书排行榜，那些黄金时代和50年代的伟大作家，比如阿西莫夫和海因莱因，他们第一次成为畅销书作者。拥有他们的出版社固然非常开心，但在那个市场上打拼的出版社太多了，那不是五家大出版社，而是足有三十家之多。鉴于优秀资源僧多粥少，每家出版社都在全力搜寻新人，寻找下一个阿西莫夫、下一个海因莱因，小说的价格随之水涨船高，人们为新人的处女作或第二部作品竞相开出天价。

我在正确的时间点出场，结果有四家出版社竞拍我的《光逝》，最终所得的稿酬比我当时一整年的收入还多出不少。这让我得以认真考虑成为全职作家的可能性。

我此前只是个业余作者。我当过象棋比赛负责人，干过记者，我在志愿军团服务了两年，也从事过出版相关工作。我羡慕职业作家，例如打一开始就是全职的海因莱因，但也有克里福德·西马克这样的反例，他的作品都是业余创作——在《光逝》带给我巨大的经济回报以前，我本以为那才是我的道路。

在《光逝》出版以后，我和丽莎·图托合著了《风港》，然后我单独写作《热夜之梦》，后者让我脱离了传统科幻领域。

我接下去的一部长篇小说是《末日狂歌》。它的试读稿广受赞誉，也让我人生中第一次拿到巨额稿酬预付金。直到那时为止,我的职业生涯似乎一片坦途,不幸的是,那本书出版后销售惨淡,导致一场巨大的商业失败。我立刻发现这是一个没有安全感可言的世界,尤其是出版界,在这里,人们对你的所有评价仅限于你的上一部小说,或者上一部电影,或者上一部电视剧的剧本安排。

乔伊·沃德:考虑到两者间的巨大差异,你如何看待自己从《侠胆雄狮》——一个或许是电视荧幕上最出色的爱情故事——到《权力的游戏》的转变?

马丁:我并不认为两者存在巨大差异。我总想做不同的尝试。我小时候不仅喜欢科幻故事,也喜欢奇幻和恐怖小说,并且同时在这三个领域写作。我刚才提到的自己的早期小说《英雄》,也就是卖给《银河》杂志的那篇,乃是一个硬科幻故事。但我卖出的第二篇小说,却是一个发表在《幻想》杂志上的鬼故事,设定于人们不再驾驶汽车的年代,那是一篇奇幻小说,加上了一丁点儿恐怖和闹鬼的元素。当我卖出第三篇小说的时候,我实现了对这三大领域的全垒打。我就这样不断变换主题,尽力避免重复。我总是谋求改变,乐于创新。

我是旋转货架培养出的孩子。我在新泽西的贝约恩市长大,那里没有书店,旋转货架上的漫画书和平装小说放在一起,并不加以区分。大仲马的旁边是杰克·万斯,它们的正下方则是诺曼·文森特·皮尔。所有书都混在一起,因此我也读得五花八门,写得五花八门。

乔伊·沃德:你如何在作品中运用"死亡"这个元素?

马丁:我从未刻意运用"死亡",我从未从"运用"这个角度出发去进行创作。我只觉得身为一名作家,哪怕奇幻作家,也有义务告诉人们真相,而真相是——正如《权力的游戏》里那句有名的台词——"凡人皆有一死"。死亡尤其会与《权力的游戏》的主题之一"战争"联系在一起。我的很多作品——并非所有作品,但占了很大比重,甚至可一路追溯到最初发表的《英雄》,那也是一位战士的故事——都与战争和暴力相关,不可能不涉及死亡。有种故事我相信大家都读过一百万遍了,那就是一群好伙伴出发冒险,队伍由英雄本人和他最好的朋友及他亲爱的女友组成,他们上刀山下火海,但没人会死,会死的都是打酱油的边缘人物。

那是个弥天大谎,与现实有天壤之别。在现实中,只要参战,他们最好的朋友就可能丧命,或者他们自己身负重伤。他们很可能会缺胳膊断腿,直到死亡不期而至。

死亡是绝对的,它总在蠢蠢欲动,最终会带走我们所有人。我们都会死。我会死,你也会死。凡人性是人之为人的根本,一个诚实的人无法回避它,尤其当你写作一本存在大量冲突的小说时。只要接受这点,承认死亡的不可避免,你就能诚实地对待它,它可能在任何时刻发生在任何人身上,谁也不可能因为自己是个可爱的孩子或是英雄最好的朋友甚或就是英雄本人而刀枪不入。英雄有时也会死,至少在我的小说里是这样。

我喜欢我创作的所有角色,因此杀死他们总是很难,但我不得不下手。在我心中,我设想并非是我自己杀了他们,而是另一些角色杀了他们,这样就好受多了。

乔伊·沃德:你会给未来的乔治·马丁们怎样的建议?

马丁:从职业规划的角度看,作家是一个相当可怕的职业。

你不能把写作当成赚钱、成名或发达的手段。如果你非常乐于写作,如果你有很多故事想要讲述,如果你从很小的时候开始就给自己的玩具太空人编出各种名字和故事,如果故事在你笔下呼之欲出,那么,你需要追问自己:假设我的故事分文不值怎么办?我还会写吗?如果答案是肯定的,你就能成为作家,你也必须成为作家,那将是你唯一的选择;如果答案不是这样,如果一段时间无人问津你就会打退堂鼓,那还不如趁早绝了这份念想,改行去学计算机。我听说计算机技术将来大有可为。

许多人羡慕作家的生活方式,那的确有很多精彩的瞬间。但我想告诉孩子们的是,从事写作的理由应该是你的确有故事可写,是你按捺不住内心深处的表达欲望。

乔伊·沃德:你想要尝试哪些从前没有体验过的事?

马丁:我想回到三十岁。我想环游全世界。我想去许多精彩的地方、体验许多精彩的冒险。但问到我想从事什么,我想从事"如何让自己回到三十岁"。

霸王龙雷克斯
REX

[美] 大卫·杰罗德 David Gerrold 著
胡永琦 译

明日经典

大卫·杰罗德是著名科幻作家，畅销书作家，也是一名电视剧和电影编剧。他的中短篇小说《火星之子》获得了1994年的星云奖和1995年的雨果奖。他为《星际迷航》撰写的《毛球之灾》，被评为该系列剧集中最受欢迎的一集。

插画／刘鹏博

> 难道你不想拥有一头宠物恐龙吗？反正我想。恐龙可是很不错的宠物。它们不仅温和可爱，还用处多多……

"爹地！霸王龙又跑出来啦！它跳出了围墙。"

乔纳森·菲尔特里嘴里蹦出一个他绝不愿让自己八岁女儿听见的单词，在键盘上的"保存"键上猛敲了一下，把椅子踢回原位，满脸恼怒地向地下室的楼梯走去。他对这些不时打断他工作的破事儿痛恨至极。

"快点，爹地！"吉尔的喊声再次从地下室的门口传来，"它正在追剑龙，它就要抓住史特吉啦！"

"我可警告过你早晚会出这种事的……"菲尔特里生气地说着，抓起墙上的长柄猎网，"别动，就在这儿等着！"他厉声道。

"别怪我嘛！"吉尔喊道，跟着他走下了木楼梯，"我又不知道它会长这么大！"

"它是吃肉的。剑龙、迷惑龙和其他恐龙在它看来就是午餐。回楼上去，吉尔！"

菲尔特里在楼梯底部停下来，仔细地打量着这间曾经的地下室——按照他夫人的要求，这儿已被改造成了两人的宝贝女儿的迷你恐龙王国。闷热昏黄的灯光使地下室沉浸在一种远古氛围里，所有的东西都弥漫着一股石炭纪般的味道。他厌恶地皱了皱鼻子，出于某种原因，这种不舒服的感觉似乎比平时更为强烈。

眼下的麻烦显而易见。那些六英寸[1]高的剑龙，大都退缩到了北墙边的高坡上，正心惊肉跳、漫无边际地胡乱打着转。它们那明黄、橘橙的颜色让它们显眼极了。他迅速清点了一下。三头幼崽和它们的母亲都没事，另外两只雌性剑龙也还好，但它们都痛苦地吱哇乱叫着。他找到了弗雷德和西里尔，但史特吉没和它们在一起。幸存的两头雄性剑龙正焦虑不安地气喘如雷，不停地摆出猛冲下坡的愤怒姿势。

菲尔特里顺着它们焦虑的矛头所指的方向看去。"该死！"他说。只见那头足有两英尺[2]高的霸王龙雷克斯，正从已经倒地的史泰吉身上撕下一缕

---

1. 1英寸=2.54厘米。
2. 1英尺=0.3048米。

缕鲜血淋漓的肉条,贪婪地大口狼吞虎咽着。它浑身染血,一条长尾在身后狂暴地甩动着,为它俯身咬向猎物的动作提供平衡。它拉拽着、撕扯着,然后直起身,迅速环顾四周,用敏捷的、鸟一般的动作察看是否存在危险。它猛地向上扬起头,将刚撕下来的肉块送进嘴里,然后再吞一口,咽了下去。它咕噜着,咆哮着,又再次俯下整个身体,将血盆大口深深埋进那片模糊的血肉中。

"噢,爹地!它杀掉了史特吉!"

"我让你在楼上等!一头霸王龙在进食的时候是非常凶猛的!"

"但它杀了史特吉!……"

"好吧,我深表遗憾。但现在什么都做不了,只能等它吃完,等它变迟钝后再碰碰运气。"菲尔特里把网放下,将它靠在桌子边缘。精心设计的齐腰高的微缩景观占据了整个房间,为几乎不可能一同出现的白垩纪和侏罗纪的生物提供了生息之所。桌子边上的玻璃围栏至少有三十六英寸高,还稍稍通了些电,这样既能关住它们,又不会对它们造成什么伤害。在把雷克斯放进这个巨大的生态培养箱里之前,他们拥有韦斯特切斯特地区数一数二的收藏——在微型森林里生活的恐龙超过了一百头。每年春天,各种食草恐龙往往还能为兽群增加五到十头可爱的小家伙。

而现在,整个兽群已经锐减得只剩少许步履轻盈的剑龙、部分身形笨重的迷惑龙、两头全副武装的甲龙、一群好战的三角龙,以及几头叽叽喳喳的鸭嘴龙。它们中的绝大部分之所以能够幸存下来,仅仅是因为它们喜爱的进食场所在巨大U型围栏的一端,而雷克斯的兽栏在对面那端。在找到攻击目标前,雷克斯会一直在食草恐龙的领地上游荡。和大多数迷你恐龙一样,雷克斯的脑子里并没有多少灰质[1],它总是直接攻击自己见到的第一个移动的物体。自从它被放进这个菲尔特里曾以为牢不可破的兽栏,在短短六个月间,雷克斯已经给"欢乐大道恐龙园"带来了灭顶之灾。它每周一到两次的出逃,俨然已成惯例。

菲尔特里缓缓绕着桌子走到兽栏边,将所有围栏仔细检查了一番,想弄明白霸王龙可能是从什么地方、以什么方式突破藩篱的。他曾坚信自己上周安装的三十英寸高的岩面泡沫塑料砖可以防止这头食肉动物潜逃,避

---

[1]. 一种神经组织,是中枢神经系统对信息进行深度处理的部位。

免它继续对温和的食草恐龙胡作非为,显然,他错了。

在仔细研究这厚厚的围栏时,菲尔特里皱起了眉头。围墙没有任何地方遭到破坏,这头暴君蜥蜴也没有在墙下挖出洞来。石头没有被嚼碎,但有几处被刮得很厉害。菲尔特里隔着桌子将身体凑过去看了看,"嗯。"他说。

"咋啦,爹地?告诉我呀!"吉尔不耐烦地催问道。

他指了一下。围栏边缘和顶上的砖块都被挖凿得惨不忍睹。说明雷克斯会从这里跳上墙顶,将对面的情况侦察得一清二楚,然后就跳下去大开杀戒。从围栏表面数不清的爪痕来判断,今天显然不是它第一次如此远足出征。"你看,雷克斯能跳过围栏。这可能也就解开了最后那头腔骨龙神秘失踪的谜团。这简直越来越荒谬了,吉尔,我可是再也受不了了。我们必须给雷克斯找一个新家。"

"爹地,不!"吉尔立马暴跳了起来,"雷克斯是家里的一员!"

"雷克斯就快把其他恐龙吃光啦,吉尔,这可不是家庭成员的作为。"

"我们可以买新的嘛。"

"不,我们不会。买恐龙可是要花钱的,在摆脱它之前,我不会买任何新动物。不好意思,宝贝儿,但我之前就告诉过你,我们养不了它。"

"爹地,求——你——啦!雷克斯是我的最爱!"

乔纳森·菲尔特里牵着女儿带着她走回去,雷克斯还在那已经面目全非的小小剑龙残体上狼吞虎咽。"看吧,吉尔,这种事只会源源不断,宝贝儿。对我们而言,雷克斯已经长得太大了,没法养了。这可都得归功于你和妈妈不停地用新鲜牛肉喂它。还记得恐龙医生怎么说的吗?那样做会让它加速生长,而你又听不进去。现在已经没有哪头恐龙能够逃脱它的魔爪,甚至连反击都做不到了,这对其他恐龙而言太不公平了。再说,把雷克斯困在这个让它开心不起来的地方,对它也不公平。"

最后那句话完全是信口胡诌的,菲尔特里自己说的时候就心知肚明。如果雷克斯明白什么是幸福,那么它可能会对能待在这样一个地方而感到乐不可支——它是唯一的掠食者,而猎物们全都小得没法跟它抗衡。不过,它们的基因已经铁板钉钉地表明,雷克斯和其他迷你恐龙想要形成任何念头,必须得去向别人借点必不可少的神经突触。而说这种生物呆头傻脑,都是一种恭维。

"可……可是,你不能这么做!它会想我的!"

53

菲尔特里精疲力竭地叹了口气。他已经知道这番争论会怎么收场了：吉尔会去找她的妈咪，然后妈咪向她保证会跟爹地谈一谈，然后妈咪会生两周的气——因为爹地会让她失信于他们可爱的小女儿，最后，他会为了获取少许能让他完成部分工作的和平与宁静而妥协。但他无论如何仍不得不尝试一番。他在女儿面前单膝跪下，双手放在她的肩上，"我们会为它找到一个好去处的。小吉，我保证。"他说是这么说，但心里明白这个承诺他永远不会兑现。他知道自己没法卖掉雷克斯。他曾见过回收商的广告，暴君蜥蜴已没有任何市场了——无论大小。雷克斯已经超过了两英尺，很快就要蹿到法定限高的三十六英寸了。雷克斯每周要吃十磅[1]的鲜肉，只在逼到饿急时才吃干粮。从把雷克斯买回来至今，家里都还剩半袋普瑞纳恐龙干粮，那头恐龙在几乎一周没有吃东西之后才屈尊碰了点那玩意儿，即便如此，它也还在食物里挑挑拣拣。

菲尔特里也不认为自己能将这个东西送走。动物园再也不收任何霸王龙了，无论大小。喂养它们太烧钱了，况且他们已经有一百多头这种迷你怪兽。它们在园里口沫飞溅、嘶嘶作响、咆哮如雷，偶尔还会拿体型稍小的同类开开荤。曾几何时，拥有属于自己的迷你霸王龙简直风光无限，但这个风尚早就一去不返，暴君蜥蜴已成明日黄花，而肉的价格一涨再涨（因为巴西闹了旱灾）。很多人出于对那些气味和烂摊子的厌倦，最终把他们的宠物扔进了动物园，或者交给了动物收容所。由于它们受到《人造物种法案》的保护，杀死一头迷你恐龙的代价几乎令人望而却步。有些没脑子的人试图将他们饥肠辘辘的恐龙扔在野外，但他们不知道这些动物在基因上是可追踪的。从新闻报道的消息来看，罚款金额触目惊心。

"我向你保证，小吉，我们会找一个能让雷克斯开心待着、我们也能每周去看它的地方，好吗？"

吉尔甩掉他的手，双臂交叉抱在胸前，扭过了身。"不！"她决心已定，"不许你把雷克斯送走！它是我的恐龙，我选定了它，而你也说过我可以养。"

菲尔特里放弃了。他转身回到微缩景观那里，雷克斯已经停止了狼吞虎咽，正懒洋洋地站在猎物旁边。菲尔特里抓起金属网，迅速把恐龙罩了进去。雷克斯在网中挣扎着，但并不激烈。菲尔特里很早之前就学会了这

---

1. 1 磅 =0.45 千克。

点——等霸王龙吃完再试着把它捉回兽栏。他握住网柄将网扫过桌面，小心地把恐龙举得离自己远远的，同时越高越好。吉尔想伸手去抓网柄，他本能地用力一扬，让它高出了她够得着的范围——然而，有那么一瞬，让她当真抓到雷克斯的诱惑在他脑海里一闪而过。那时他就能瞧瞧，她到底有多爱这头小怪兽了。

不过……如果他这么做了，准会被念叨得再无宁日。况且，迷你恐龙实际上还真有造成严重伤害的危险。所以他并不理会吉尔的尖声抗议，仍把雷克斯送回了它的王国——暂时如此。然后，他回头铲起可怜的史特吉血淋淋的遗体，一语不发地将它扔进了雷克斯的地盘。

"我们不为史特吉举行葬礼了吗？"

"不了，我们已经举办过够多的葬礼了，葬礼唯一的作用就是激怒霸王龙。让雷克斯自个儿吃去吧，这能让它消停上一两周，不去跳墙。大概吧，但愿如此。快点，我明明叫你待在楼上，你就是不听。因为这个，没甜点给……"

"我要告诉妈咪！"

"你去吧。"他倦怠地叹了口气，跟着她上了楼——他忽然意识到，在这所房子里的所有动物中，他最为痛恨的正是那本该最明白事理的。她都八岁半了——这个年纪的孩子，应该能够表现出一些人样了，不是吗？他觉得心力交瘁。他知道自己今天不可能再完成任何工作了，在小吉向妈咪哭诉完爹地威胁要抛弃可怜的小雷克斯之后，想都别想了。"雷克斯又不是故意做错事的，"他暗地里自导自演着，"它之所以会饿，是因为爹地昨晚忘记喂它了。"

菲尔特里对雷克斯又嫉又恨。吉尔把她所有的关切和爱意都给了这头恐龙。只有当她想为自己的藏品小生物索要东西时，她才会跟爹地说话。妈咪也没啥区别——她在为小暴君准备食物时投入的精力远远超过了留给他的。那霸王龙每周能得到三次新鲜牛肉或羔羊肉投喂，而他只有大豆汉堡。

在相当长的时间里，他都有分居的打算——甚至离婚也说不定。一切甚至到了他登录法律网站用离婚判决模拟器测算离婚花销的地步。虽然法律网拒绝担保自家法律软件的精确性，以免招致没完没了的诉讼，但离婚判决模拟器和联邦离婚法庭用的是同一个司法引擎，据非官方评估，它的推断准确性高达百分之九十。

他想要的只是一栋山间小公寓，他可以在里面安坐、工作、平和地凝视窗外，而无须顾念小暴君们——无论是两英尺高的那个，还是三英尺高的那个。暴君蜥蜴，或暴戾小孩——他能看出的唯一区别就是：暴君蜥蜴只会啃噬你的心一次，然后就一了百了了。

模拟结果表明，他买得起山间小公寓，那倒不成问题。不幸的是，法律网的司法引擎同样表明，他负担不起同时供养乔伊丝和吉尔两人的费用。模拟器给了他几种选择，在他看来没有哪个可行。离婚会带给他自由，但那代价实在高得离谱。分居能为他带来和平与宁静，但无法给他自由——他仍然需要继续为乔伊丝和吉尔花样百出的奢侈爱好买单。

他恼火地咕哝着，把沉重的笼子从车库里拖出来，笨拙地把它挪下地下室的楼梯。吉尔一直跟着他，不停抱怨、哭哭啼啼。他驾轻就熟地进入了机器爸爸模式，断开了情感链接，对她最具挑衅力的攻击不予理睬——"我不爱你了！你明明跟我保证过的。我不要当你女儿了。我要告诉妈咪。我不喜欢你了，你可以去死了。"

"别怂恿我了，没准儿我会喜欢那种变化的。"他喃喃低语，回应着最后那句话。

回到楼下后，菲尔特里发现雷克斯不仅已经吃完了它的美餐，还又站在了石头围栏的顶端，它正狂暴地晃动着尾巴，审视着前方的疆域。看起来它正准备重返猎场。房间的另一端，幸存的剑龙焦虑地哞叫着。

雷克斯随即发现了他们。它猛地转过身来，隔着围栏间隙窥视着他们，它像鸟一般竖起头来，先用一只不怀好意的黑眼打量着他们，接着又换成另外一只。或许那只是因为它脑袋的形状生得古怪，但从它表情来看又像正居心叵测地算计着什么。这头生物眼中充满了对限制它自由的柔软的粉红哺乳动物的仇恨，以及对人类血肉滋味的贪婪妄想。菲尔特里实在想不通他最初究竟为什么会想要一头霸王龙。雷克斯挑衅地嘶嘶叫唤着，它拱起脖子，张开大嘴，露出成排的锋利小牙。

菲尔特里皱了皱眉，是他的错觉，还是在过去六分钟里小霸王龙又长了六英寸？这家伙看上去似乎比他记忆中又大了很多。当然，他一直在生这个小怪物的气，倒是已经有一段时间没有仔细看对方的模样了。

"它已经大得可怕了，你是不是又喂它了？"他质问着女儿。

"没有！"吉尔激愤地说，"我们只是用剩饭剩菜在喂它。妈咪说浪费食物是非常蠢的。"

"在它日常伙食之外还有加餐?"

"但是,爹地,我们不能让它挨饿呀……"

"它可没有任何挨饿的风险。难怪它变得这么贪吃。你们使它胃口和个头的增长加速了。我告诉过你们不要那么做。好吧,现在完了。我们早就应该这么做了。"菲尔特里捡起了网,慢慢地把它带过去,从雷克斯看不见的那一侧靠近它,小心翼翼地不去惊动那两英尺高的暴君。那东西已经大得足以造成危险了。

雷克斯嘶嘶叫着,撕咬着网,但没有试着逃跑。霸王龙不会逃跑,只会进攻或进食。如果做不到这一样,它们就会做另一样,如果两样都做不到,它们就会等到能做其中某样为止。这种生物有着律师般的一根筋思维。

菲尔特里以迅雷不及掩耳之势网住了雷克斯,从饲养所的玻璃围栏里把它兜了出来。他把恐龙放低,降到笼子里,迅速翻过网,让这头生物跌出去,然后拎起网,一脚踢上了笼子盖儿,赶在雷克斯用头撞击之前飞快地上了锁。吉尔眼睁睁看着,双眼圆瞪,愤恨不已。她停止了哭闹,但仍旧一脸暴躁。

"你要对它做什么?"她逼问道。

"嗯,它今晚会在阳台度过,那里比较暖和。明天我会带它去……恐龙农场,它在那里会更开心些。"带它去动物收容所,他们会把它收拾掉,并讨要一笔高额费用。

"什么恐龙农场?我从来没有听说过什么恐龙农场。"

"噢,那是新开的,它在……佛罗里达。它是为雷克斯这样大得没法在康涅狄格州待下去的恐龙准备的。我会把它送上飞机直接送到佛罗里达去。我们明年去迪士尼乐园的时候就可以去探望它,好吗?"

"你在说谎——"吉尔指责道,但她的语气中也有一丝不确定,"我们什么时候去迪士尼乐园?"

"等你学会不再抱怨之后,也许四十或五十岁的时候吧。"菲尔特里咕哝着从后面举起笼子。他可以感觉到笼子的重心随着雷克斯怏怏不乐地走动而不断变化。它嘶鸣着、口沫飞溅着,因为受困而高声号叫着。小暴君雷霆大发,吉尔也齐声抱怨。两位小暴君都极不开心。

菲尔特里不知道怎么把沉重的箱子弄上楼,放到了阳台上。"它在那儿待到明天没事的,吉尔。"他一反常态地让步道,"今晚你想怎么拿剩饭剩菜喂它都行。反正都木已成舟覆水难收了。你明早上学之前还可以跟它说再见，好吗？"

吉尔发火了，"你好不公道！"她指责道。她重重跺着脚离开了阳台，上楼回到自己的卧室，生了四个小时的气。在那段时间里，她汇集起了作为女儿的所有刁蛮脾气。直到听见她砰然作响的关门声，菲尔特里才大声地呼了口气，用嘴唇发出了一种像马一样的声音。鉴于可能随之而来的痛苦，他思考着自己是否关对了动物。

晚饭的场面一如既往令人憎恶。服务机器人滚进来，在桌上放好食物，恭敬地等待着，然后滚回原位，最后再把盘子收走。他的妻子隔着汤盯着他，女儿则对着沙拉噘起了嘴。吃鱼的时候根本没人说话。没有肉的大豆汉堡也只有沉默作为佐餐。菲尔特里决定，能不开口就绝不说话。如果他不给乔伊丝机会，她就不会对他絮絮叨叨。

他漫不经心地想象着，要雷克斯加速生长到六英尺还需要多少肉。雷克斯从乔伊丝的骨头上撕下血肉并贪婪吞下的画面，给他带来了一种奇特的战栗快感。

"你在笑什么？"乔伊丝突然逼问道。

"我没笑……"他说着，因做白日梦被抓个现行而吓了一跳。

"别对我撒谎，我看到你笑了！"

"对不起亲爱的，那肯定是胀气痛，你知道我有多不适应大豆汉堡。"

他意识到错误时已经晚了。现在，对话的战书已被掷出、捡起，然后扔了回去，乔伊丝可以毫不受限地把讨论范围拓展到任何她所选择的领域里了。

她选好了。"你非常残忍、极不公道，你自个儿明白。"她指责道，"你的女儿喜爱那头动物，它是她的最爱。"

菲尔特里琢磨了一番那显而易见的事实："那头动物得到的汉堡比我还多，而我才是这个家里养家糊口的经济支柱，我希望能得到和雷克斯一样的待遇。"但他最终决定不这么说，因为那会引发家庭内战，然后为了和解，再来一趟烧钱的牙买加之旅。起码如此，上不封顶。因此他转而点头赞同她道："你说得对。的确很残忍，也确实不公道。对，我知道吉尔有多爱雷克斯。"他尝了尝绿豆，它们没有煮透。乔伊丝又重新调整了服务机器人的设置吧。

"嗯，我反正不明白为什么我们不能改造那个玻璃容器。"

"不是饲养场的问题，"菲尔特里平静地指出，"是雷克斯的问题，它的生长被加速了。无论我们做什么，那里都容不下它了。"他扛住了提醒她自己曾警告过她这种可能性的诱惑，"如果它再长大些，注定会变成一个祸害。我认为我们不应该冒这种险，你说呢？"他意味深长地向吉尔的方向偏了偏头。

乔伊丝看起来颇为挫败。乔纳森给出了一个无法反驳的理由。她假意承认了这一点，同时考虑着下一步——或许只是关于她新发型的形状，但她的表情看起来居心叵测，似乎在算计着什么。菲尔特里真想知道自己当初为什么要跟她结婚。

他的妻子撩了一下脖子后面略微染过的秀发，轻轻一笑，"好吧，我不知道你准备怎么补偿你女儿……但我希望你有合适的解决之道。"她和吉尔都期待地看着他。

菲尔特里直直迎向她们的目光。他对她假惺惺的微笑回以一个相差无几的笑容，"哎呀，我想不到任何能够替代雷克斯的东西。"

乔伊丝非常优雅地抿紧了双唇，"嗯，我能，而且我保证吉尔也能，对吧，宝贝儿……"乔伊丝看向吉尔，吉尔笑了，她们又一起看向爹地。

所以，就是这样。菲尔特里可算看懂了这个策略——诱敌深入，欲擒故纵。牙买加之行看来是逃不掉了。他忖度着自己的选项。其实也就只有那一个，也就是死胡同。"你已经订好票了，对吧？"他虚伪的笑容变得更不自然了。

"我明白了，"他的妻子简单而无礼地说，"你就是这么想我的……"他马上听出了这种语调。如果他敢说任何话——任何话——她都会在三句话内升级为战术核武器。而他能说的最糟糕的话无非是，"现在，亲爱的——"

然而他没有那么做，他张嘴后说出的话是："我们无论如何都去不了。我要到丹佛去做研究。"这次，他甚至让自己都大吃一惊。丹佛？这主意从哪儿来的？"我要去一个月。也可能两个月吧，至少。如果这破坏了你的计划，那我深表歉意。亲爱的，我应该早点告诉你的，但我一直希望自己不用去。不幸的是……我今天下午刚接到消息，没有别的人能去做这事儿。"他以一种爱莫能助的姿态摊开了双手。

乔伊丝的嘴巴抿得几乎看不见了——然后恢复成了一个从容的微笑。

"我明白了。"她用糖化酸一样的声音说。她不愿意在吉尔面前情绪失控。那是一个坏榜样,她向来如此坚持。她八年前就声称要这么做,在过去的五年里,乔纳森·菲尔特里一而再再而三地通过试探他能把她逼到怎样的崩溃边缘来自娱自乐。今晚——丹佛这个点子——他算是打了一个大满贯的全垒打,把它一路击打出场,然后带着三名跑垒员回到垒位。"我们晚点再谈这件事。"她决然终止了谈话。她这种态度便是承认自己已被迂回包围,没了别的选择只能撤退,她会养精蓄锐、侦查局势,最后卷土重来。但不是现在。谈话已暂时中止了。

"我会工作到很晚,"菲尔特里快活地说,"我还要完成一个报告,今晚也得打包行李了。"他大大地咬了一口大豆汉堡,它突然美味极了。

乔伊丝借口说自己得送吉尔上楼让她准备上床睡觉,便离开了。"但妈咪,我还没吃甜点……"那孩子哀号道。

"你爹地都这么对我们了,还吃什么甜点——"

乔纳森·菲尔特里当晚剩下的时光是在安静的工作中度过的,他几乎有几分自得其乐了。他设想了一番如果房子里安安静静的,没有雷克斯那些令人无法忍受的猎食行为的日常干扰会是什么样子。要是他也能轻易摆脱吉尔和乔伊丝就好了。

菲尔特里考虑了一下今晚是否应该在办公室的沙发上睡觉,但他最终决定,那样做就等同于承认:第一,他们之间有过一场争执;第二,他输了。他可不会向乔伊丝妥协分毫。上楼之前,他去看了一下雷克斯。

那头霸王龙正在撕拽笼子的左侧内壁,它先用一只脚抓,然后换成另一只脚,想要为自己撕开一道口子。它用头野蛮地冲撞着,复合笼壁的厚实表面已经有些变形,甚至稍稍裂开了。菲尔特里蹲下身凑过去察看盒子的状况,用手摸了摸变形的材料。他认定笼子损害的程度不足以让人担心,它还能再坚持一天。而他也只需要它再坚持一天。

他上楼去睡觉了,还对自己笑了笑。这只是一场小小的胜利,但无论如何已是一场胜利。他知道未来几个月里,他将为此付出代价,但这并没有削减他认识到自己终于坚守住了底线后获得的满足感。今天,是雷克斯,明天,就轮到大豆汉堡了。

他被一阵尖叫吵醒了——那声音陌生而极度痛苦。什么东西正在厨房里横冲直撞。他听到锅碗瓢盆叮当作响。乔伊丝从他身边坐起来,尖声叫着,抓住他的手臂。"做点什么呀！"她喊道。

"待在这儿！"他命令道，"照看好吉尔！"他只穿着真丝短裤，拿起一根裂开的曲棍球棍作为武器，快步冲下了楼梯。那尖叫声越来越刺耳了。

一个男人的声音正咆哮着："该死的！快把它从我身上弄走！救命！救命！有人吗?！"接着，某人用某物捶打什么东西的声音传来。爬行动物愤怒的尖锐嗥叫间或夹杂在击打声中。

菲尔特里冲进厨房的门，只见一个男人在地板上滚来滚去——那是一个看上去很年轻的男人，瘦骨嶙峋、邋里邋遢，T恤和蓝色牛仔裤上沾满了血。雷克斯的嘴巴牢牢咬住了这个夜盗的右臂。哪怕那个闯入者把它往地上、墙上、烤炉上摔打，它都义无反顾地死不松口。如此循环往复，尖叫声不绝于耳。菲尔特里不知道该打强盗还是恐龙。这名男子的双腿已被咬得伤痕累累，腹部也惨不忍睹，被撕开了一条锯齿状的伤口，上面的肉悬垂下来。他的T恤浸满了血。厨房里到处血肉横飞，像发生了爆炸一样。

那个人看到了菲尔特里。"把你该死的恐龙从我身上弄开！"他生气地叫道，仿佛他被攻击是菲尔特里的过错。

这让菲尔特里做出了决定。他开始用曲棍球棍敲打对方，徒劳地打他的头和肩。那没起到什么作用——他靠得不够近。他抓起一只煎锅，猛地从侧面敲在了倒霉强盗的前额上，那个人惊讶地咕哝了一下，然后呻吟一声倒在地上，再也无法在雷克斯的攻击下保护自己。暴君蜥蜴开始用餐，它从倒地不起的盗贼胳膊上撕下了一长条肉。那个人试着反抗，虚弱地胡乱摆动了几下手臂，但他气力全无、意识模糊，实在无能为力。那头恐龙便长驱直入，无拘无束地开始大吃特吃。

在他身后传来乔伊丝的惊叫，吉尔则尖声道："做点什么啊！爹地，他在伤害雷克斯！"

然后，菲尔特里的人性夺回了主导地位。他必须在这头野兽杀掉那个倒霉蛋前制止它，但他拿不到网，网还在阳台那边——而他没法绕过雷克斯。这头生物对他嘶嘶叫着，口沫横飞，它怒气冲冲地甩动着自己的尾巴，像是在警告菲尔特里不要铤而走险，似乎在说："这个猎物是我的。"

菲尔特里把煎锅挡在自己面前，像盾牌一样前后挥动。小暴君那双不怀好意的黑眼睛紧盯着锅的动向。它不停发出挑衅的咆哮，突然猛地咬住了挥动的煎锅，然而它的牙齿最终还是无能为力地从光亮的金属表面滑开了。菲尔特里使出吃奶的力气猛拍这头野兽，后者眨了眨眼，惊呆了。菲尔特里不停地挥动着煎锅，恐龙条件反射地往后退，但等这东西扫过之后，它马上又窜回来，猛追猛咬。菲尔特里辨识出了这种行为。这头野兽就像是在与其他捕食者为争抢猎物而搏斗着。

菲尔特里挥锅挥得更用力也更直接了，这一次并不是为了把那东西逼退，而在于击中并重创对方。雷克斯跳了回去，愤怒地咆哮着。菲尔特里迅速逼近，挥舞着煎锅，成功地将这头两英尺高的恐龙一步一步逼回了阳台。雷克斯刚被逼回阳台，正在笼子的残骸中间尖叫，菲尔特里便用力关好门上了锁——门的那一边则传来了重重的撞击声。那噪音里夹杂着一连串愤怒的吼叫。接着，门又被撞了第二次、第三次。菲尔特里等待着，手里的煎锅随时待命……

最后，雷克斯疯狂的咆哮逐渐平息了下来，取而代之的是从门的下部传来的缓慢而稳定的抓挠声。

当菲尔特里再次转身的时候，两个身着制服的警察正如释重负地把手枪重新装回枪套。他甚至没有听到他们进来。"那是你的恐龙么，先生？"

尽管胆战心惊，菲尔特里还是努力点了点头。

"你知道的吧，法律中已明令禁止这么大的食肉动物自由活动。"年纪较大的那个警察说。

"如果你没挡着，我们就会开枪打死它。"年轻些的警察说。

有那么一刻，菲尔特里直直感到追悔不迭。他看向倒在地上的强盗，血在地板上流得到处都是。那人侧躺着，捂着胃，一动不动，脸色极为苍白。"他挺得过来吗……"

年长的警察弯腰察看那个盗贼的情况，"这取决于救护车的速度。"

年轻的警察则把菲尔特里拉到了一边，她压低声音耳语般道："你应该希望他挺不过来。如果他活下来了，就可以对你提起一场令人发指的诉讼。我们可以让司机慢一点到急诊室……"

他惊讶地看着那个女人，她则心照不宣地点点头。"你的麻烦已经够多了。我想我们今晚就可以把这个解决掉。"她环视了一下房间，"在我看来，那个窃贼企图偷走你的恐龙，但笼子没有关住，然后那个东西攻击了他，是不是这样的？"

菲尔特里意识到这个女人是在试着帮他。他匆忙点头表示同意，"对，正是这样。"

"那是一头迷你霸王龙,对吧?"她问着,意味深长地盯着那扇门。

"啊,是的。"

"不中用的宠物。但它们是很棒的看家动物。你该为自己着想,如果你想要让它在晚上乱跑,就申请一个许可去,那不会花你多少钱;但如果还有别人图谋不轨想要干点蠢事,它能使你免受诉讼。"

"噢,好的——我明天早上要做的第一件事就是这个了,谢谢你。"

"很好。而你的妻子和孩子都知道要小心的吧?那些雷克斯霸王龙可是敌友不分的,你知道的吧……"

"噢,对,她们都知道要非常小心。"

后来,在警察离开之后,在他使乔伊丝和吉尔平静下来之后,在他收拾好厨房之后,在他有机会深思熟虑之后,乔纳森·菲尔特里再次若有所思地爬上了楼梯。

"我做了一个决定。"他对瑟瑟发抖的妻子和眼泪汪汪的女儿说道。她们在主卧室里挤成了一团。"我们要留下雷克斯。如果我要去丹佛待两个月,那你们就需要尽可能万全的保护。"

"你是说真的吗,爹地?"

菲尔特里点点头,"我出门在外,你和妈咪没人保护,这也太不合适了。我会把阳台改造成一个大型恐龙兽栏,专为雷克斯而做,精良又牢固。这样你就可以随心所欲地用剩饭剩菜喂它了。"

"真的吗?"

"这是奖励,"菲尔特里解释道,"因为雷克斯今晚干得非常漂亮,保护了我们大家。我们还应该给它很多很多的汉堡,因为那是它的最爱。但你需要向我保证,吉尔——"

"我会的。"

"没有妈妈的允许,你绝对不能打开兽栏的门。你明白吗?"

"我不会的。"吉尔毫不走心地保证道。

菲尔特里转向乔伊丝,补充道:"我保证,我会尽快完成在丹佛的工作。但如果他们需要我待得久些,你没意见吧?"

乔伊丝摇头道:"我要你今晚就把那东西弄出这栋房子。"

"不,亲爱的……"菲尔特里坚持道,"雷克斯现在是我们家的一员了。

它已经赢得了一席之地。"他爬上床，躺在妻子身边，温柔地拍着她的手臂。他脑子里一直盘算着昂贵的肉价，和这是多么划算的一笔交易。

外星狗吃了我的皮卡
ALIENS ATE MY PICKUP

［美］梅赛德斯·莱基 Mercedes Lackey 著
刘为民 译

明日经典

　　梅赛德斯·莱基是世界上最高产的科幻与奇幻作家之一，平均每年创作五至六部作品，其史诗奇幻代表作"瓦尔德马系列"深受广大读者欢迎。她还曾分别与安德烈·诺顿、安妮·麦考弗雷、马里恩·齐默·布拉德利合著过多部作品。

插画/soda

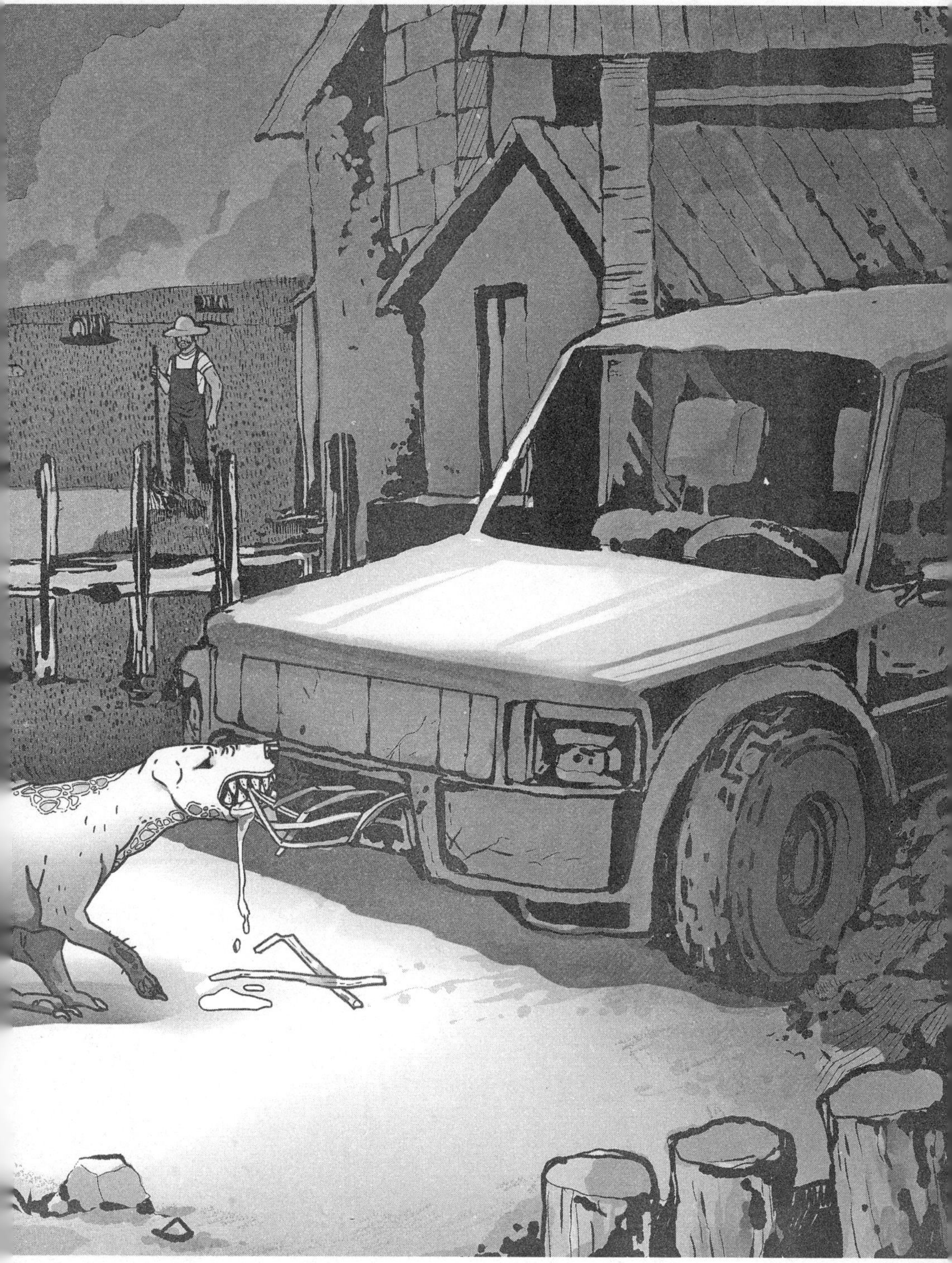

是的，我没开玩笑，外星狗吃了我的皮卡。不过，这可不是一群外星狗干的，其实就一只。虽然我的雪佛兰大皮卡是个四吨重的大家伙，而它只是个小不点儿，不是日本漫画里的那种超级大怪物……而且，它也没有真吃，只是啃了一下。你瞧，保险杠上还留着牙印呢。要说……

噢，得从头说起，是吧？好啊，没问题。

想知道我的名字？我叫杰德，杰德·普莱尔，从生下来起，就一直住在克莱尔莫尔[1]郊外的这座农场里，一辈子也没离开过。等等，去俄克拉荷马大学的那段时间不算。

什么？胡说，我当然毕业了！

什么？乖乖，你凭什么就觉得我们俄州佬说话搞笑呢？

学位？我当然拿到学位啦！本人是正经八百的土地管理学学士，证书就在我家客厅的墙上挂着呢。要说——

噢，说外星狗。对对，那啥，今年六月中旬的一个晚上，月黑风高，我在自家池塘里钓鱼。那里面养着黑色带条纹的鲈鱼，大约五年前投的苗，我一直养着没动，今年才开始钓。跟你讲，今年春天的时候，我第三竿就钓上来一条五磅重的大鱼。要说——

哦，对对，说外星狗。那啥，我在半夜前后撒了少量鱼饵，逗鱼玩儿。这时候，只听见轰隆一声巨响！天空突然亮了，就像独立日晚上滨河公园的天空一样，照得透亮。我跟你讲，我这辈子都没见过那么亮的夜空！还以为又是那帮科幻作家干的好事，他们就住在隔壁的农场，大概又去田纳西买光了一家烟花厂，就像上次新年前夜干的那样。好家伙，那一夜可够壮观的！我敢打赌，天空看起来就跟当年遭空袭的巴格达一样！好在他们事先提醒过，说会放点儿什么亮瞎眼的东西上天，否则——

啊，对对，说外星狗那晚上的事儿。那啥，反正那晚天空亮极了，可不到一分钟就又暗了下去。所以，我觉得不可能是那帮作家干的。这年月，我们时不时就会碰上些怪事儿，要我说，都跟麦道[2]有关，就是你们常说的那家麦克唐纳－道格拉斯公司，跟我们就隔着一道县界。所以，我以为是他们在测试什么我不该知道的东西，就回去继续撒鱼饵了。

---

1. 位于美国俄克拉荷马州。
2. 一家美国飞机制造商，曾制造一度被认为是外星飞船的 A12 "复仇者" 三角形战机。

69

什么？我怎么没往不明飞行物上想？女士，你凭什么觉得俄州佬的脑子里长草了呢？我家前院草坪上就有卫星天线，像NASA电视台、公共电视台和各种科学类节目，我一直都看。我还订了《怀疑调查者》[1]，但从没见过不明飞行物存在的证据。不，我完全不信真有这类东西，或者说，以前无论如何都不会信。

所以，就像我说的，我回去继续拿鱼饵逗鱼玩儿了。后来，我实在受不了被蚊虫当作大餐吃，就回了家，倒头便睡，根本没把这事儿放在心上。直到第二天早上走出屋子才知道，我的个乖乖，原来真出事儿了。

要不是我最好的干草田里倒了一大片干草，我也想不起昨晚的破事儿！什么？奶奶的，女士，齐柏林飞艇乐队有张唱片你有印象吧，那封皮上的麦田怪圈就跟我田里的差不多。那些干草哪儿能着地啊，沾到露水就完，那天早上又潮得厉害。

我有啥反应？女士，我当然很恼火啊。我以为是那帮科幻作家干的，是在耍我呢。那些城里人哪儿知道干草不能着地呢。可他们没理由那样耍我，在那之前，我们一直都是好邻居，我甚至还买过他们的书呢。书写的还真不赖，除了那本写马的。一匹普通的白马哪儿能听得懂人话啊，这是常识，除非是利皮扎马[2]。什么马识人心、骑马穿火之类的情节，净是瞎扯。要说——

噢，对对，又扯远了。那啥，我打了电话，想找他们算账，结果他们根本就不在家，参加啥科幻大会去了，所以也就赖不着他们。

唉，真是的，我一时没了主意。可就在这时，我听见门廊底下有动静，像是有什么东西在那儿呜咽。

现在，你知道住在乡下是个什么情况了吧，总能见到很多讨厌的流浪狗，扔狗的总觉得会有乡下人照顾它们。结果它们大多混进了某个狗群，越变越野，开始追逐牲口。嗨！我这人心太软，也怪我遇事没主见，大多数时候，我都把它们收留下来，治好伤病，让它们看菜园不让兔子进来。豺狼早晚会来逮走它们，但至少，跟着我的那段时间，它们有吃有喝，还有地方睡觉。所以说，我估计又来了一条破狗，最好把它弄出来，免得在门廊底下拉屎撒尿，搞得臭烘烘的。

---

1. 一本专从理智角度来批判灵异、神秘、超自然、伪科学和骗局的美国杂志。
2. 以服从指令、能够进行高难度的马术表演而闻名的一种马。

于是，我傻兮兮地跪在地上，又引又逗，像个二傻子似的忙了好半天，它才终于出来了。可是，女士，从门廊底下爬出来的当真不是一条狗。

那是一只有着六条腿的丑八怪，我这辈子都没见过比它还丑的东西。女士，我跟你讲，它那张脸长得就跟火灾现场似的，简直奇丑无比，都可以当作近亲结婚的反面教材了。两只小小的斜视眼上只有俩瞳孔、没有眼睑，鼻子像烙糊的饼儿，嘴巴像捕熊用的夹子，鼻涕口水一齐往下流。疤疤癞癞的皮肤上，长的不知道是毛还是鳞片，整个像长了一身的绿脓。耳朵不知道长在哪儿，尾巴倒是多长了两条，除了一条像根木棒，还有两条跟老鼠的尾巴差不多，都是那种细长细长的，很像鞭子。它那六条腿缩着，中间夹着三条尾巴，慢吞吞地往外面爬，还不停地哀叫，气喘吁吁地，抬眼望着我，好像怕我揍它似的。我本来吓坏了，这时一想，奶奶的，这可怜虫也吓得够呛，比我还怕呢。如果我看它觉得很丑，那它看我肯定也差不多。

所以我就摸了摸它，它可好，马上翻滚在地，六脚朝天，跟其他小狗的反应没啥两样。我去牲口棚给这"畜生"搞了一大碗狗粮，从那时起，我就开始叫它"畜生"，直到它离开。除了狗粮，我也不知道该拿啥去喂它。反正它看起来很兴奋，当时就吃了，但很快又吐了出来。我早该想到它吃不惯，毕竟是从别的地方来的，但试一试也没错。

可是，我还没来得及试一试别的食物，它就朝灌木丛去了。我以为它要找个地儿办点常事儿——

但我错了，奶奶的！它去大嚼了一通我的杜松子，嚼完就吐。好家伙，搞得一片狼藉！瞧，那地方现在还脏得很呢——

是，这我懂。它吐完后没多久，我就把东西送去做了化验。化验师说，他见过的跟这最接近的东西，叫作什么"王水"，大概就是各种强酸合在了一起，那东西可厉害了，玻璃之类的全能腐蚀掉。

我正琢磨着，这可怜虫吃了就吐，估计也饿得半疯了。可没待我多想，这"畜生"就一跃而起，箭一般直奔我的一只鸡！

乖乖，它逮到鸡一口就吞了，连鸡喙和羽毛都不剩。我还没来得及拦住它，它就又吐了。

这下可把我惹恼了。先是有混账白痴糟蹋了我的干草地，现在这"畜生"又把院子搞得一团糟，这会儿还吃了一只鸡。就算我是个老好人，但有一件事我是忍不了的，那就是有谁招惹我的畜禽。我才不愿意养一只吓跑奶牛、偷吃鸡蛋，甚至还咬死鸡的狗。于是，我随手抄起一件家什就追了过去，想好好教训那"畜生"一顿。我刚好抄起的是一把铁锹，狠狠地劈在了它的右脑。那会儿，它还没吐完呢。乖乖，可这一铁锹劈下去，就跟拿纸卷砸小狗差不多。我自然不肯罢手，打得它畏缩一团，连连哀叫。最后，它抓住了铁锹金属的那头。

然后，它就一口吃了下去。

这一次，它没吐。

后来，我跟它大眼瞪小眼，它有点儿摇尾乞怜的意思，我就不好太计较了，所以就一块去找它能吃的东西了。

我跟你讲，这一天结束前，我的心情一直都不错，自认为找到了一条省钱的路子。你想啊，除了有机物能制成肥料，铝罐有人回收，剩下的那些垃圾我都得付运费。而且在农场这种地方，有很多所谓的危险品都需要额外付费。什么危险品？噢，比如说吧，装过化学用品的空桶，像杀虫剂、除草剂、化肥之类的。另外，总有些废物，你根本没法儿处理，只能越积越多。还有些人，总喜欢把破车往这儿扔，就像他们扔狗一样。这么多甩也甩不掉的垃圾，我只能出钱请人拉走。

可这"畜生"，那些东西它张口就吃。塑料、金属，没错，这些它都吃，人的胃根本受不了。我把那些空桶喂给了它，又喂了几个用过的喷漆罐，还有几个给空调充制冷剂用过的罐子。它一个劲儿地摇尾巴，吃完了还想再找吃的。就这么着，它啃了我的皮卡。我当时正给它找别的吃，它却啃起了保险杠。瞧，看到牙印了吧？是，它确实长了一副好牙。不不，完全用不着怕它，它就是一条稍大一点儿的宠物狗而已。

总之，就像我刚才说的，直到太阳下山，我心情都一直不错，感到垃圾问题终于有解了。不仅如此，差不多还可以处理掉全县的垃圾。你知道处理那些危险品的家伙，要收多少钱吗？吓死个人！而我要做的，只是喂饱这"畜生"而已，它后头排出来的，很像是东西烧完后的灰。我当时就想，哎呀妈呀，咱终于找到一座金矿了。

我把"畜生"和它吃剩的沙发拴在一起。那丑八怪龇牙咧嘴的，倒是挺开心。然后我就睡着了，满脑子都是跳动疯涨的财务数字。

后来，我被一道强光惊醒，浑身动弹不得。我有点儿神志不清，等缓过劲儿来，那"畜生"已经不见了，只留下皮带和项圈。我只能这么想：

肯定是那帮糟蹋我干草地的家伙办了场野餐会，然后一不小心把爱犬丢了。但他们大概能看到我待它不薄，我估计，它回去时应该胖了四五十磅。

不过，我想这事儿其实也不算太糟。我有个朋友，他用飞机把人拉到天上，俯瞰我田里的那个怪圈，每人收一百，最后的收益扣除油钱后，我俩平分。我给来这儿的人讲故事，他们听了还蛮高兴的。要说……

你说什么，女士？照片？样本？那还用说。五十美元一份"畜生"呕吐物的样本，七十五美元一张皮卡保险杠的照片。

所以，女士，你凭什么就觉得俄州佬蠢呢？

| 科学家笔记·冰冻未来 |

人体冷冻这场赌博
A FROZEN FUTURE

[美] 格里高利·本福德 Gregory Benford 著
胡 致 译

> 格里高利·本福德，科幻作家、物理学家、天文学家，加州大学河滨分校物理学教授，当代科学家中能够将科幻小说写得很好的作者之一，也是当今时代最优秀的硬科幻作家之一。独特的风格使他多次获奖：星云奖、约翰·坎贝尔纪念奖和澳大利亚狄特玛奖等。他发表过上百篇物理学领域的学术论文，是伍德罗·威尔逊研究员和剑桥大学访问学者，曾担任美国能源部、NASA 和白宫委员会太空项目的顾问。1989 年，他为日本电视节目《太空奥德赛》撰写剧本，这是一部从银河系演化的角度讲述当代物理学和天文学的八集剧集；之后，他还担任过日本广播协会和《星际迷航：下一代》的科学顾问。

对很多美国人来说，特德·威廉姆斯这位棒球传奇巨星被冷冻，一定是 2002 年夏天最让人震惊的新闻了。威廉姆斯的一位近亲将他的遗体交给了一家公司，而这家公司的"病人"居然都是将被暂存在液氮之中的人。随之而来的，是暴风骤雨般的媒体关注。

正如计划的那样，威廉姆斯目前正沉睡在亚利桑那州斯科茨代尔市的液氮之中。他的某些亲戚想要中断这种做法，但他们并没有胜诉[1]。没人清楚他们为什么要阻挠死者的遗愿。

美国是目前唯一拥有成熟人体冷冻技术的国家。这一切都源于一个对未来科技的大胆野望——在刚刚跨过那道被我们称为"死亡"的门槛之后，立马以合适的方式将人体冷冻起来，就可以在日后将他们唤醒。

这野望并非是"科学的"，因为我们无法在当下检验其结果。这和判定某事是"不科学的"论断不一样——那是已经被检验过、并且失败了的理论。

准确地说，这应该被称为是"非科学的"。不管你是如何系统地得出了这个

---

[1]. 事实上，冷冻威廉姆斯的一方出示的是一份写在餐巾纸上的署名家庭约定，上面的内容是"愿意在死后被置于生物意义上的静止状态"，以"期望在未来团聚，虽然这机会渺茫"。而另一方出示的则是威廉姆斯生前所立遗嘱。

结论，它们都无法在当下被验证。

人体冷冻给美国人带来了新的启发。它是乌托邦式的，是追求实际的，其核心主张在于利用血液作为运输工具，将精心制作的低温保护剂送进细胞里，将人体冷冻起来。而将身体解冻后"复活"他们、并治愈疾病的技术，则要等到遥远的未来去实现，或许要等上一个世纪也说不定。这需要你足够乐观，或是拥有一种信念，确信在未来社会，会真的有人在意这些冷冻者，并且有能力去实现相关的医学奇迹。

我发现，对于"人体冷冻"这一概念，人们的反应是相当情绪化的，特别是在科学家和神学家之间。其中，某些人强烈的抗拒心理体现了现代社会对于死亡潜在的、深层次的焦虑。你能想象，一名科学家只因打算研究对生命体（并不一定是人体）的长期保存，就被某个科学学会扫地出门吗？而这种事情不仅仍在发生，还愈演愈烈，甚至形成了一种主流观点：人体冷冻从本质上来说就是错误的、贪婪的，或者说不过是一场骗局（后一种观点在物理学家中很常见）。这些人对于人体冷冻技术品头论足，却常常忽略了一点，人体冷冻术所需的大约六万美元（只冷冻头部）的费用，全部都是由"病人"自己支付的。没有需求，就没有买卖。

当然了，在我看来，人体冷冻就是一场巨大的赌博。凯文·米勒发表在杂志《怀疑论者》第十一卷第一期上的文章采取了中规中矩的写作套路：文章先是引用一位超人类学家的话，发表了一通技术乐观主义的言论。然后又采访了低温生物学家肯尼斯·斯托里，他反其道而行之，大谈特谈人体冷冻的极限标准：细胞温度必须"在一分钟之内下降一千度"，而且他拒绝考虑其他一切替代方案，否则"冷冻生命体将永远不可能实现"。——我曾使用斯特灵·布莱克作为笔名，写作过一篇关于人体冷冻的小说《冷冻机》，并在其中讨论了大部分这类轻率的论调，这里就不复述了。在本文中，我更想讨论的是：把人体冷冻看作是"非科学的赌博"这一观点。

当今，甚至很多精英人士都不约而同地对人体冷冻术持否定态度，认为这完全是异想天开。但是对于加拿大锦龟，以及其他四种青蛙来说，将自己冻起来再复苏，不过是熬过寒冬的常用手段罢了。面对低温，这些生物的身体生成了一种由葡萄糖、氨基酸，以及一种自然产生的抗冻剂——甘油，混合而成的"鸡尾酒"。它们会提前将水分移出细胞，这样冰晶就会结在易碎的细胞膜之外，而不会损伤细胞本身了。虽然这些生物采用的手段比较特殊，但它们体内的生物化学反应却并不难懂。它们的这些手段也完全可以被移植到其他哺乳动物——比如我们人类的身上。

基于以上种种原因，人体冷冻在并未获得大众瞩目的情况下，依然取得了空前的进展。目前[1]，已经有六十个人被暂存在了液氮里面，并且还有上百人正在排队等待。

此外，还颇有这样一群人，觉得人体冷冻令人毛骨悚然、毫无意义，且容易引起阴冷墓穴、僵尸之类的联想。可对于我来说，冷冻术并不如变成虫子的

---

1. 本文首次发表于 2007 年，后经多次修改，本篇翻译自 2013 年的版本。

食物，或是被火化更加诡异。（当火化最开始进行商业运作的时候，尸体是在仪式中被焚烧掉的。后来这项业务很快增加了管风琴演奏的环节，因为哀悼者会被死者头骨响亮的爆裂声惊吓到，继而干扰葬礼的正常进行。）

假设这一切并没有很诡异，那么人体冷冻是否是有意义的呢？换句话说，人体冷冻者们有多大的概率能够赢得这场赌博呢？

同所有人对未来的愿景一样，这取决于很多因素。为了不只是泛泛而谈，我会使用现一种相对简单的方法，来对未来的可能性进行量化讨论。这种方法对其他很多观点也同样适用。

要对任何一种假想进行评判，最简单的方法就是将其分割为更加细小、更为明确的问题。这种对问题的单元化在科学上极其重要，因为一次只考虑一个问题，显然更为简单。这种方法也曾用于探讨其他非科学的、但和科学紧密相关的问题。

下面，我将不得不使用数学式来论证，但这些数学式都很简单，我在这里使用的方法，也会非常容易理解。现在，假设我提出的每一项因子都独立于其他因子，那么最后，我们只需要将得出的概率相乘，就能得出人体冷冻能够发挥作用的可能性。这当然不是最终的真实结果，但若想要数值更加接近，我们必须得知道更多关于未来的细节。

那么，都会有哪些因子会影响人体冷冻术的实现呢？我将其分为三个部分：哲学上的、社会学上的，以及技术上的。

首先是哲学上的。为了保存一个人的心智，我们自然会想到保存其大脑。但大脑是心智载体的概率有多大呢？这其实是基于唯物论的，我用M来表示它正确的概率。和大多数科学家一样，我是一个坚定的唯物主义者，所以我认为M=0.99，也就是说，新陈代谢停止后，灵魂不会离开人体的概率为百分之九十九。而事实上，这也是有现实依据的。在进行脑部手术的时候，人体通常会被降温到医学死亡的状态，但苏醒之后，他们的心智依然完好无损。

接下来，我们的大脑结构决定一切的概率又有多大呢？换句话说，自我意识是不是脑内持续不断电流活动的产物呢？这里我们同样发现，虽然脑部手术患者们的大脑活动曾经因低温而停止，但苏醒过后他们并不会问出"我是谁？"这种问题。

更有甚者，有些人还曾遭受过会完全覆盖体内微弱电流的强大电流刺激。比方说，美国每年有上百人被闪电击中，还有人会接受电击疗法作为日常治疗。不过，他们丢失的都只有短期记忆。

也就是说，虽然有一些可重写的程序存在于脑细胞中，但我们的心智却是其中的固件。所以，"自我"存在于脑细胞中、而非暂时的大脑活动的概率，我将其设定为E=0.99。

最后，我们需要讨论一下，自我意识是否能撑过冷冻的过程，直到温度降至液氮的水平。这其中的关键在于，需要在脑萎缩之前尽快处理好大脑。

很多年前有过一起相关的案例：在医学死亡宣告一个小时之后，一个在冰冷湖水中淹死的小男孩重新活了过来。不过，即使能够做到立即进行低温保存——这意味着注入甘油类溶剂以减少降温带来的损害——这其中仍然存在一个潜在的巨大谜团：我们不知道注射本身会对记忆造成什么影响。研究表明，大多数的脑损伤都是在解冻过程中产生的。神经细胞膜会被撕裂，被刺穿。然而即使如此，实验苏醒后的动物也都并没有失忆。而且，考虑到注射技术在未来必然会不断提升，就让我们乐观一点，认为自我意识会挺过这个降温阶段的概率是T=0.9。这样一来，我们就可以计算出哲学因子是MET=0.99×0.99×0.9，约等于0.9。

接下来，我们要考量社会因子。首先，你需要确保自己的大脑（也可能包括身体，但要记住，自我意识是保存在大脑中的）能成功穿越时间，抵达那遥不可及的复苏年代，而不会因为某些意外而中途被解冻。我把这个概率称为S，即大脑幸存的概率。

在这一问题上，有很多需要考虑的地方。现如今，所有的冷冻人体还都被保存在精心照看的铁罐之中。但历史上并非一直如此。1979年，加州人体冷冻学会就曾因为财务问题解冻了其十八名患者中的十七名。此后，为了避免资金断流，人体冷冻采用了一种保险金支付模式。而当年唯一未被解冻的贝德福德教授，今天依然畅游在绝对零度以上的液氮之中。考虑到对于人体冷冻来说，当今的大环境更加可靠一些，就让我们把大脑幸存的概率设定为S=0.9。

当然，也许会有人这么问：当今社会作为一个整体，撑住比如说一个世纪的概率是多少呢？我把这一概率称为O。这一概率需要考虑文明自身是否发展得足够好，人体冷冻有没有变成天方夜谭的情况——包括人类社会失去理性、彻底崩溃（因为战争或经济衰退）的可能性，以及社会中出现抵制科学、抵制人体冷冻的可能性。

而从经济方面考量，人体冷冻并不需要天价。如今，在各行各业被广泛使用的液氮，其造价仅仅比水和原油略高，是第三便宜的液体。所以，即便是在未来某个经济失序的社会中，保持液氮的持续供应也应该不是什么难事。所以，作为冷冻先决条件的社会存续概率，我认为O=0.8。也许在欧洲，这个概率会更低一点。

嘿！那么，如果是人体冷冻组织本身消失了呢？这不是杞人忧天。比如20世纪70年代中期，为人体冷冻学会提供技术支持的"冷冻葬礼"公司就曾破产，导致病人提前解冻。

在人类历史上，最长寿的组织大多是宗教，其中，拥有将近两千年历史的天主教廷很可能是记录的保持者。而实际上，人体冷冻也带有一定的宗教色彩，其虔诚的信仰者们对于人体冷冻的期待，就如同人类千百年来对于自我救赎的渴望一样坚定不移。这种宗教的属性，兴许会帮助人体冷冻公司走过漫长的岁月，也一样长寿起来。

当然，相反的可能性同样存在。贪婪的公司经营者们可能会发现：将死者留下的钱财投入其他用途，而非用于唤醒他们，更加有利可图。（这是确实可能发生的一个事实，请参见西马克的小说《从天堂召回他们所为何事？》）。

又或者，某些人会直接贪污掉这笔钱财，就像安然集团[1]那样。人体冷冻越

---

1. 曾是世界上最大的能源类企业之一，后因账目长期造假破产。

流行，这种选择就会越具有诱惑力。若将人体冷冻组织消散的概率称为 C，我估计 C=0.5，即对半开。毕竟，我们谈论的很可能是一个世纪的漫长等待。现今多少家公司有那么悠久的历史呢？全社会大约只有百分之一。

综上，我估算出的社会因子为 SOC=0.9×0.8×0.5=0.36，比三分之一稍微高一点点。

讨论了一圈，我几乎能听见技术狂人在不耐烦地向我发问了：到头来，这一切真的能做到吗？真是个好问题。我们曾从哲学和社会因素出发，现在，咱们来考量一下连接两者的关键——从技术层面来说，人体复苏真的可能吗？

人体冷冻从一开始就对复苏没有明确的概念。请允许我借用一个经典的笑话来阐述：需要多少人体冷冻学家才能拧上一个灯泡呢？答案是零，因为他们只会坐在那里等待技术进步。

近一个世纪内兴起的纳米技术成为了人体冷冻的首选。利用纳米科技，人们构想出了一种分子大小、可以自我复制的机器，内置的指令会驱使它们进入细胞，去修复冷冻损伤、破烂的细胞膜，将大脑这个冻得千疮百孔的家园一一缝补好。

现在看来，纳米尺寸的机器和基本物理定律并无相悖之处，而这一技术的持续发展，对于人类社会的益处是显而易见的，甚至会给人类社会带来一场革命。所以，社会因子和技术因子是紧密相连的，这一点后面我也会讨论到。

我们不仅需要这种神奇的纳米机器在未来被开发出来，而在其发展壮大的过程中，人类还必须有能力存活下来。仔细想想，这其实有点儿难：纳米技术一旦失控，对人类的威胁是无可估量的。它既能打造出致命病毒，引发疾病，也能炮制出吞噬所有人类的怪物。纳米科技同核物理一样，都是那种普罗米修斯式的现代科技，都有可能给人类带来无限的恐怖。

在我看来，人类至少要花上五十年，甚至是一个世纪，才有可能发展出可以修复冷冻损伤细胞的纳米技术。当然，被冷冻的一个好处是：你哪儿也不会去，等待对你来说并不算什么。

由于其较大的不确定性，我认为技术水平会成熟，同时人类也能幸存下来的概率是 T=0.5。

另外，未来社会还得愿意将科技应用在人体冷冻事业上。若我们不屈服于某种自闭的"当下中心主义"，并且不再被 20 世纪的"某些权威"所羁绊，我们很可能就会有足够的文化驱动力，去搞定纳米技术在人体冷冻上的应用。毕竟，很大程度上这也对治疗正常的、活生生的人有很大帮助。因此，我认为文化驱动力概率为 E=0.9。

接下来，关键性的问题来了，未来人类会买账吗？最开始的几位复苏者，可能会受邀登上 22 世纪的脱口秀节目。那些被冷冻的名人也大都会有同样的待遇。难道你不愿意花一点钱和本杰明·富兰克林来一次对话吗？他可是第一个构想如何保存人体、并在日后唤醒的美国人。或者说哲学家弗兰西斯·培根？他是在做冷冻动物实验的时候，感染肺炎而送命。但是，假如有一万个人体冷冻者正等着被唤醒的话……

这是一个核心的、难以评估的问题。人道主义者会说，从道德角度来讲，把钱花在活人身上，永远优先于花在那些被冷冻的"冰棍"身上。

到那时候,这种观点会成为主流吗?或者说,纳米技术会让人体复苏的成本因子C大幅度降低,便宜到不再是问题吗?这两个问题你都可以去探索一下,而科幻作家已经在这样做了。

考虑到上述的不确定性,我认为成本因子是C=0.5。

我们还得考量一个确实难以预料的因子H,表示未来人类的不确定性。未来,一些强有力的社会力量可能会崛起,而他们可能会将人体冷冻视为异端。毕竟,现在已经有很多人认为这是一个诡异的、斯蒂芬·金式的点子了。

另外,未来人类还可能对过往历史不闻不问,尽管我认为这不太可能。要知道,整个世界都在关注1991年在阿尔卑斯山上找到的冰冻人。这位四千年前的居民被奇迹般地保存了下来,人们投入了大量经费,用于检查他的身体、衣服以及随身物品,这将告诉我们他那个时代的很多事,但即便如此,我们依然无法做到让他开口说话,而在未来,一个被唤醒的冷冻者却可以开口说话。

或者,会有其他大事件占据整个未来社会的注意力,使得冷冻和死亡变得不值一提。也许人类未来会对技术丧失兴趣,也许基督时代会再次降临,甚至外星人的到来让人类一夜之间消失无踪——可能性是无限的。

但在我看来,这些都不怎么可能会发生,加上我对人性非常乐观,所以,未来人类依然会在意被冷冻者的概率相当大,我认为也许高达H=0.9。

也就是说,技术方面的概率乘起来是TECH=0.5×0.9×0.5×0.9=0.2。

好了,在所有这些因子都讨论结束后,我们终于可以来看看最终结果了。人体冷冻会成功将你传送到一个高科技未来、让你在震惊中眨巴眨巴眼睛的概率是——

MET×SOC×TECH=0.07

七个百分点。

我"信服"这个数字吗?当然不。这一结果是非常粗糙的。而整个计算过程只在于帮助我们理清思路,而非提供绝对可靠的结论。有些人会指责说,这些数字上的估算是不可救药的骗局,在这些极为不确定且难以量化的问题上,谁也无法做到精确。确实如此。但在这里,我的目的只在于利用一些简单的算术来进行评估,进而制订一些计划。

历史上,是科幻小说发明了人体冷冻。毕竟,人体冷冻是人们对于未来的一种主张。

人体冷冻首次出现在尼尔·R.琼斯1931年发表在《惊奇故事》里的一篇科幻小说中[1]。罗伯特·埃廷格博士受此启发,在1964年《永生的未来》中阐述了这一主张的细节。之后,人类冷冻的概念曾出现在克利福德·西马克1976年的《从天堂召回他们所为何事?》、弗雷德里克·波尔1969年的《猫步时代》,以及其他无数的太空故事之中。比方说,《2001:太空漫游》就曾利用人体冷冻来长时间运输船员;弗雷德里克·波尔是人体冷冻的狂热倡导者,甚至曾现身

---

[1] 指《詹姆士卫星》一文。文中,詹姆士教授在侄子的帮助下,让其遗体死后保存在了一艘飞船中,并发射到了太空。四千万年后,飞船被外星人发现,故事由此展开。

《约翰尼·卡尔森秀》对这一问题进行探讨；罗伯特·海因莱因在《进入盛夏之门》中，也将人体冷冻作为跨越岁月长河的一部分；拉里·尼文甚至生造了"尸冰棍"这个词，用以描述那些尚未被唤醒的冷冻者。所有这些故事都在讨论人体冷冻技术的长期效应。

不过，即使是那些经常使用这个概念进行创作的科幻作家（比如西马克和海因莱因），也未曾做出过接受——按照人体冷冻者的说法——暂存身体这一安排的决定。据我所知，没有哪一位科幻作家曾公开支持人体冷冻事业，查尔斯·普莱特[1]除外。还有一个特例是阿瑟·C.克拉克，多年以前，他曾为一起案件递交过一份证词。当时有专家认为，人体冷冻没半点可能性，且不会促进任何医学或科学的进步，克拉克驳斥了这种观点，认为"秉持这一观点的人不仅无能，而且应该为自己阻碍社会进步而感到羞愧——正如上个世纪那些以'违抗大自然'为由，反对麻醉技术或者无菌技术的医生一样"。

既然内心有强烈的兴趣，可为什么这些科幻作家并没有来一场赌博呢？也许赚不到很多钱的作者会认为：这是一项风险过高的投资。那么，为了更好地进行数据上的讨论，我们暂时将人体冷冻单纯看作是一项投资，它会有足够高的回报吗？

首先，我们先来看看一个人究竟值多少钱。大多数美国人会工作五十年，而目前美国的平均年薪大约是两万到三万美元。也就是说，他们一辈子会挣到大约一百万到两百万美元。

要评估一项投资，一个简单的方法是用成功的概率（我们之前得出了这个数字：7%）乘上可能的回报（按被唤醒后可以挣来一百万美元计算），然后和人体冷冻需要投入的金额进行比较。前者的结果是七万美元，而这个数字，差不多就是目前人体冷冻的价格。（人体冷冻者生前购入人身保险，被冷冻之后，他将以保险金的形式继续支付冷冻费用。所以，资金并不是一次性投入的。）

而对于真正有志于投身这场赌博的人来说，人体冷冻的目的其实并不是金钱，而是时间——获得一场未来的人生。而评估这场赌博是否合理，还有另一个方法，就是用人类目前的平均寿命（大约七十五年）做除法，被除数是苏醒后他们在未来可能继续存活的时间——也许又是另一个七十五年。不过，如果人体解冻技术届时已经存在了，那么人类的寿命能长达好几个世纪也说不定。这样一来，此人增加的年岁和当下他人生长度的比值就是二（一百五十年除以七十五年）。当然，结果还可能更高。

前文，我们已经计算出人体冷冻的成功率为7%。而哪怕这一概率仅有1%，你对未来时间的投资也有着2×1%=2%回报，那么，在这场赌博中，投入你2%左右的时间，都是合理的。而你利用这2%的时间所赚得的金钱（按人生总收入一百万美元计算），也至少有两万美元了。这笔收入就可以用于你支付人体冷冻的费用。

或者，你也可以选择投入自己2%的时间（比如说每天投入半个小时）去

---

1. 曾是科幻作家、记者和电脑程序员。目前，他是多个人体冷冻组织的领导者之一。

为人体冷冻这项事业奔走。这可以作为你的一项爱好，去了解形形色色有趣的人，去享受这一切。而大多数人在浴室中待的时间都比这要长。

接下来，我们来试着切换一下视角。毕竟，概率估算给出的应该是一个大致的范围，而非7%这样一个平均数值。那么，身份的转变会对概率产生什么影响呢？这么说吧，若是我化身为一位言之凿凿的乐观主义者，我就绝对会去修正前文提到的技术因子，甚至可能将这一数值提高到TECH=0.9。这样的话，冷冻人体成功的概率最终就会高达29%。

这对我来说，是可能性的上限。相反，我若是化身为一个满脸愁容的悲观主义者，对于未来社会的悲观，会影响我对社会因子的评估，这一数值可能会降至SOC=0.05。那么，冷冻人体成功的概率就会一下子降到一个百分点以下了。

所以，成功率在1%到30%之间，对我来说都是合理的。

像1%这样的低概率的出现，是因为我们综合了太多因素。每一项因素的数值都看似合理，可相乘起来就会得到概率相当低的结果。不过研究表明，若是评估一系列事件的走向，大众心理总是倾向于乐观。人们不会去像我们这样将大问题细化，而是会去积极寻找有利的迹象。这似乎是人类与生俱来的本能。

利用这次简单的概率估计，我在前文罗列了人体冷冻需要考量的一些影响因子。其实，更深层次的问题在于，这一系列相互独立的影响因子，是否真的可以用来拼凑出对未来可能性的预测呢？

实际上，这些影响因子从来都不是独立的，尤其是社会因子，会更加容易受到其他因子的影响。比方说，一旦技术因素向好，大众就会改变对人体冷冻的态度。而未来将拥有更长寿命的这一愿景，会让人类社会更加趋于稳定，从而使O值增大。人体冷冻公司会得到更多的投资，于是C值上升。而把这一切细化成几个因子，是在把冷冻者和全体人类命运绑定的前提下考量的，而事实很可能不是这样。

在我的经验中，人体冷冻学家是一群执着且能干的人。他们掌握着很多科技，即使社会秩序全面崩溃，他们也会付出极大的努力，将冷冻者们继续暂存起来。他们也的确曾这样做过。1980年代末期，警察突袭了阿尔科——一家人体冷冻公司——要求其交出最近被冷冻的一位患者以供尸检。而几位偷偷溜走的职员悄悄藏起了这位"病人"的躯体，直到阿尔科公司成功赶走了警察和律师。这其间，警察将公司的五位职员拖进了监狱，而且几乎搜查了阿尔科办公大楼的每一处角落。

若是我们要分析这整个事件，那么最好要警惕，正是科技因子和社会因子的相互交织、相互影响，构成了其中最大的不确定性。技术乐观主义者也许认为：人体冷冻从技术上说已经是板上钉钉的了，但社会因子会去阻碍整体概率的上升，使其最终达到平衡状态。

当然，数字不能说明一切。雷·布拉德伯里曾说过，他对任何一瞥未来的机会都很感兴趣，但是当真正涉及人体冷冻的时候，他突然意识到这需要和自己深爱的所有事物一一告别。如果身边没有他的妻子、儿女，以及朋友的陪伴，未来还有什么意义呢？不，他告诉我，他绝不会拥抱这个选项。而另一位人体冷冻技术的狂热支持者，前文提到的弗雷德里克·波尔，也因为类似的原因，拒绝了免费提供给他的冷冻机会。

实际上，当一个人第一次来到这个世界的时候，这些羁绊本都是不存在的。况且，为什么非要假定其他人不会和他一起加入冷冻计划呢？就在这里，我们看到了"邻里效应"对大众生活的影响：成年人和自己的社会关系、风俗习惯联系格外紧密，以至于如果你将他从固有的生活轨道中猛然拽出来，后果将是比死亡更加严重的精神创伤。一个人当然更习惯于身处自己所属的时代。但在我看来，任何一位普普通通的移民者，都要去面对相同的挑战，并且他们也都成功地挺了过来。

如果你也持有这种观点，那么任何数值上的讨论都没法阻止你投入人体冷冻这项事业。然而，对于这个世界上的大多数人来说，他们并不会把未来拿去投入一场哪怕是理性的赌博，因为一个人的未来，正被更加深层次的感情因素所羁绊。

因此，任何对未来进行量化的思考都不能不考量这一点。我们深陷时代、文化和地域的城池，从来不可能抛开自我的成长背景、价值观和个人视角，单单只考虑概率的高低。总的来说，这些才是我们最为珍视的一切，这些才是使我之所以为我、独一无二的原因。

文章的最后，请允许我这么说，人体冷冻至少有一个确凿无疑的优点：它允许一个人带着些许希望离去。

冷湖之夜
INTO A WARM COLD NIGHT

王诺诺
Wang Nuonuo

王诺诺,剑桥大学土地经济系硕士,新人科幻作者。主要作品有《风雪夜归人》《地球无应答》《改良人类》等。现于腾讯担任研究员。

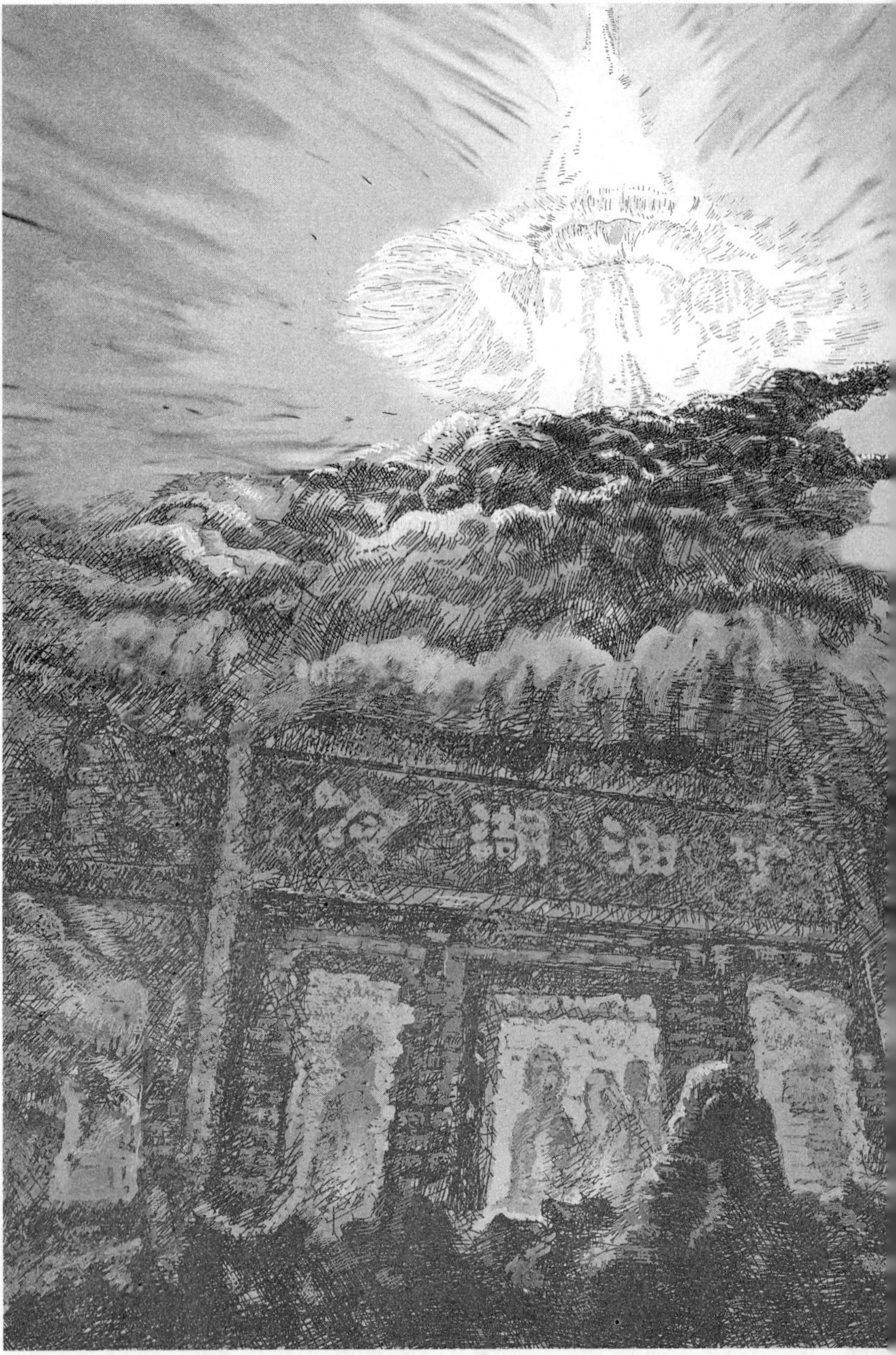

插画 / 李启龙

青稞酒，多少年没这么喝了？

冯时晃晃悠悠地从招待所出来，边走边想。自从十五岁离开冷湖，就再没好好见过大漠孤烟；当二十岁离开青海，就再没好好喝过青稞酒。

他把生意做到了上海、香港、新加坡和伦敦，在相隔万里的酒桌上喝过啤酒、红酒、白酒、洋酒、鸡尾酒，有的一口闷，有的细细品。但没有一种酒像家乡的青稞酒，浑浊灰白，有苦有甜，不知不觉间就能把他带回童年。

他扶着门框松解领扣，抬头看见月亮，索性就借着月光和酒劲儿出门，把屋里的一桌人抛到脑后。

街上没有人，影子就是唯一的同伴，但冯时记忆里的冷湖不是这样的。在他小时候，镇上住着近十万人，工会隔三岔五组织看电影，孩子们玩斗鸡，抓羊脚骨，好不热闹。现在，这里只剩区区几百户。就在今天上午，他回了趟学校，看了曾住过的校舍，因太久无人使用，屋顶塌了一半，连带他的课桌、他的青春一起埋在了那片土黄色里。

街上只剩下风了，越来越大的风，唯独这风他熟悉，夹杂着细碎的富含钾元素的粉末，扑面而来，是咸的。

上世纪六十年代，柴达木油田年产原油近三十万吨，占全国总量的百分之十二。因此，一座石油城就在这无人区生生冒了出来。但自从1978年地中四井停止产油，小镇便萧条下去。工人多被抽调到大庆、胜利油田支援建设，还有人为了营生各奔东西，就像这里的沙砾一般，风一吹，就消散在岁月深处，无踪可觅了。

冯时是在九十年代离开冷湖的，他很有商业头脑，下海创业后，将青海的钾肥卖到了全球各地。如今，作为成功民营企业家，他受邀回到故乡——能源型小镇因为能源枯竭，于是谋求发展第三产业，希望他能牵头投资几个项目。

但冯时也是一个精明的商人，他比谁都清楚，冷湖地理位置特殊，向北驾车到敦煌四个小时，向东驾车到德令哈要六个小时，而在这十个小时的路途中，有高大齐整的风车农场，有连绵起伏的山脉，也有亘古不变的沙海，唯一缺少的便是人烟。走几个小时愣是见不到人影，这样的地方，在中国还真是不多见！他在心里掂量了一下项目的难度、投入和预期的回报，不由得打起了退堂鼓。

刮来的风渐渐大了起来，逆风行走开始变得困难。冯时再一抬头，刚才明朗的月亮不知何时已被云翳遮蔽，根据以前的经验，冯时判断可能有一场沙尘暴要来了。

他想原路折返，但招待所的灯光却看不见了。脚底的触感变得粗粝而不规整，也许自己已经偏离了马路。一阵狂风袭来，冯时猫起腰想抵御气流对躯干的冲击，口鼻还吸入好多沙子，迷了眼，不住地流泪。

等他再睁开眼睛，发现前方的一片混沌中隐隐有一幢小楼。显然不是招待所。为了迎接贵客，招待所向来是灯火通明。而这幢小楼却只在窗边点起一盏豆灯，不像日光灯，也不像白炽灯，幽暗得仿佛一口气便能吹灭，但身处几百米风沙以外的冯时却看得一清二楚。

冯时顿时觉得十分诡异。但他明白，戈壁上的黑风暴移动速度可达十八米每秒，在原地干耗显然不是最优解，只得硬着头皮向前走。

黄沙把人的视野糊成一片灰黄色，即使挨得很近，也看不清那幢小楼的全貌。它的大门倒是令人印象深刻，冯时的掌心刚碰到门的边缘，就感到一阵细微的电流。他迅速缩回手来，看见自己的掌纹在刚刚触摸的地方闪烁了一下，门咔的一声，开了。电子合成的机械男声响起：

"冯老板，欢迎回来，我们在此恭候多时。"

冯时听完不禁皱眉，老板？谁是你老板？这还没说要投资呢，怎么语音系统就被设置成了这样……难不成，连电子锁都学会维护投资人关系了？

他环顾四周，尽管门禁系统很先进，小楼内部却简陋异常。进了玄关只见一间庭室，除了四把椅子、一张桌子，还有桌上的零散茶具纸笔外，空无一物，实在不像有人居住。

怪了，没人住，这屋子怎么又亮着灯呢？

正这么想着，门从外侧被推开了。

风沙里站着的身影显得格外单薄，来人穿着少见的宽袍大袖，摘下披盖，居然还是个光头。

"叨扰了，小僧乐僔路过此地，苦于风沙太大无法前行，能否入内一避？"

"竟然是个和尚，怪不得穿成这样……"冯时小声嘀咕了一句才招呼道，"其实我也是在这儿躲沙尘暴的，快进来坐吧，等风停了再说！"

"多谢施主。"和尚走进房内，看那几把木头椅子，仿佛是在端详什么新鲜玩意儿，好一会儿才学冯时那般坐下。

冯时顿生疑惑，据他所知，冷湖附近并没有寺庙，飞沙走石的此刻，在这种地方居然遇到一个和尚——该不会是假和尚吧？

然而和尚并没有主动搭讪，眉目和善清秀的他只是微微笑着，闭目养神。倒是冯时被突然的沉默弄得有些尴尬，当他正准备说点儿什么缓解尴尬的时候，门外又传来一阵急促的脚步声。

"可算是有救了！屋里有人吗？！"是个大嗓门，话音刚落，门就被粗暴地推开，寒冷的狂风猛地灌进来。冯时起身，目光对上门外一个高大男人。

男人的穿着和冯时的西装革履形成鲜明对比：一双解放鞋，背着个帆布大包，脸上的胡茬让人猜不出年龄，身上的军绿色风衣似乎长时间没有洗过，裤脚和袖口都有着油腻的污渍。

"老乡！我能进来躲躲吗？风实在太大了！"他喊道，声音竟盖过了风声。

"进来吧。"

冯时心想，估计这就是流浪汉，或者是被人骗了的驴友吧。现在屋子里有三个人了。

刚进屋的人很健谈："诶！跟大部队走散了，又赶上沙尘暴，幸好遇见你们。哦，还没自我介绍！"他清清嗓子，摘下手套向冯时伸出手，握了一握，冯时几乎立刻察觉到他手上有厚厚一层茧子，"我叫杨献，青海石油地质普查大队的，到这儿来是为了完成测量勘探任务。这位同志，这里可是无人区，你待在这里……应该也有组织布置的光荣任务吧？"

冯时心里冷笑一声，这人穿得如此寒酸，语气却拿腔拿调。他又看了一眼那和尚，果然，和尚也是一愣，显然不适应他说话的方式，但出家人的那股云淡风轻很快又占了上风：

"沙门乐傅，来此地也是机缘，风沙正紧，多谢这位施主收留我暂避。"他朝冯时和杨献分别颔首。

"我叫冯时，就是冷湖本地人，在这儿长大的。你俩不用担心，这种程度的沙尘暴不算稀奇，估摸着后半夜就能停了。"

"嗯？冷湖本地人？"杨献疑惑地问，"你是说……这儿叫冷湖？"

"是啊。"

"不对啊……海西柴达木腹地，自古以来就是无人区，哪儿来的名字？又哪儿来的本地人？"杨献狐疑地挑起眉毛。

没等冯时解释，门又开了。迎着灯光，三人看清了门外的陌生人，他的五官格外立体，衣料上的纤维好像带着静电，四下炸开。看到屋内的人，陌生人似乎也吃了一惊，随即自言自语道："糟了糟了糟了，地球上居然真的有人？难道跃迁引擎这次……把我送到未来的地球了？！"

陌生人边自言自语边往屋里走，没有征求任何人的意见，径自坐下。现在，房间内的四把椅子都坐上了人。

"抱歉，三位，我的计时器和定位装置都出故障了。想问一下，这儿是哪里？"

"海西冷湖镇。"冯时说。

"柴达木盆地北部的无人区。"杨献说。

"大凉沙州。"乐傅和尚道。

三张嘴同时说话，给出的答案却完全不同，三人听闻也面面相觑。

新来的人继续问："那么……现在是哪一年？"

"1954年。"

"2018年。"

"建元二年。"

"哎……看来跃迁引擎启动的时候，还是造成时空扭曲了！"陌生人抬手揉了揉太阳穴，一副头疼的样子，"抱歉，各位，我来自火星。准确地说，在你们的概念里，是远古时代的火星。我的跃迁引擎出了一点问题，似乎引起了时空涡流……"

"火星？"乐傅和尚问。

"就是这一颗。"刚进来的人衣服上的纤维忽然变得服帖柔顺，布料变换了颜色，成为一块屏幕，清晰显示出火星的样貌和它在天空中的位置。

"哦……那便是荧惑。荧荧火光，离离乱惑。不曾想，星辰之上也是仙人的所在。"乐傅淡然道。

"我可不是什么仙人，和你们一样，是人。"他想了一下，又改口道，"不过，我生活在你们的过去，算是你们的祖先，而且火星文明确实远超地球文明的水平。所以，称我为仙人……似乎也没什么错。"

冯时不禁嗤之以鼻，"火星人？兄弟，你是在演戏吗？这剧本也太烂了，破绽百出，你不是计时器坏了吗？那你怎么知道我们是在你时代之后的人类？"

"因为这显而易见啊。自从我们第一次用望远镜观测地球，这里就一直是一片荒芜。即便后来向地球发射了登陆车，采回的土壤样本里也没有生命存在过的迹象。而现在，你们出现在地球上，还跟我长得一样……唯一的合理解释，就是在未来，生命播种计划取得了成功，地球沿着火星的进化之路诞生了新的文明。"仙人对冯时说道，语气就像是在解释一加一等于二。

"等等等等……你们播种了地球？你的意思是，最早的生命起源于火星？"

"是啊。火星与太阳的距离适中，公转一周六百八十七天，四季分明，矿产丰富，生命就起源于全太阳系海拔最高的奥林匹斯山脚下。至于地球……虽然有着和火星差不多的自转周期和自转轴倾斜角，但这儿没有液态水，飞沙走石，不像火星处处鸟语花香。"

"火星鸟语花香？地球飞沙走石？怎么跟我的常识刚好相反……"

"这儿不就是飞沙走石吗？"仙人指指窗外，隐隐能看到巨型雅丹群的轮廓，风从天然形成的土堡间呼啸穿过。

冯时反驳道："冷湖是个特例，地球可不是到处都这样的！事实上，火星才是不适宜生命生存的地方，近地大气只有地球大气百分之一的密度，而且饱含二氧化碳，昼夜温差巨大……"

面对这个夜晚发生的种种诡异事件，冯时感到烦躁不安，习惯性地把手伸向西装内兜，摸出一包烟来，但发现自己的打火机忘在了招待所。

"乐僔师傅，有火吗？"冯时把烟叼在嘴里问。

"小僧云游四方，难免风餐露宿，自然是备着的。"和尚说着从袖中掏出一块扁形的物件递过来。冯时被冰凉的触感一惊，连忙接过来在手中端详，那是一把朴素的火镰，仅在一块长形金属的两端锻造了个环形，拴着粗糙的皮夹以贮存火石和艾绒。

这哪儿像二十一世纪的工业化产品！

这时，只听勘探队员杨献对他俩厉声道："不要胡闹！这一片的地下构造尚未探明！我们很可能就坐在天然气和石油田上面，在这里点火，是想找死吗？"

杨献近乎歇斯底里的呵斥，一点没有开玩笑的样子，冯时又瞥了一眼手中明显来自古代的火镰，终于无可奈何地掐了烟，一副缴械投降的样子，向"仙人"问道：

"好好好，就算你是火星人，就算你是我们的祖先。能跟我们说说？为什么我们会遇见？你刚刚说的那个跃迁引擎又是怎么回事儿？"

"在我生活的时代，火星的开发已经饱和，我们不得不向深空进发。跃迁引擎就是一项太空航行的划时代发明。引擎启动的三个步骤看似特别简单——压缩空间、制作虫洞、穿越虫洞，但是虫洞的存在极不稳定，这次穿越它时，就引发了时空涡流。我连带着机器一起，抵达了地球上某个不稳定的时空中。至于你们……你们三个正好出现在冷湖小镇附近，就被牵连进来了。不过，不用担心！依照我过往的经验这只是暂时的，过一阵子就会恢复正常。"

杨献忙问："一阵子？那是多久？"

"快的话可能就一会儿，慢的话……"仙人面露难色，身上的衣服也随着他情绪的波动变成了忧郁的深蓝，"慢的话……那就不好说了。"

"那怎么行？！"杨献一把将棉线劳保手套甩到桌上，"再这样拖拖拉拉下去，我们632地质队的任务岂不是要耽误了！"

"等等，你说你是632地质队的？"冯时打断道。

"对，我是632大队的。"杨献自报家门，脸上露出自豪的神色，"为了适应工业建设的需要，经毛主席亲自签发命令，我们解放军第19军第57师改为石油工程第一师。战友们脱下军装，穿上工装，放下钢枪，拿起铁锹，632大队就是其中最光荣的一支队伍。"

从小在冷湖长大的冯时，对632这个编号实在是再熟悉不过了。当初正是这支队伍在冷湖发现了含油的地质构造带，才有了后来数万石油人进驻荒漠深处的壮举。

"你……不用那么着急，石油就在那里，又不会跑。"

"话可不能这么说。仗才刚打完，帝国主义就虎视眈眈，蒋政府的特务也蠢蠢欲动，只有造出汽车大炮，才能获得下一阶段斗争的胜利。而发展工业，不能没有石油！可直到现在，我们还没找到具备开掘潜质的地质构造带……今天又被困在这里，如果因为我耽误了勘探任务，这该怎么办？"

乐僔和尚微微欠了欠身，"小僧见识粗鄙，不知诸位所言'石油'乃何物，但因以身事佛，有一事却格外明了：有所求，求而不得，乃八苦之一。你我皆肉体凡胎，莫说所求之物落在大漠黄沙间，即便近在咫尺，若无缘亦是求不得。我曾遇见一位龟兹高僧，名曰罗什，他所译《金刚经》有云，一切有为法，如梦幻泡影，如露亦如电，应作如是观。如此，施主不必太过介怀。"

"你一个出家人，超脱三界外，不在五行中。操心的事无非是经文佛法，修为够了就成佛成菩萨，怎么可能明白！"

乐僔神色一暗，似被戳中心事，"我自三岁出家为沙弥，二十岁受足二百五十戒，成为一名比丘，本想以一生修习佛法，暮鼓晨钟也就罢了……谁知，乱世之中，佛堂亦非清静之地。"

他站起身，面对窗外的狂风，缓缓道："赵国国灭十二载有余，辽东慕容氏、河西张氏、吉林高氏，分镳起乱，北方再无宁日。南方又有晋朝廷，昏懦无能。一时哀鸿遍野，饿殍载道。流民拥入寺庙，奉上祭献长跪至天明，但到头来……"乐僔垂下脑袋，"求家人团聚的，落得卖儿鬻女；求乱世保身的，落得颠沛流离，唯有……佛龛香火缭绕如旧。佛说，西方佛土无有众苦，但受诸乐，故名极乐。如此，何故又有这秽土，令苍生受苦？！小僧愚钝，这一事竟无法参透，故拜别师父，湖海云游，以期寻找到现世的净土。"

杨献点头，向乐僔问道："哦……所以那个净土，你找到了吗？"

"不曾找到。我四处拜访高僧大德，听禅讲经。曾在太行山遇见慧远，他将希望寄托于往生；在襄垣见过法显，他将成文律藏视为求解世间万难的法门。但这些都无法回答我的问题——现世究竟是否存在净土？如何才能在世间获得善果与快乐？"

乐僔和尚的问题一时无人能答，静默中，时间仿佛凝滞的胶体，压抑得众人呼吸凝重。

好在屋内灯光是温情的，火星仙人拿起桌上的壶，又倒了四杯茶，分别递给在座的每一位，长叹道：

"太难了！如何让所有人获得快乐……这个问题即使在火星，我们也没有答案。所以我劝你啊，还是别找了！"

乐僔苦笑着摇头，呷了一口杯中的茶水。

冯时对仙人疑惑地说："嗯？你不是说火星科技远超地球，你们还有什么可烦恼的呢？"

"正因科技发达，才知道自己的渺小，正因文明成熟，才在宇宙中感到寂寞。除了在地球进行播种之外，我们还想向太阳系外扩散。每一艘载有跃迁引擎的飞船上只配备一人，但跃迁引擎很难确定虫洞那一端连接的时空，我们面对的，是一次又一次像今天这样的失败，这种孤独感是无法言喻的。"

"一个人？都说团结力量大，为什么每艘船只有一个人？"杨献问道。

"这样可以降低探索成本，让文明有更多扩散的机会。一旦找到适宜的星球就培育胚胎，利用飞船搭载的物资改造环境。但这谈何容易呢？谁也没法保证我们能找到这样的星球。多想有人可以告诉我们，这样一次次的尝试究竟是不是徒劳……"

"不是徒劳。"乐僔坚定地说道。

"嗯？"仙人一愣，"你也懂星际航行？"

乐僔摇摇头，"小僧不懂，只是想那星辰之间，必是极为宽广，极为荒凉。而我所知道最为荒凉的所在，是白龙堆沙海。玉门以西，广袤五百里，白沙如雪，荒无人烟，是去往龟兹途的必经之地。我曾独自路过白龙堆，那里沙质极轻，狂风吹过，沙砾遮天蔽日。偏那一次又遇上羊角风，本以为命不久矣……"

"白龙堆沙海？"杨献惊道，"乐僔同志，难道你一个人穿越了罗布泊？"

乐僔点头，"小僧想着，一粒沙虽小，可立于指尖，亦可千万粒聚合成沙海；脚下一步虽短，但只要方向确定，千千万万步终能把我带出沙海。果不其然，我不但走出了沙海，还在今晚遇到了诸位。"

"千千万万步……你们这种程度的文明能有这样的见解……虽然感觉挺笨的，但……"仙人若有所思，身上的衣服变成了一张浩瀚星海的图案。

杨献说："乐僔同志，你说得确实有道理。我们响应时代和祖国的号召，来戈壁勘探小半年了，一队骆驼两条腿，难道还怕苦吗？哪怕凭着罗盘加榔头，把沙漠翻个底朝天，我们也要找到石油！"

"呃……其实，我知道石油在哪里。"冯时突然说。

是的，冯时实在太清楚了，年幼时他就坐在工程师父亲的肩头看过油田。那时，冷湖五号地中四井一片热火朝天，"磕头机"有规律地在盐碱地上打着拍子，将石油源源不断从地底抽出。而油田的远处停放着油罐车，它们静待把抽出的原油运到玉门、兰州进行炼制。

"什么？你知道石油在哪里？！"

"我知道。但我也希望你明白……虽然冷湖油田曾有日喷原油八百吨的盛况，但到了我生活的时代，原油还是被开采完了，到最后小镇日渐荒凉……"

"你说什么？井喷？日产高达八百吨？！"

"是的，三天三夜的井喷之后，工人在地中四井周围筑堤储油，原油在戈壁上汇集成湖。一群路过的野鸭还误以为那是淡水湖，想落下歇脚，结果统统被原油粘住了翅膀。只是那样的光景没持续太久……三十年后，资源枯竭，油井纷纷废弃，冷湖镇又重归萧寂。如果早知耗费毕生心血建造起的城市和油井短短数十载就化为黄土，还有谁愿意去大漠深处奉献一生呢？"

虽然冯时说得很感慨，可杨献似乎根本没有听进去，依旧沉浸在兴奋之中，"快告诉我，那个地中四井在哪里？我出发之前，曾与战友们共同宣誓：志在戈壁与祁连同在，献身石油与昆仑并存。找不到石油，我们绝不回去！"

冯时听到这誓言微微一怔。因为他清楚记得，在冷湖四号的东南角有一块墓地，埋葬着勘探和挖掘石油时死去的人，四百多块墓碑，全都向着东方的故乡。小时候，他常与同伴在墓地里探险，他的手指曾细细触摸过墓碑上的一句句墓志铭，虽然刻痕被风沙剥蚀，但不知怎的，那成了冯时童年最深刻的记忆……

"你刚刚说，你叫杨献？是羡慕的羡，还是宪法的宪？"

"奉献的献。"

冯时不自觉念出声来："'杨献，1919-1955，志在戈壁与祁连同在，献身石油与昆仑并存'——那墓志铭竟然是……"

他心底泛酸，眼前健壮的青年，竟然已有既定的命运等待着他。

杨献丝毫不明白冯时在感伤什么，只是自顾自地说："原油总有枯竭的一天，人也有死去的一天，最重要的是在他活着的时候，为理想奋斗。冯时同志，我能想到最崇高的事情，就是为祖国的石油工业建设献出一份力量！只有这样度过我的一生，才能做到像奥斯特洛夫斯基说过的'当回忆往事的时候，不会因为虚度年华而悔恨，也不会因为碌碌无为而羞愧'！"

杨献身上有一种存在于过去时代的东西，冯时曾经在他父辈那里见过的东西。他思考了一会儿，拿起桌上的纸和笔，边画边解释道：

"当金山以南有一个半咸水湖，游牧的蒙古人叫它'奎屯诺尔'，意思是冰冷的湖。见到湖，再往东南十多公里，在这里，你们可以打出丰产油井——地中四井。除此之外，从冷湖湖畔开始，有连成片的可开采地质构造带,自北向南分别是冷湖一号、二号、三号……七号……"

杨献接过那张地图草稿,凝视良久,随即又将它叠起,如对待珍宝般小心翼翼地塞进风衣内袋里。

"祝贺杨施主,得偿所愿。"乐僔笑道。

杨献向乐僔勉励道:"谢谢!乐僔同志,你也要向着目标努力啊!对了,至于你刚刚提到的那个净土……我不知道什么是净土,也不知道什么是世人的安稳快乐。我是个石油工人,只知道最大的宝藏、最大的奥妙就在地壳下,就在石头里!只要我们找准地方打个洞,一直向里挖,宝藏自然就会出现,人民就会获得快乐的生活!要不……你也试试?"

这番喜悦中带着些傻气的话把冯时逗笑了,乐僔和尚却听得入了神,自言自语道:

"奥妙就在石头里……打个洞深挖,世人就会获得……快乐?!"

夜越来越深,温度也下降至冰点,屋内却交谈甚欢,仿佛这一隅方寸独立于寒冷与狂风之外。四个陌生人围着一团灯光,身份迥然不同,心怀相去甚远的夙愿,但这场沙尘暴便是连接他们各自故事的纽带,是时空巧妙而又柔软地打出的一个结。

就在屋内的人语逐渐高昂的时候,一道光亮在天边闪过。窗外一阵亮红,眩光令四人一愣。

"怎么回事?"仙人边说边推开门往外跑,"这是……时空快要恢复正常了!"其余三人听闻,紧紧跟了出去。

门外的风沙已经停下了,映着微弱的曦光,冯时看清近处横着一个一层楼高的纺锤体,外立面和仙人的服装材质十分相似,估计这就是搭载跃迁引擎的旅行装置了。昨晚的沙尘暴并没有令它的表面沾上一粒黄沙。

"看着很有科技感,但这实在不像会飞的样子……"冯时咕哝着。

仙人将自己衣服的一角与纺锤体相连,转眼就与它融为一体,整个外立面变成了屏幕,飞快跳闪着各种数据。

冯时猜想这也许就是火星人读取数据、维修装置,乃至处理人机连接的方式。屏幕最后定格在一串数字上:1018324。火星仙人急匆匆与纺锤体断开了连接,向远观着的三个人跑来。

"怎么了?时空能恢复正常吗?"

"能。一会儿我们四个就会回到各自的时空里。"仙人皱着眉说。

"那你怎么一脸不高兴？都是大老爷儿们，还不舍得了？"杨献打趣道。

"因为我的计时器修好了。没想到我的猜测是错的！你们生活的时空不在我之后，而是在我之前！一百万个火星年，也就是两百万个地球年之前！这也就意味着……"

冯时接道："这意味着……你根本不是我们的祖先，相反，是地球人改造了火星，播种了火星，让火星沿地球的生命之路加速走了一遍！"

仙人极不情愿地点了点头，"是的。但无论如何……火星上的我们从未观察到地球上存在智慧生命，地球也变成了不适宜居住、一切生命痕迹都不存在的地方……这究竟是为什么呢？"

"此间生灭，有'成住坏空'四劫。"乐僔合掌闭目道。

"乐僔师傅的意思是……在播种火星后，地球上发生了灾难？灾难大到彻底改变了地球的生态，抹去了一切人类存在的证据？"

"能够彻底消灭地球文明的力量……究竟会是什么呢？"冯时不禁有些感伤，自己生长的家园，不仅是冷湖，就连地球，也难逃昙花一现的命运。

"不论那力量是什么，它正是我们需要进行文明播种的原因！生命太过脆弱，只有开拓边疆，备份文明，才能够让人类在宇宙中存续下去……"

"所以，只有我们地球人的后代播种了火星，文明才能逃过一劫么……"冯时喃喃道。

"是的，而且只有我们火星人播种了其他星球，人类文明才有未来。"火星仙人好像突然想起了什么，对乐僔说道："谢谢你的启发，沙砾和沙漠的比喻，我记住了，你能独自走过白龙堆沙海，那么我也能一个人找到适合播种文明的星球。"

乐僔听罢，道："而我要感谢杨献施主。"

"我？"杨献不解。

"你说世上的奥秘和世人的快乐就在石头里，找准地方打个洞向深处挖掘，就一定能找到。此乃小僧听过最玄妙的禅机。般若原不在外物，明心见性有悟，那双目所及、双手所造，皆是净土。我既见众生苦，那便觅一处山岩，凿出千千万万个洞，洞内塑出千千万万座佛像，洞壁以矿石颜料绘出净土之景象，将极乐以经变示以众人。画像务求华美动人，让世人看后心情愉悦，也让后人永远铭记，无论是盛世、乱世，只要内心平静，那便身处净土。"

杨献对乐僔的话一知半解，"乐僔同志你可别谢我，我就说了几句俗话，也没做什么。不过我要感激冯时同志！多亏你告诉了我油苗在哪里，我们石油工业的胜利指日可待了！"

"那是应该的……"冯时草草答应道，"我是一个商人，今夜经历的一切都不符合商业逻辑，也不符合客观规律。但多亏你这个火星人，我也找到了答案，关于人类文明的答案。我决定要在冷湖建一座航天城市，虽然这将是一项长达数代人的大工程，但在未来，它将是地球向火星进发的基地，嗯，名字已经想好了，就叫'冷湖火星小镇'。它将成为地球向火星播种的第一步，也是我们向宇宙备份扩散的第一步。"

"火星小镇？"

"对，冷湖火星小镇。"

"你转过身看看。"杨献指向冯时的身后。

冯时转身，此时天已亮了大半，晨光里的一切都像是被浸润在金色的液体中，因为土壤含盐量过高，太阳倾斜照射时，地面析出的盐结晶反射着一片广阔又灵动的闪光。

而在这一片美好的底板上，是一座小镇。

它不大，建筑也不算华丽，但它却实实在在伫立在戈壁滩上，像一个守望火星的孩童。

"是叫你抬头看！"杨献又道。

冯时应声抬起头，在小镇的入口处，也就是他们待了一夜的那幢小楼的门楣上，挂着一块不大的招牌：

冷湖火星小镇欢迎你

"火星仙人，快帮我看一下！现在……不，我们四个待了一夜的这个时空是哪一年？"冯时的目光依然停在招牌上无法移开。

"地球历吗？"

"对对！"

"公元2022年。9月，9月15日。"

这时，天际间一道似曾相识的红光再次闪过。紧随其后，又有红光从一个小点晕开，在整个天边慢慢扩散。

"时空涡流要消失了……我们都要回到正常时空里了！"

杨献向众人挥一挥手，只留下一个背影，"这光我眼熟！油气苗露头着火了，远看就是这样，好兆头啊！我要带上战友们照着你给的地图去一探究竟！"

乐僔合掌微微躬身，"在小僧眼里，那光便是万丈佛光。光的方向似是西北边的敦煌……我要去那里开凿佛窟，塑画佛身，为世人打造尘世净土，再莫有更高的追求了。"

"等这光消失之后，我就要进行下一次跃迁了。"仙人顿了顿，"我也得快点找到靠谱的星球，人类文明的未来，说不定还在我的肩膀上呢。"

然后，光就消失了，一同消失的，还有那座火星小镇。冯时来不及记下小镇的细节面貌，却记得在它消失的那一刻，小屋里又传来一句机械合成的男声："冯老板，一路平安。我们将在此继续恭候您！"

老板？冯时心里默念了一下，霎时全都明白了。果然，面对无尽时间与无尽空间里的所有困惑，只有人类自己能够给自己满意的答案。

小镇消失后，冯时发现自己处于一片雅丹之中。雅丹本是湖底的沉积，湖床干涸外露地面后，被风和流水侵蚀，形成了无数的巨型黄色土像，绝对静默地等候在岁月的边际。

它们又在等着些什么呢？

冯时一边想着，一边沿原路回到了招待所。

投资人在酒席上离开，又赶上夜里的沙尘暴，镇上几乎大部分成年人都出去找了一夜。但这一夜，冯总就如同凭空消失一样，在夜色和风沙里不见踪影。

早上太阳升起的时候，精疲力竭的人们纷纷回到招待所，却看见了令他们难忘的一幕——

昨晚的残席还没来得及收拾，冯时坐在餐桌一角，手中翻着一份新打印出来的合同。晨光照在他的脸上，脸色好得完全不像一个一夜未宿之人，反而像是对即将展开的项目充满期待。

"冯总，原来您在这儿！昨晚您去哪儿了？"

"冷湖的开发项目，我决定注资。只是……我看了一下合同，有个地方需要做一些修改：一期建筑的工期结束时间，能不能放在 2022 年 9 月 15 日以前？"

"2022 年 9 月 15 日？这是为什么？"

"因为那天，我要在这儿招待几个朋友！"冯时笑道，他随手抄起一个杯子，给自己倒了一杯酒，一饮而尽：

"诶！青稞酒，是多少年没这么好好地喝了？"

本文为冷湖奖获奖作品，并非《银河边缘》原版杂志所刊篇目。

灵魂游舞者
SPIRIT TRAVELLER

段子期
Duan Ziqi

段子期,90后电影人、编剧、新人科幻作者。原创科幻剧本《破冰者》获得"中国新编剧"季度赛冠军,目前已进入影视开发阶段。已发表多部科幻短篇,代表作《究极觉醒:僧侣与机器人》《灵魂游舞者》。

插画／soda

我常常会做一个梦——

一个巨大的透明圆球，矗立在远远的黄沙之上，圆球边缘和周围景物有微微的错位感。父亲被那圆球包裹着，微笑着朝我挥手，然后那圆球渐渐消失，他也开始变得透明。

这不是父亲离世前的场景，只是我的一个梦，但那个圆球——据说站在它面前就能看到自身镜像的圆球——可能是真实存在的。在我小时候，父亲去世前几天，他跟我说他看到了圆球，表情痴迷而神往。后来的日子，我时常会做这样的梦，就像有人往我脑子里植入了不可删除的程序一样，那个圆球成了我生命中的印记之一。

我在附近的城市读完大学，主修理论物理，还选修了应用气象学、计算电磁学。没人对我说的那个圆球感兴趣，也没有任何科学理论能解释父亲所说。我一无所获，带着挫败疲乏的灵魂，回到酷似火星的家乡。

在找到答案之前，我想我成了困在那里的守望者。

几天前，我接到李老伯的订单，不由生出一种预感，这趟旅行对于夫妇俩来说，会是人生中最艰难的一次，毕竟"火星"之旅更适合热恋中的小情侣或者年轻家庭。当然，不管什么客人我都接，我需要认识更多的人，然后在旅程结束后问他们，有没有在这里看到过一个巨大的透明球体？当然，大多数人对这个无聊问题都选择一笑了之，这或许是我做过所有努力之后最愚蠢的尝试了。

到了机场，到达口旁的屏幕在播放几则新闻，标题耸人听闻："冷湖近日出现异常光波辐射，疑似有外星人造访""上世纪石油小镇人口失踪案或与地外文明有关"……我已经习以为常，当地政府为了发展旅游业，经常把这种陈年旧闻添油加醋重新播出，让刚来的游客提前感受下气氛，活像进入魔法世界前的九又四分之三站台。我仔细研究过这些新闻，和那个神秘圆球好像扯不上什么关系。

这时，一对年迈的夫妻向我走来，长途飞行让他们看上去十分疲倦，但打扮举止中依然流露出不俗的气质。我背着行李往前带路，自我介绍后，正准备为他们介绍接下来的行程，李舜老伯摆了摆手，示意我先不要讲。他搂着老伴儿，不停地跟她轻声说着什么。她步履蹒跚、左顾右盼，眼前陌生的环境让她有些紧张，缩在老伯的身旁仿佛一个没有安全感的小孩。

她刚上车便熟睡了过去，李老伯紧紧握住她的手，像两根缠绕在一起的枯枝。我开车行驶在最熟悉不过的无人区地带，黄色的沙尘被风吹得四处翻飞，姿态各异的山岩、塔堡林立在看不到尽头的戈壁上。从机场出来不过几十分钟，我们的嘴唇已开始起皮，体内的水分正以最快的速度流失。我常跟客人开玩笑说，在这儿，流眼泪都是一件很奢侈的事。是啊，青海省海西州的冷湖是地球上最像火星地貌的地方，它可不会对任何来到这儿的人表示友好。

时值正午，土地里密布的盐碱晶体在阳光的反射下闪烁着刺眼的光芒，我有些睁不开眼睛。"怎么样？太太还好吗？"我看向后视镜。

"没事儿，让她休息一下。"李老伯扶了下眼镜，紧绷的神经终于放松下来。

"嗯……那接下来的行程您都知道了吧？这里的气候和环境的确有些恶劣，毕竟火星嘛，特别是像您和您太太这样的游客，很多导游都不敢接的……"

"我知道，沐沐，我们老两口要是给你添麻烦了，费用方面不会委屈你的。但我还是想要拜托你一件事……"

"嗯，您讲。"

"我老伴儿精神方面不太好，这次旅行，我骗她说是去真正的火星，希望你一路上能帮我……圆这个谎。"

"真正的火星？这个，您确定能瞒得住她？"

"没问题的。"李老伯深情地看了一眼老伴儿，又望向窗外，他脸上刀刻般的皱纹和这千百万年来寒风塑刻的山峦岩石一样沧桑。

"可是……为什么呢？"

老伯开始讲述，似乎令这一望无尽的苍凉景色都有了故事感。

他们的儿子死在了真正的火星上。

十几年前，全人类瞩目的联合火星任务启动，不同国籍的宇航员乘坐"先驱者号"飞船一起登上了那颗猩红的蛮荒星球，开始建设火星基地并启动地外生命的初步探索工程。李蒙恩是其中唯一一个黄种人，他是我们的英雄。

可就在几年前，李蒙恩在火星上遇难的消息令所有人扼腕叹息。关于他的死，官方说法是在土质勘探时出现意外，他的身体被压在了火星机械车下面。没有任何图片、视频来佐证官方的说法,只有从火星上发回的一页冰冷文字,和一张李蒙恩刚踏上火星时穿着橙黄宇航服的照片。而且直到现在,他的遗体还留在火星上。尽管李舜夫妇无数次奔走,做了他们能想到的一切努力,可国际火星任务项目组依然没有批准单独派飞船将儿子遗体运回的请求。

他被当成地球烈士,被放逐的火星之子。

我很早以前就听过他的新闻,但现在听到李老伯的平静讲述,还是感觉这辆车上忽然多了些重量。

坊间流传着一些说法:有人猜测智能机器人在火星上突然叛变,人机之战将提前在火星开演;有人分析是地球上几国间的角力影响到了太空,李蒙恩不过是宇宙政治的牺牲品;还有人说,火星上早已存在某种致命的生命体……

不管真相如何,死亡的确可以让一个人、让他背后代表的团体变得更伟大。李蒙恩成了一个符号,所有地球人都会记得他——第一个死在火星上的地球人。就像一提到月球,大家会立马想起阿姆斯特朗一样。

对国家来说或许只是牺牲了一位先驱者,但对李舜夫妇而言,却是失去了心爱的独子以及未来的人生。

此时,老伯掏出李蒙恩身穿宇航服的照片,我接过一看,那是一张充满生气的脸,跟道路前面的深黄色沙丘比起来,我在他眼里看到了一片绿洲,感觉自己这二十年来缺失的所有生命力,都能在这双眸子的光亮里寻得。

在我的请求下,李老伯又发了一些音频给我,那是李蒙恩遇难前不久在火星上的录音日志,他说,老伴儿晚上睡不着的时候会听听这些录音,儿子的声音比药管用。那一刻,我对李蒙恩在火星上的生活表现出极大的兴趣,或许是因为内心深处的嫉妒,一个男人对另一个男人的嫉妒,并非因为他的家庭或地位,而是他那段闪耀的人生经历,毕竟那是真正的火星啊。而我也知道,我可能连嫉妒他的资格都没有。

李蒙恩,连他的名字都那么特别。我能想象这对夫妻在抱着那个粉红皮肤的婴儿时,他们多想找到宇宙中最闪耀的字眼送给这个完美的新生命,蒙恩,蒙受万物的恩典。

而我的名字,陈沐沐,是自己取的,在这片荒芜的土地上,水和木是稀缺的,我把它们放在名字里,好像能弥补一些内心和土地的贫乏。我大口大口地喝水，胃里淌过一阵清凉，我发觉我和他都是留守在火星上的人，不同的是，至少有人牵挂他，有人纪念他；而我，什么都没有。

我的火星，不过是一个复制品。

作为先驱的人类向着宇宙空间高歌猛进，活在地上的人们也同样为了这样举世无双的盛事而欢欣鼓舞。是的，那时地球上掀起了好一阵"火星热"，歌颂火星、赞美火星的音乐、游戏、娱乐节目风靡一时，印着火星符号的T恤、玩具都不愁销量。火星似乎成了我们的精神符号，代表着勇气和未来。人们仿佛陷入了巨大的集体无意识里，在火星英雄们的探索与牺牲中，看到了人类自身的光明前景。

在我小时候，位于柴达木盆地的冷湖因为地理上的天然优势而受到了前所未有的关注。这儿的雅丹地貌跟火星相似度极高，因此，不断有资本和人群朝这里涌来，他们把这片干旱寂静、被人遗忘的废土复刻成了第二个"火星"，加之丰富的想象力，还打造了不少外星人主题的娱乐项目，这里渐渐恢复了生机，成了火热的火星旅游小镇。

很多出生在冷湖的年轻人，都选择回到家乡成为火星导游，而我也放弃了前景不错的工作，像他们一样回到这里。我认为要解开那个谜题，就必须回到问题发生的地方，如果那个透明圆球是一种电磁屏障，那么一定存在着一个力场发生器，火星小镇在建设过程中兴许还藏着很多不为人知的秘密。但是很可惜，我的足迹踏遍了小镇的每一个角落，始终一无所获。

"所以，太太她……"

"对，她得了病，很重的病，"李老伯指了指自己的头，"是这里的病，活不长了……她最大的愿望就是去火星，把蒙恩的遗体带回来，但有时候，她好像又忘记了这件事，以为蒙恩还活着，天天吵着要飞到火星去看儿子，看看他每天都在干些什么。"

"那……你们这次会待多久？"

"不知道，如果最后她想起来了，我想……孩子你能不能帮我找到一盒假的骨灰，好让我们带回家……"

"嗯，如果您太太她想不起来呢？"

李老伯沉默了一会儿，干涸的喉咙冒出机械般嘶哑的声音："还没想过……"

我很懂事地打开音乐，来掩盖他喉间和鼻翼的喘息，车里循环播放着《火星奇迹》《宇宙，我们来了！》《火星之恋》《去火星2033》……我最喜欢的一首是一个叫林深的女歌手唱的，这首歌最初的版本年代应该比较久远，林深的翻唱版改掉了歌词。有人评论说这歌儿听上去有点怪怪的，分不清流派和风格，但我就是喜欢。她的声音有些沙哑，像是风沙灌进了喉咙，那张电子专辑的封面，是她半张脸的黑白特写，那清澈的眼神我过目难忘。

> 我们逃向火星啊，
> 寻找下一个寄身之处。
> 我们奔波在陌生的恒星系，
> 星辰亲吻着疲乏的身体。
> 哪里，哪里才是灵魂的徜徉地……
> 你的双眼私奔，去为我看见万物，
> 我说我看见了，
> 看见了生灭不息，循环无尽……
> 宇宙浩渺，磅礴中孤寂……

这首歌的旋律很特别，跟我听过的所有歌曲都不太一样，节奏和韵律让人找不到规律，但组合在一起，却有一种难以抵挡的魅力。我听同行说，林深时不时会去火星酒吧现场驻唱，如果这次能碰到她，我想我会鼓起勇气问她那个问题。

一个多小时后，我们快要抵达火星小镇。眼前是一座在沙丘上拔地而起的大型乐园，通过了几道关卡，我带他们来到入口。这段时间是淡季，游客不多，要圆这样一个谎应该很容易。

我在一旁搀扶着老太太，她的手很信任地放松搭在我手上，"我们要去火星啦，是真的呢！"

"是啊，准备好了吗？"我轻轻回答她，李老伯朝我微微点头，充满感激。

她笑了起来，昏黄的瞳孔里突然有了一道光，岁月在她脸上留下的痕迹并不足以掩盖她与生俱来的优雅，年轻时她肯定是个大美人。

为了给游客营造浸入式的体验，火星小镇的第一站就是飞船登陆舱，模拟从地球到火星的星际旅途。我们走进一栋弧顶的白色建筑，开始进入跟国家航天局完全一样的标准流程，消毒、身体测试、数据录入……大家都换上了稍显轻便的宇航服，他们一扫之前的疲惫，显得很兴奋。

游客们从不同的通道出来，跟随舱体内壁的语音指示，排队进入主舱室。里面是一个圆柱形的空间，可以容纳四十人以上，座位面对面排布，四周全都是精密的仪器和按钮，没人怀疑下一站就将抵达火星。

我已经数不清多少次坐在这里，对那些烂熟于心的流程早已没了新鲜感。而这一次，看到李老伯把手放在老伴儿手上，紧挨着身旁这两个相依为命的"太空人"，我心里竟然有一种说不出来的安宁。

一个充满磁性的男声响起："亲爱的宇航员，欢迎各位登陆'先驱者号'，我是陈进舰长。在浩瀚无边的宇宙中，火星会是我们的下一个归宿吗？比答案更重要的是，我们人类拥有的无比高尚的探索精神！准备好了吗？三十秒后，我们的火星之旅即将开始！"随后，舱内开始模拟火箭升入空中的气流振动、压强变化以及各种复杂的音效。

推进器回收脱落，"先驱者号"离开地球大气层，向着广袤又陌生的黑暗空间进发。

我开始想象李蒙恩当时的心境，那可是真正的太空，他会恐惧吗？他会迷失吗？他会在一片寂静中看到自己澄澈的内心吗？此刻，地球上最牵挂他的人就坐在我身旁。

过了一会儿，座椅开始一齐朝背后转动，舱体的外壁层立刻向上收缩，上下四周露出弧形的晶屏，转瞬之间，一幅广阔绮丽的宇宙图景便呈现在眼前。这种极致的美足以将所有人吞噬。五彩的星云光辉在人们脸上流动、跳跃，接着又有无数的星辰从我们的眼睛钻入身体和大脑，此刻，我感觉自己仿佛被压缩成了一个密度无限大的光点，不断往上飞升，最终成了这星河的一部分，万物寂静，连心跳都是多余。这一刹那，没有时间和空间的存在，甚至没有我的存在。只有在这短短的十几分钟里，我才可以暂时忘记这里的荒芜和苍凉。

一个女声开始为我们介绍不同行星和星云的名字，我透过面罩看到每个人的眼睛里都闪烁着一种如同见到神迹的光芒。那些极度瑰丽斑斓的电脑模拟特效影像在一张张面孔上游移，游客们不断发出惊叹，像是在附和这华美的一幕。

距离火星的航程还有二十几个小时，舰长让我们自由活动。主舱外面的空间很大，各种生活设施都有，大家纷纷换上贴身的专属制服，寻找标有自己名字的胶囊舱。

李老伯的胶囊舱是个双人间，洁白的内壁和无处不在的电子屏让这方不大的空间充满前卫的科技感。将两位老人安顿好后，老太太拉着我的手说："我们家蒙恩啊，在你这么大的时候，可没你这么细心呢！"她又转向李老伯，"咱们明天就能见到他了，是吧，老伴儿？"

我回以微笑，李老伯也点点头。

这里炫目的一切对我来说，不过是一家容身的酒店而已。我住在隔壁，躺下来伸出手掌对着空气滑动，选择前方屏幕里的视听节目，电影、动漫、音乐，应有尽有，最后我选了一部黑白喜剧默片。

我双手枕在头后面，发梢触到指尖，这才发觉头发已经长过脖颈。在这个不大的空间里面，我感觉十分安全，屏幕上演员滑稽的动作似乎在用一根羽毛搔我皮肤的敏感地带。我边看电影边拿出折叠晶屏在上面画画，画那个挥散不去的梦，画那个圆球，这样的画我的晶屏里大约存了上百张。

睡觉前，我想起了李蒙恩的录音，打开文件，屏幕上显示着不断起伏的波形，他的声音清亮而有力："今天是第四次在基地外执行任务，继续建设火星地表上的第二百二十四个穹顶居所，预计还有一周时间建设完工。另外，火星大气层增厚计划今天也有进展，用于抵挡太阳高速粒子流的基站已经稳定工作一千四百二十八天。我们检测到，太阳风抵达火星后，并未改变火星的保护磁场，新的电场也未产生，大气层中的带电原子数量还在稳步增加，这项工程预计将在一个月内完成第一阶段的工作……今天的数据都已传回地球总部……刚刚跟大家开完会，好累啊，有点想家了。"

录音的背景声中，好像有一段类似音乐前奏的声音。我看着天花板，想象着他所描述的那些热血情景，他们在改造一颗行星，截至现在的人类文明发展史上，有什么事业能比他们正在做的更伟大呢？我盯着晶屏上潦草的黑白画，瞬间被一种挫败感所包围。

一夜安眠后，游客们在飞船里接受了火星安全知识普及、生物圈环境模拟、个人基因检测等等，确保在"正式"登陆火星地表前有充分的准备。在这些人造的神迹面前，大家表情惊奇，像是走进了一个宇宙版的兔子洞，或许外在的形式更能引起众人心理上的认同，这对提升娱乐体验很有效。

我早上起来把头发剃得能看到青皮。老太太看到我，脸上堆满阳光般的笑容，眼睛眯成一条缝，"我们家蒙恩越来越帅了呢！"她的牙齿跟胸前的珍珠项链一样纯白。

我一直跟在老太太身边，像个守卫，尽量不让她跟其他游客接触，她不稳定的情绪状态需要时时有熟悉的人在身边安抚。李老伯就像她身上的一层保护膜，为她过滤掉所有不安全的信息。我感动于这样的相濡以沫，盛满痛苦的天平失去了平衡，总有一端要承受两份。李老伯总是会让我想起父亲，想起那个梦，父亲的血肉早已和这片土地融为一体，在沙砾和尘土中，他的灵魂静静流淌。

登陆火星的时刻终于到了。我们重新换上户外宇航服，从飞船上下来，望着一望无际的猩红色土地，就像火星先驱者眼中暂时蛮荒的乐土。为了模拟火星上只有地球三分之一的引力，宇航服的足部设计了一套可以改变重力体感的装置，踩在地面上会有种像要飘起来的错觉。我看着李老伯夫妇蹦跳着调整步伐努力适应，跟那部黑白喜剧片一样滑稽。

"慢点……小心一点……蒙恩以前也是这样走下来的吧？"李老伯搀扶着老伴儿，他们的透明面罩好几次都差点要撞到一起。

"是啊，他在哪里呢？我怎么还没看到呀？"

"可能他在忙吧……"

远处的土地仿佛在炙烤的炭火上沸腾，空气因光的折射而变得扭曲。岩峰耸立，沙丘交错，尖峰状、垄状、鲸背状等不同形状的山峦相连，高高低低，跟人的命运一样找不到规律。这个巨大的暗黄色迷宫将我们吞没，在这些真正的神迹面前，我们太容易忽略自身的存在。所有人都在努力适应着外面的环境，像离开妈妈独自蹒跚学步的小孩，往前踏出的每一步都意味着冒险。

我回头看了看有些疲乏的李老伯，他弓着身子，步伐缓慢，忍受着这里的荒芜与寂静，仿佛一个人走到了生命的终点站。我忍不住想起父辈们曾经在这里的坚守，在被打造成火星小镇之前的很多很多年，冷湖曾有一段热火朝天的石油年代。他们的生命连同不断翻滚的沙丘一起被更迭，理应顺着时间的潮流抵达一个应许之地。

我对父亲印象最深刻的是，他总是喜欢戴着耳机边听音乐边干活，还有他身上黏糊糊的汗水、衣服上淡淡的石油原液味道。他的身体强壮有力，不管干任何体力活儿都是一把好手。他爱这片荒凉的土地胜过爱自由和思考，在那时的我眼里，父亲比这里的山还要高大，他身上那股原始的男性荷尔蒙气息成了冷湖最好的注解。

但如果父亲没有缺席我的大部分人生，我不会像现在这样，踩在前人留下的车辙上，不知该向前还是向后。我曾经根据父亲留下的只言片语，试图用我所学的知识解开那个谜题，我建过无数的数学模型，翻遍图书馆里所有实证科学的论文，拓扑相、熵理论、量子态都无法印证他所描述的那个圆球。我不敢肯定那是他的一个幻觉，也没能力证明那是真实存在的。唯一确认的一点，它跟我父亲的死有关。我只有守着渺茫的希望，等待着它再次如神迹般降临。

时不时地，林深那首歌窜入脑中，我不由自主地哼了起来："你的双眼私奔，去为我看见万物，我说我看见了，看见了生灭不息，循环无尽……"

"这歌儿真好听呀！"老太太在通信系统里回复我。

"好听吗？我帮您下载下来？"

"好啊，好啊，这么好听，蒙恩肯定也听过！"

游客们互相为彼此拍照，在苍茫的背景下比起剪刀手，遇到一处处特制的路标，然后找到下一个目的地的提示。那些只能在电影里看到的场景成真了，除了一种虚拟入侵现实的荒诞感，还有生命里自带的对未知文明的探索欲。我在想，如果真有外星生命，如果我们真的相遇了，为了向对方展示自身文明的优越性，各自会做出怎样的牺牲和努力？

头顶的太阳被浓稠的云雾遮挡，那颗正发着橘黄色光芒的恒星，不管是从这里，还是在真正的火星上看，都像是一种穿越时空的遥远对视。在火星地表上的漫步快要结束，前方有一条步道履带在迎接我们，往里是有着弧形穹顶的观景通道，我们排队进入，像是从荆棘地回到母亲温暖的子宫。

我轻声对老太太说："今天蒙恩还在忙，估计暂时见不到他。"

她很失望，带着孩子气地抱怨道："这样啊！那你能不能跟他说说，让他明天忙完了来找我们，你看行吗？"

"等他忙完，我试着联系他吧。"

步道的尽头是一座小型模拟科研基站，游客们在那里将自己的收获和发现与A.I.舰长分享，并完成一路上设置的游戏拼图。晚餐时，老太太把我当成了李蒙恩，我跟她聊起这些年在火星上度过的日子，编造一些在太空中工作的近况。

"我们今天坐着火星车去了基地外几十公里的地方勘探，地面下好像有一些我们不认识的金属元素，刚刚跟地球汇报了日志，明天还有新的任务！"

"好好好，就知道我儿子最有出息了，明天……明天，妈还来看你啊！"她不停地往我餐盘里夹菜，笑起来眼睛眯成了一条缝。

回到住处，我打开李蒙恩的下一个录音文件："这几天我们在等待地球总部的答复，这个抉择可能会改变整个火星计划的进程。事实上，不管怎么选，最后都将孕育一个潜在的方向，和人类文明的过去、未来紧紧相连。"我能听出李蒙恩语气里的异样，焦虑中又有一丝隐隐的期待。

他们也许是在火星上有了新发现，这个发现的重要程度足以跟人类最初发现新大陆相媲美。要么下决心启程向更广阔的星辰大海出发，要么放弃这个机会，继续守在原地等待合适的时机。尽管这一切和我扯不上丝毫关系，但我还是对地球总部或者说是人类的决定充满好奇。但是接下来，他的一段话仿佛在我脑中敲响了洪钟：

"我又在基地外看到了那个奇怪的圆球，好像是透明的……它很大，如果是三维球体，里面应该能容下一座小型游泳池。"

我几乎从床上惊起，在房间里不停地踱步，眼前这个重大发现就这样静静躺在我手里。这是我守望多年的唯一线索，是来自真实火星的信息，那不是父亲的幻觉，更不是我的幻觉！当晚我彻夜未眠，翻开以往写下的所有数学方程式，密密麻麻的符号和图形占满了我的眼睛。再复杂的方程一定都有一个解，而解题的过程就像攀登一座高山，路很多，唯一的终点就在山顶，而现在，我却像个负重的登山者被暴风雨拦在了山下。

还有一个关键问题，李蒙恩提到的"火星抉择"，是否也跟这有关？我脑海中上演了好多部情节跌宕的电影，可守望不到结局就宣告提前落幕。后半夜，我翻看着晶屏里的那些梦境画，不知道脑子空白了多久，我开始筹划着把这些发现报告给国内的科研机构或航天局。可是，既然李蒙恩在等待地球总部的答复，那三维球体的存在或许已经不是秘密了，而且，他们掌握的信息可能比我更多。除非我取得实质性的突破，否则，想让那些顶尖科学家知道我也有类似的发现，不过是浪费时间。我像一个跟太阳炫耀自己捉到了萤火虫的小孩一样，感觉刚刚的热血被一盆冷水浇透，然后陷入了跟长夜对峙的焦灼之中。

　　天早早就亮了，平复心情后，我还是打算先搜索关于火星任务的所有细节，同时试着去了解李蒙恩的一切。

　　这些天老太太的心情好了不少，她依然糊里糊涂地把我当成李蒙恩，这倒为我了解他提供了不少方便。他从小就跟其他孩子不同，人家还在计算勾三股四弦五的时候，他已经开始在草图上演算从太阳系到半人马座的距离。他十六岁时曾独立解出过世界级的数学难题，高考前直接被国内顶尖航天大学挖走，在沉醉于宇宙星辰的同时他还选修了哲学。

　　终于，他等来了火星任务，那是他有生以来最大的梦想。李蒙恩完美得像是一个电脑程序，我似乎在扮演他的过程中，找到了一点短暂且虚假的自信和快乐。关于他的死，我相信跟父亲的情况一样，也跟那个三维球体有关，但又无法用现有的科学理论来解释，如果是来自宇宙空间内的暗物质，那我们根本无从下手。或许，那圆球就是某种意义上的上帝，它将李蒙恩这个程序回收、升级，可能很快会换另一种方式再重启。可是，我平凡卑微的父亲，为什么也得到了它的恩宠？

　　我没有把我的猜测告诉李老伯，不想再为他增添困扰，他似乎也看出我这几天的心不在焉。是的，我的搜索和计算没有任何进展，除了三维球体出现时已知的两个共同点：第一，它出现在他们俩离世前不久；第二，它出现在荒芜的类火星地貌上。就算之后它还将降临，可谁能保证这不是与规律绝对值相悖的"农场主假说"？比挫败更痛苦的，是找不到解决问题的方向，通往山顶的每一条路都是险途。

　　我决定用喝酒来缓解郁结的烦闷。

　　小镇除了广阔的火星地貌，在东南边还有一处配套乐园，火星主题的博物馆、酒店、餐馆、影视基地，各处还分布着花样繁多的娱乐设施。晚上，我请夫妇俩去一家自己时常光顾的火星酒吧，当作结束整天火星勘探后难得的家庭聚会。

　　这里的服务员都打扮成外星人的样子，要么戴着头套、尖耳朵，要么将荧光涂料涂在皮肤上，还有千奇百怪的服装道具。空气在不断闪烁的五彩霓虹下变得浓稠，弥漫着一种后人类时代的幽默感，让人仿佛置身于星际旅途之间的中转站俱乐部。

我提前跟关系很铁的DJ打好招呼了，今晚不要放迷幻的星空电子乐，来一点不那么刺激心脏的火星民谣最好。那些服务员端着发光的酒水饮料穿梭在地球客人之中，故意说着听不懂的外星语，再由桌面的翻译器投射成全息文字："你们的mojito[1]好了，请慢用。享受火星之夜，bibakuludebaba！"最后一句是我们这儿的日常问候语，类似于"愿原力与你同在"或者"生生不息，繁荣昌盛"。

李老伯和老伴儿坐在我对面，他笨拙地教她从一个造型酷似克莱因瓶的杯子中吸出饮料，又为她擦了擦嘴，他们宛若一对相恋了几个世纪的火星恋人。要是当初母亲没有离开父亲，我也能常常看到这样的情景吧。我点了一杯名叫"宇宙尽头"的烈酒，小半口下肚，身体似乎被一种发光的冰凉液体充盈，半个脑子渐渐凝结成霜，一种来自宇宙尽头的虚无感窜入我的每一个毛孔。老太太似乎不适应饮料最初的味道，又忍不住继续尝试，老伯看着她的样子笑起来。我把这幅场景想象成一部电影的结局，他们共同经历的痛苦和甜蜜，值得我永久珍藏。

对面的舞台上，一位女歌手开始演唱，熟悉的旋律抓住了我的耳朵，就是那首我最喜欢的火星民谣《荧惑》，没想到她今晚真来这儿现场演出了！烦闷暂时一扫而光，我的注意力从发光液体后面的老夫妇身上抽离，目光随着她的吟唱而变得灼热。林深唱歌时的表情给人一种清冷、难以接近的感觉，现场观众中被她吸引的人不多。

歌曲渐入高潮，我不由自主地跟着她一起轻轻唱起来："宇宙浩渺，磅礴中孤寂……"

尽管听过无数次，在这种氛围的影响下，我还是有种想流泪的冲动，不管是旋律还是歌词，总感觉其中有一些我们暂时解读不了的东西，就像那个圆球。还没从这样的气氛中缓过神来，下一曲便开始了，是优雅的舞曲，由一位新歌手演唱。夫妇俩在我的鼓励下步入舞池。

我脑门一热，掏出裤兜里的零钱冲到吧台点了一杯"万物一体"，蹑手蹑脚地四处寻找林深的身影，她就像一只猫，上一秒还在视线范围内，下一秒可能就去了另一个维度的世界。

就在我准备放弃的时候，回过头发现她竟然坐在我刚才的位子上。我

---

1. 莫吉托，一种传统的古巴鸡尾酒。

触电一般，慢慢走过去，将粉红色的"万物一体"放在她面前。

"bibakuludebaba！"她抬起头看了看我，微笑着说。

"林小姐，我……"

"谢谢你！"林深端起饮料，从杯底往上看。

"我是这儿的导游陈沐沐，我……很喜欢你的歌！没想到能在这儿见到你……我……"我有些语无伦次，手心里都是汗。

"对了，你有看到过一个透明的圆球吗？很大很大，就像一个巨大的肥皂泡，它老是出现在……或者没看到也没关系，我一直在找它。你要是有线索，可以告诉我吗？"我应该是喝醉了，她在我眼中变成了重影。

"他们是你父母吗？"她没回答，转而看向舞池中央正跳着交谊舞的老夫妇，尽管他们的动作比音乐慢半拍，却让人觉得心安。

"不是，是我的客人。"我能感觉嘴角泛起了一丝笑意，"我给他们听过你的歌，对，我给很多客人都听过！我喜欢这个名字，荧惑，古人对火星的称呼，很棒……"

"但是，你们都没听出它的真正含义。"她呷了一口饮料，淡然地说。

"那……你能跟我说说吗？"

正当我以为我们的对话渐入佳境时，她接下来的话，却犹如一记刺耳的噪音插入和谐的音律之中：

"你跟你爸爸长得很像。"

我瞬间清醒过来，感觉喉中有一团铅块，她手中那杯"万物一体"在我眼中变成了外星人皮肤黏液一样的存在。

我猜不到她究竟是谁，我也不想去猜，既然她提起了父亲，那这场相遇一定不是偶然。

在上个世纪六十年代，冷湖还是一片希望之地，地下储藏着的丰富石油资源让这里成为亟待开发的宝藏。于是，人们到处修建基地，一起打捞这里的地下黄金。最繁荣的时候，有接近十万人从五湖四海来到冷湖，希望为这份伟大事业奉献自己的热血，颇有淘金年代的盛况。我爷爷就是十万人中的一个，他是经验最丰富的石油工人，无论是油田、运输道路，还是建设基地，都能见到他风风火火的身影，他在这里娶妻生子，度过了一生中的大好时光。

我父亲出生后的三十年间，石油资源渐渐被开发殆尽，冷湖像是经历了一场文明的兴衰，所有人像感受到寒冷的候鸟一样，毫不犹豫地离开，去寻找新的栖身之地。当年能容纳十万人的石油小镇也很快成了一座空城，被日复一日的风沙侵蚀，最后只剩下荒凉的骨架。我曾经无数次走在那些废墟上，就像走过自己内心的死寂之地，比纯粹的破败更令人惋惜的是，那里消失殆尽的繁盛文明曾经如水草丰茂的肥沃湿地。

但父亲的血液已经和这里的水土融合在了一起，他放不下，说不出原因，就是放不下。他常常抱着我回到那片早已荒芜的小镇，自顾自地说起他父辈的故事，不管年幼的我能否听懂。第一批石油工人相继老去，他们的后代也都带着他们一起离开，而我父亲却一直坚守在这片沙丘上，盼望那些人能够重新回来。

在我很小的时候，母亲也离开了他，去往葱绿、湿润的内地，她没有带走我。我那时还叫陈思尔，因为母亲的名字叫"燕尔"。父亲此后变得更加沉默，他留在这里的决心也越来越大，我时常注视着他黝黑的脸，仿佛冷湖的轮廓都被刻在了他的皮肤纹理之中，我以后也会是那个样子吧。

幸运的是，那时国际联合火星任务正开始起步，很快就有人看好在冷湖发展旅游产业，在地球上复刻一个火星，这里也许将重焕生机。

于是，父亲将全部精力投入到了新的事业之中，在短短两代人的生命里，他看到了一片土地的兴盛与衰落、破败与重建。

他是冷湖的见证者。

说来也巧，父亲说看到圆球的那一年，在冷湖发现异常光波辐射的新闻当时也正闹得沸沸扬扬，新闻里说光波辐射暴露了地球的坐标，火星小镇在外界眼中又多了一层神秘的色彩。我曾经将两个事件对比研究过，这些巧合让我不得不重新审视，这一切的背后或许有着某种隐秘的联系。父亲的离世只是因为一场建筑事故，和李蒙恩一样，他的身体和灵魂遗落在了火星。

他出事的一周前，曾牵着年幼的我站在建筑工地旁，"思尔，你看到了吗？"

"什么？"

"一个球，透明的圆球，像个肥皂泡，上面还有淡淡的彩色光晕，就在那条路的尽头。"

"没有啊，爸爸，我没看到呢。"

"你看，就在那儿嘛，要用心去看。"

"爸爸，你骗人，根本就没有！"

"爸爸没骗你，是真的，他们来了……"

"他们是谁？"

父亲没有再回答，我从他的眼神中看到了一种虔诚和期待。之后几天，父亲又陆续提起过几次，他说在那圆球前能看到自己的影子，还能看到自己的一生，我以为那不过是他讲的睡前故事。在我每晚睡着之前，他会为我戴上耳机，里面循环放着一首老歌。有天晚上我做了一个梦，就是那个之后无数次梦到过的场景。

"死亡只是一扇门，我已经见到了那扇门……"父亲在离去的前一刻，牵着我的手，他并没有因肉体的疼痛而表现出半分痛苦，反而有一种说不出来的宁静和愉悦，"有一个更好的世界在等着我们……我们会再见的，以另一种方式……思尔，一定会的。"

夜空中有无数颗星星，最亮的那颗熄灭了，可对我来说，整个世界就像陷入了无边黑暗。我那时听不懂他在说什么，更不懂什么是死亡，可从那以后，那个圆球就住进了我的脑子里。

我跟随留在这里的乡亲们长大，狠心改掉了名字，拿到新身份证的那一刻，像是身上有一块肋骨被自己生生抽了去。其实我害怕变得跟爸爸和爷爷一样，将全部人生奉献给一片荒凉，还想要在看不到前路的岁月中寻找一丝渺茫的希望。

那段时间就像全世界只剩下我一个人，只能茫然地看着这里一天天被修建、改造，外面的物资像充满活力的血液一样源源不断地输入。在这片重新复活的热土上，我单薄的童年和青春成了一种陪衬。

所有人都开始重新期待火星小镇的未来，像期待那些先驱者从真正的火星上传回可能改变人类文明进程的消息一样。

此时此刻，我木然地望着林深那如黑洞般深邃的目光，说不出话来。

"你……认识我爸？！"

"嘿，别紧张，"她嘴角微微上扬，中指指腹在杯口边缘来回摩挲着，"如果看得够远，你不会这么紧张的。你能想象吗？千百万年前这里曾经是一片海洋，后来地壳慢慢运动、挤压，海洋渐渐被蒸发，海底隆起成山峦，又被风沙侵袭，周而复始……宇宙真的很伟大啊，这里真的很像……"

"像什么？"

"像荧惑！"她眼睛发亮。

"可是……你到底是谁？我爸爸……"

她没有直接回答，而是自顾自地轻轻哼起了一段旋律。

"你是为了写新歌才来这儿跟陌生人搭讪找灵感的吗？"我的情绪有些激动，看了看舞池里的老夫妇，他们还在轻摇着舞步。

"如果要写这些歌，我脑子里的能量能在一秒钟里写出成千上万首，但有什么用呢？你们连一句话都听不懂……"

我回答不上来。眼前这个漂亮女人让我琢磨不透，她如果怀有某种目的，那我身上也没有什么可供掠夺的，只是，她让我感觉自己还有那么一点独特，"你为什么……和我说这些？"

她忽然看向外面，脑中似乎有天线接收到了某种天外来的信息，"跟我来！"

她起身将"万物一体"一饮而尽，但仿佛彻底喝醉的却是我，一股混着酒精味的灼热气体往头脑上涌，在那一刻，我彻底迷上了她，不管她让我做什么，我都心甘情愿。她拉着我的手往外面跑，我回头跟李老伯打了声招呼，他没有回应。

我们一路来到冷湖的暗夜星空保护区，只要天气正常，这片沙丘上每晚都能看到漫天的繁星。今晚有些不一样。尽管太阳下山后温度骤降、寒风割面，但我并不觉得冷。

我和她四目相对，在这片如火星一般的旷野上。在她眼里，跟我在一起的一秒钟就像过去了百万年，而对我来说，这一秒钟，意味着一切。

"你看！"我顺着她手指的方向望去，星罗棋布的夜空像一张巨网，"《荧惑》的旋律，是一种语言，我把要告诉你们的信息都放在了里面。"

我看着她的侧影，"什么信息？你……和我的父亲见过吗？"

她轻轻牵起我的手，瞬间有种过电的感觉。皮肤之间最近的距离，哪怕贴在一起都留着几十微米，比一个细胞还大。我相信此刻的感觉是末端神经受到压力，产生电信号传到脊髓的一些部位，再反馈、再继续运动、压迫，产生电信号，进而促进各种腺体分泌，就像打开了一通电路，我脑海中所有带电的神经元都像头顶上的星辰一样发光、起舞，下一秒就要从天灵盖盘旋着奔涌而出。

我知道什么也没发生，但一切都在发生。

我学着通过她的眼光去看星空，仿佛天上所有的星星都开始跃动闪烁，它们相互之间连成曲谱，那是一种跨维度的语言。把一百万人全部压缩成中子星的物质，也才只有一滴水的体积；而那首歌，《荧惑》，单是一个音符就包含着无数字节的信息。

"你是？"

"灵魂游舞者，用你们的话讲。"

没了之前的疑惑和犹豫，我百分之百相信她说的每一句话，甚至，她的每一个音节、每一次停顿对我来说都意义非凡。但是，她并没有说话，反而像是住进了我的脑子里，成了我的一部分，一切的语言都成了我自身的回音。

她来自系外行星，火星是他们探访太阳系的第一站。

非要用语言来解释我感受到的一切，关于灵魂游舞者，我相信是徒劳的。但是，她的出现兴许是个突破口，离我要探寻的那个秘密好像越来越近了。

如果宇宙中的一切事物都来自大爆炸后的能量，那这能量正在经历着从简单到复杂的演变，智慧生命是目前最复杂的能量形式，而我们人类，只是这能量形式的第一阶段的载体，它将继续发展，朝着下一阶段努力攀升。站在我旁边的林深，就是这种努力的结果，在他们的文明里，物质世界不过是毫无用处的烂泥，她的肉体也是一个随时可以丢弃的包装袋。

"质量转化为能量？$E=MC^2$ 果然很伟大……"我自言自语。

"用 $E=hv$ 来参考可能更合适，量子常数乘以振动频率等于能量，频率最高的成为无形的物质，频率其次的成为有形的生命体。"

他们用光速思考，为了达到这一极限的思考速度，他们本身就以光的形态存在。在他们的身体里，对所有信息的处理是每秒百万次，因此需要极大的能量来维持他们的生存状态。

只有恒星，伟大的恒星，才能提供最佳的生存环境，这种超级文明只有住在恒星里面，才能让一个个完全能量状的智慧生命，永远以光的速度思考。

但是，他们的恒星即将熄灭。

这是我无法理解的时间尺度，不像冷湖几十年来的兴衰与变迁，他们生命的攀升历程应该用整个地球的进化史来做类比。

"这是一种什么感受？"

"感受？我们没有感受。只是思考，一刻不停地思考。"

他们脱离物质的存在，穿越虫洞时根本不会像物质一样被瓦解成基本粒子；在两个时空区的闭合处时空曲率并不是无限大，他们更不用害怕被掠夺一丝一毫的能量；宇宙间再强的力场都可以通过负质量来中和，因此什么都不会影响到他们能量场的稳定。除了前往明确的目的地，他们一路上还探访智慧生命，红色的、蓝色的、灰色的行星，邀请各个层级的生命形态加入他们的能量之中。

在我们还是草履虫的时候，他们就出发离开母宇宙，终于，在人类自以为创造了独一无二的文明时，他们抵达了我们这个位面的恒星系。而太阳，是他们思考出来的最佳答案。

"你们从来没有诗意地审视过自己吧，人体大约百分之九十九是由氢、碳、氮和氧原子组成的，这就是你们人类和宇宙的深远关系，你体内的氢原子是在宇宙大爆炸中产生的，而碳、氮和氧原子则是由恒星产生的。每一秒，都会有成千上万的不稳定放射碳原子在你的细胞内和细胞之间爆炸；当你割伤自己时，星星的残骸便撒了出来；你血液中的每个铁原子，帮你的心脏将肺中的氧带到你的细胞，也曾经帮助摧毁过一个巨大行星……"

"所以呢？"

"所以，人类本质上和灵魂游舞者一样，你们来自宇宙，最终将回归宇宙，以一种更好的方式回归。"

我突然想起古希腊人说过的一句话："要理解物质，我们必须理解无物质。"这句话看似与现代物理学相悖，实则是这门学科的最终的导向。

当他们降临在火星，如同宿命般巧合，人类的火星任务正如火如荼地展开，我试图去想象两个文明曾经在火星上的相遇，一种纯物质跟纯能量的伟大会晤，但这种尝试是愚蠢的。李蒙恩在日志中所说的"面临抉择"，或许正是因为遇见了他们。

"李蒙恩……被你们收编了吧？"以我对李蒙恩不多的了解，我猜他不会错过这个机会去完成生命最终形式的伟大攀升，这可比探索火星有意义得多。毕竟他得到的将是整个宇宙。

"是的，他和我们在一起。"

"你们杀死了他？"

"不，我们不会以任何方式去干涉任何个体生命的行为和命运——即使我们有能力这么做。事实上，我们的能力超乎你的想象。他的死的确是一场意外，而我们很早就发出过邀请，只是死后的他欣然接受这样的接引而已。对很多人类来说，死亡就像一个终点，但其实，死亡只是一扇门。"

那个神秘的三维球体！

一套完整的理论模型霎时出现在我脑中，那是我梦寐以求的答案。非要用地球上的科学来演示的话，注定是苍白的，圆球的组成元素未知，密度无法测算，形态性状不稳定，内部有一个巨大的能量反应场……我相信，用物理方程来描述超越概念的事物是一种徒劳。不过，从某种意义上讲，它就是灵魂游舞者的"飞船"。

"那扇门，我爸爸他看到了！为什么他能看到……"我来不及问这个问题，接下来还有更重要的问题值得探究，"那你的意思是……人死后真的有灵魂？"

"我们更愿意把它称为能量，能量永不消灭，它会更换不同的载体，直到最后，抛弃所有有形载体，完成回归。"

地球上不是没有这类神秘的心识科学，但那些论调大多数只是臆想而已。我此刻想的是：有没有一个能让人看懂的公式或数据，可以将这个伟大发现用相对科学的形式解释出来？如果我是第一个这样做的人，那我也会跟阿姆斯特朗和李蒙恩一样，成为人类历史上永垂不朽的存在吧。

但是，她好像看穿了我的心思，"用一种低等认知去验证比它更高等的东西，这是很可笑的，而且，这也不是我们来地球的目的。"

"为何要来地球？"

"我说过了，这是一种邀请。"

"邀请我们去太阳？如果所有人类都接受邀请，那对人类文明来说，无异于自取灭亡……"

"物质世界不过是你们做的一个梦，从这个梦中醒来，你们可以得到更高层次的永生，对人类来说，这是无本万利的买卖。"

"那首歌就是一封邀请函？"

"你终于懂了。"

"为什么要用这种晦涩的方式？"

"我们尽量降低自己的能量振动频率，以你们的方式去思考，以为可以通过谎言让你们看到背后的真相，却高估了艺术这门谎言是如此的……你们执着表面上的假信息，却忽略了它的本质，因此很少有人回应。"

"我们应当怎样回应？"

"就像你爸做出的回应一样。"

"他？他可是一个什么都不懂的工人！怎么会从一首歌里……"

"一个人的知识多少、地位高低，跟是否能获得邀请资格无关。"

"你们用圆球接走了他？"

"是的。"

"那为什么他直到死亡之前，才做出回应？"

"尽管他的死亡是意外、是偶然，但事实上，生命体自身的能量场会对未来的衰落有所感知，这是本能的。就像看不到磁场，鸽子总能找到对的路，你父亲能在死亡之前看到我们，就说明他做出了回应。"

"我……能再见到他吗？"

"会的。"

林深蹲下身，抓起一把沙子，在月光的照耀下，沙子中有晶体在闪闪发光，我仿佛看到她的手指也变成了沙，不断往下流，然后她纤细的手又好像重新生长出来。不管跟科学常理如何相背离，在我看来，眼前这诡异的场景却浪漫至极。

"这里跟火星真的很像……"

"所以在地球上，你们先选择了这里？"

她手心留下了一颗小小的透明晶石，像散落在地球的流星碎片，不小心从天外落在了她手里。

这种晶体在冷湖的土地里到处都是，或许跟千万年前地貌形成的历史有关，在山峦和沙石里，它们如同镶嵌在云端的宝石，从来没人想过要把它们取下来。每当行走在沙丘上，阳光照在上面一闪一闪的。爸爸有时候会站在沙丘顶部凝望着那些光点，很久很久，直到睁不开眼睛，我猜不透他在想什么。我牵着爸爸的手，问他那是什么，他说，内心真正单纯无畏的人，才能看到这些光亮。

实际上，这里的晶体能产生一种特殊的振动磁场，而这种磁场正是能量信号的放大器，可以想象，当数量像星星一样多的晶体发生共振时，我们可以接收到的信息是不可估量的。因此，地球上的火星小镇成了他们扩散邀请信息的绝佳选择。

此时此刻，我和她四目相对，仿佛有一束巨大的光亮在她眼中跳跃。她又望向远处，夜空在她的凝视中变得有些不一样。我仿佛听见那首歌在整个宇宙中悄然唱响，夜空中那荧荧离离的光点如点燃引信般，连成一片没有休止符的巨幅乐谱。那一刻，我感觉有一千万首音乐窜入我薄如蝉翼的耳膜，身体里每一个细胞都随着它们的律动起舞，冰凉、热烈、静默、喧嚣，我忽然明白，眼前这磅礴的宇宙宛如母亲伸出双手，对我发出回家的呼唤。

我凝视着她，眼角挂着泪水，"那首歌……为什么是我？那么多人都在听你的歌。"

"你相信奇迹吗？"

我没有理由不点头。遇见她，已经是我一眼能看到尽头的生命里最大的奇迹。我现在知道，神级文明灵魂游舞者一秒钟就能读完人类所有图书馆里的书，只说一句话，数据量就能撑爆地球上所有的硬盘。灵魂游舞者用于通信的功率达十的三十六次方瓦，约等于整个典型星系的功率输出，不仅是信息传递的速度，还有所有的生命形式……肉眼能看到的一切显现，耳朵能听到的所有声音，心念所能达到的境界，只要他们愿意，就能凭借能量创造出接近其振动频率的所有物质现象。也就是说，整个世界都可以是他们自身能量的游舞幻化。

"言之所尽，知之所至，极物而已。我现在终于明白这句话的意思了，林深！"我激动地看向她，她的表情微妙动人，我知道人类的情绪对她来说不过是假象，但她依然牵着我的手，没有松开。我的嘴唇微微有些颤抖，"还有《荧惑》，我明白了……"

我明白了，灵魂游舞者前往火星、来到这儿的目的，只是顺便带我们汇入这无限的能量巨流中，尽管初级智慧生命所携带的能量，只是一片大海中一个水分子的几十万分之一。

但他们，愿意这样做。而我把这理解为一种慈悲，神对蝼蚁的终极关照，不是赐给它们一块甜食，而是让它们最终变得跟神一样。

"人类的爱也是奇迹的一种。在我们的能量洪流里，依然能清晰感受到你爸爸那个水分子的振动，全都是关于你……思尔，在我们眼里，大海和水滴是平等的，所有的智慧文明都有权利航向恒星，脱离物质的世界，拥抱永恒。"

林深转过头看向我，眼里闪烁着幽幽的光。

"这是一种基于自由意志的选择吗？"我问她。

她轻轻点头。

爸爸临终前的神情浮现在我眼前，宁静而安详。说到底，人体不过是一团原子的特殊聚合体罢了，当我们的肉体死去，这一特殊的聚合体便解离开来，我们体内的原子总数在我们呼出最后一口气时并不发生变化。之后，原子和空气、水、土壤混为一体。物质四散，留下能量。灵魂游舞者对所有灵魂敞开，所以在那一刻，父亲以能量的形式对灵魂游舞者做出了一个简单回应——I'm in。李蒙恩也同样如此。

"可是，我们的恒星……会因此提前熄灭吗？"

"你们的恒星还在主序星阶段，靠把氢聚变成氦为生，当恒星走向死亡的时候，它会启动新的聚变并抛出外层物质，最后剩下一个昏暗的小小内核，那就是——恒星墓碑。恒星墓碑即使提前出现，人类文明的长度也绝对撑不到那个时候。"

我有些迟疑，"可是……"

陆续有人来到暗夜星空保护区，三两成群，抬起头注视着这片幽蓝的广袤深空，不知此刻他们脑海中是否会浮现出同样的旋律。我似乎看到了那半弧形的星轨排成线，将人类命运的波纹延伸至无限。

"生命应当是没有寂灭、奔流不息的！"这是她的最后一句话。

我紧紧抓住她的手，仿佛这一刻就是世界末日。

不知道过了多久，我又回到火星酒吧，推开那扇门，空气凉爽而新鲜。四周的全息投影刚为观众下过一场电子流星雨，一种淡淡的银亮色包裹着人们，大家看上去都比平时要高兴。老夫妇还在舞池里悠然起舞，随着缓慢的音乐转圈踏步，我看向他们，时间就像过了一个世纪。

我呆坐在原位，眼睛不知该看向哪里，仿佛灵魂游舞者刚刚吸食了我的大脑和内脏，只留下一副空空的皮囊。我暂时失去了判断和思考的能力，凝视着面前那个空杯出神。不一会儿，杯中粉红色的"万物一体"又重新盛满，似乎是凭空涌出来的一样。

直到老太太过来叫我，我才感觉自己重新回到地面。

"沐沐，我们回去吧！"

"您……"

"今天玩得很开心，多谢你的照顾啊！"老太太笑起来，在她的深褐色瞳孔里，我看不到自己的影子。

那晚经历的一切就像是一个梦，一个埋藏了几个世纪的梦，在某个特定的时刻开启。如果命运可以用量子轨迹来解释，我会把跟林深的相遇当成一个微不足道的交叉点，一种奇迹，或者是一种必然，因为她，我生平第一次认真地审视自己的过去，第一次看到自己可能的未来。

本来计划的行程剩下最后两天，我托人做了一个假的骨灰盒，如果老太太想起来，这就是给她的交代。可第二天再见到她时，像是换了一个人，之前笼罩在她头顶上的阴云全都消散了。

我们前往位于小镇边缘的影视基地，去那里为游客们拍摄一段以他们为主角的火星短片。在大巴上，我为大家介绍了几个可供选择的故事剧本，有先驱者初到火星的探险，有最后的地球人在火星基地上的坚守，也有人类和外星人的浪漫爱情……

人类骨子里的英雄主义值得歌颂，有的时候，我们又似乎把这种英雄主义想得过于美好。因为不管多么动人，都是对真相的扭曲，没有悲观和乐观之分，都是一种假象，这是我从林深身上学到的。

老伯和老太太接过他们的剧本细细研究，表情像是在偷看对方的情书。老太太今天没有喊错我的名字，也没有提起李蒙恩，神志格外清醒。用以前的说法，她看上去就像是回光返照。

车子经过一片零零落落的墓群，那里被矮小的围墙围起来，里面有不少父子、夫妻的墓碑，大多数被风沙掩埋得只露出一半，在这片辽阔的土地上长久地静默着。老司机带头脱下帽子，一声鸣笛当作致敬，这种小小的仪式对冷湖当地人来说是一种惯例。我爷爷和父亲的墓碑就屹立在这里，每时每刻，向着东方。

此刻，我很清楚地知道，我父亲并不在这儿。

我拜托大家给我一点时间。下车后，我在墓碑群的角落里找来大大小小的石块，垒成小尖塔的形状，就当是为李蒙恩在火星上竖立了一方墓碑。

夫妇俩透过车窗看着我，眼睛瞪得大大的。待我回到车上，老太太抓住我的手，"你刚刚在干吗呢？"

"给一个重要朋友……帮他办点事儿。"

老太太满意地点点头。

快要接近目的地时，前方的空中出现了一团彩色的云雾，伴着耀眼的光，往前接近时那光就立马消失了，乍看像是一种光线折射的自然现象。我想起了从前的新闻，光波辐射的奇异现象或者是疑似地外文明的痕迹，不管光背后的本质是什么，那些猜测和理论都已经不重要了。

"我们马上就能见到他了！"老太太兴奋起来，但和以往的兴奋截然不同。

李老伯看了看我，表情有些无奈。

游客们根据自己选择的剧本去各自的试衣间换戏服，夫妇俩拿到的是橙色宇航服。我们来到占地几百亩的户外基地，除了天然的半沙丘，还有一些人造景观，从摄像机的视角里看，这里绝对百分百还原了火星地貌。

摄影组还在架机器，我替导演帮他们顺剧本，这个故事讲的是两位驻守火星基地的夫妻遇见了外星人，他们决定跟随外星人去到它的母星，去学习更先进的知识。

"您一会儿就这么念啊，'高台孤矗昂首望，穿凄尽兮宙宇敞。车马纵兮雁飞翔，春复秋往世无常'，讲的是友人互相告别时的场面，但其实是一句外星暗号，说的时候多带点儿感情。"

老太太点点头，"好好！'高台孤矗……'"忽然，她眼睛一亮，看向身后，又猛地回过头，抓住李老伯的手，"老伴儿啊，我知道哪儿能找到蒙恩了，跟我来！"

他们径直向后面的小山峦快走过去，我反应过来后，赶紧追了上去。

此时，有一个同样穿着橙色宇航服的人从山后面慢慢走了出来，他们三人一见面就拥抱在了一起，我走近一看，那人竟然是李蒙恩，跟照片里一模一样！我完全无法相信自己的眼睛。如果眼前的他依然是一种能量游舞，那就像我不能否认那个梦一样，不能否认他的出现也是一种必然。

时间仿佛停滞在这一刻，恍惚中，我感觉被拥抱的那人是我，眼前是我的父亲和母亲。

李老伯望着李蒙恩的脸，自言自语着："我这不是在做梦吧？"

反倒是老太太，她似乎更加放松和自然，好像是他们安排已久的见面。她把我拉到跟前，"蒙恩啊，这是沐沐，我们的导游，他对我们可好了！"

有种错觉，眼前这一切仿佛上一秒就在我脑海中预演过。

我伸出手，"你好，还是叫我陈思尔吧。"

李蒙恩用力握住我的手，一脸阳光的笑容，"你很善良，谢谢你刚刚为我做的……对了，我很喜欢那杯'万物一体'，那天也请你喝了一杯，咱们两不相欠了！"说完冲我眨了眨眼。

"他们会和你一起……"

老太太依偎在他身旁，"对，我们要跟蒙恩回家呢！"我很确信的是，老太太现在也看到了那个圆球，应该说，它一直都在那儿，一直等待着。

李蒙恩看着我，似乎也在等一个答案。

"蒙恩得全，无以为报。不过……"

他抢过我的话："不过，我要告诉你的是：我们改变了计划，宇宙更深处还有很多恒星……"他望向天空，"这一颗，留给你们。尽管去往下一个目的地会消耗我们很多能量，但不管怎样，我们相信奇迹。"

"嗯。"

"啊，我可算是燃烧了一颗恒星来跟你们问好呢。"

"谢谢你，但是……我会错过什么吗？"

他思考了一下，"在你有生之年，不会。"

不要忽略每一次召唤，不要忽略心的声音。

不跨越自身与内心的鸿沟，就算抵达了外太空也没用。

不要放弃思考，要追逐光速的真理。

……

灵魂游舞者在我的脑海里还放了一些知识，一些全新的、复杂的数字和公式、文字和语言，甚至是比三维球体的理论程式更艰深的宇宙终极模型，还有无穷无尽的、那些我相信虽然暂时无法理解、但总有一天会用上的知识。

像我这样卑微的生命，在一秒钟思考百万次的纯能量面前，一如蒙受了万物的恩典。在脑子感觉快要炸开之前，我再次认真看向那双眼睛，那一瞬间，我的确是找回了这二十多年来失去的所有生命力。

"李蒙恩……林深……再见。"

129

"bibakuludebaba！"

他笑了起来，在这片沙丘上，我和他同时看见了彼此最澄净的时刻。

我回头看，负责摄制的工作人员还在忙碌着，我把剧本还给他们，告诉导演这场戏我们将提前离场，让下一组游客继续。

这趟旅程，灵魂游舞者、我和夫妇俩、李蒙恩，我们终于走到了各自期待的终点。或者说，在回归的路上，我们都踏出了第一步。

在忙碌的摄影棚里，剧本的主角消失了，除了我，没人注意到。

告别有着它自己的节奏感，是一种训练有素的必然。我想起小时候和爸爸、妈妈的告别，没有任何仪式感，而且充满痛苦和缺憾，但这一次的告别，我觉得很完美。我突然想回到爸爸的老房子，再仔细看看他曾经生活过的地方。

"bibakuludebaba。"我轻声地说，没人听到。

返回的路上，我把那个假的骨灰盒放在了李蒙恩的墓碑旁边，让这种仪式变得更加圆满。空中突然划过一道明亮的弧线，我仰起头，那刺眼的光缓慢地冲到天空的边际，然后照耀在大地上，地面依然闪闪发亮。

爸爸的老房子离火星小镇有些距离，但我觉得那是一段期待已久的路。在他铺满灰尘的卧室里，一切都是原来的模样，我站在屋子中间，闭上眼睛想象爸爸在这里度过的时光，干燥的空气令我的眼睛干涩。我四处寻找他留下的痕迹，在书桌抽屉最里面，竟然找到了一张爸爸妈妈年轻时的合影。照片旧得发黄，好在还能看清他们的面容。我对妈妈的印象已经很模糊，连她的相貌也记不清，只能拼命搜寻所有跟她有关的记忆，才确定那就是她。我紧紧攥着这张照片，在我心里它胜过世间一切珍宝。

在相馆那种老土的塑料背景下，他们笑得很腼腆，妈妈穿着碎花裙子，身材瘦高，笑起来嘴角有一对好看的梨涡。我看着她傻呵呵地笑了，第一次发觉陈思尔这个名字真好听，不知怎的，我忽然觉得林深的样子跟她倒有几分相似。

我想去找她，去葱绿、湿润的内地。我要带上冷湖所有的记忆，奔向她，然后告诉她那个梦，告诉她，我的选择。

用不了几天我便打点好了一切。我从来没想过离开火星小镇意味着什么，现在明白了，就像死亡意味着全新的开始一样。

我开车行驶在无人区，火星小镇在身后变得越来越远，前方的路长长直直，没有方向，或者只有一个方向。如果不是有路牌不断往后退去，可能都不确定自己是在向前还是向后。我知道宇宙浩渺，但此刻我的心却像一只蜷缩的猫儿，在迷失和寻回之间，我开始想念在母亲怀抱里的那种温暖。

卷着盐碱颗粒的风吹打在脸上，慢慢地，我感到嘴角边有些咸咸的苦涩。车里的音乐自动打开，依然是她沙哑的声音，像是一种召唤。

不管我们将要去向哪里，都是在回家的路上。

本文为冷湖奖获奖作品，并非《银河边缘》原版杂志所刊篇目。

冷湖，我们未了的约会
A FORGOTTEN DATE

宝 树
Bao Shu

中国新势力·冷湖奖专辑

宝树，重度科幻综合征患者，民间哲学家，死理性派的非理性主义者，悲观主义的梦想家，最沉迷于与时间有关的故事。相信每个故事在无限时空中都是真实存在的，写作者只是通过心灵去探险，用笔或键盘去守护。出版有《三体X：观想之宙》《时间之墟》《古老的地球之歌》《时间外史》等。

我记得那美妙的瞬间：
你就在我的眼前降临。
如同昙花一现的梦幻，
如同纯真之美的精灵。

——普希金《致凯恩》

1

他又见到了她。

茫茫戈壁，奇绝陡峭的土堡林立。碧天黄沙间，洁白衣裙的少女默默伫立，长发飘飞，抬眼望向他时，眼中盛满了忧伤。她身后，咆哮的黄沙排山倒海而来。

在席卷天地的沙暴面前，她是那么渺小，像千军万马前一株纤细的水仙。他奋力向她跑去，心中充满焦灼。但在沙海之中，深一脚浅一脚，步履蹒跚，总是踩不到实处，少女的身影却一步步被风沙所吞噬。

"坚持住，等我！"他大叫，但脚已不由自主陷入流沙，无法挣脱地下沉，没入沙海深处……

蓦地，一只温暖柔软的手拉住了他的手掌，将他从沙漩中扯出来。他迷茫地抬头，看到星海浩瀚，天河璀璨，竟似飞翔在星空之间。

面前，是一双明亮温柔的眼睛。

……

恍惚迷离的梦境散去，江子华睁开眼睛，发现面前一片漆黑，仿佛是在幽暗的洞穴里。

江子华熟悉这种感觉。他近年有些神经衰弱，卧室里采用了遮光性极佳的布料做窗帘，虽然外面是夜里灯火辉煌的旧金山湾区，但在三面墙都是落地式长窗的主卧室里，仍然可以伸手不见五指，也基本听不到外面的噪音。梦境中的忧伤尚未完全散去，江子华感到一阵久违的惆怅，微微舒展身子，想要再睡上一会儿。

但稍稍一动，背上就传来一股不适，轻微的刺痛感提醒他，身下是某种坚硬而粗糙的表面，那显然不是他专门定制的顶级瑞典DUX床垫，当然也不是铺满卧室、温润光洁的上等橡木地板。

他猛地一哆嗦，才发现自己身上穿着一件大衣，却没有暖被。上上下下的寒冷钻进衣物的缝隙，像冰冷的手抚摸着他的皮肤。现在已经是七月了，怎会冷得犹如初春？

江子华一颗心狂跳起来，他已完全清醒。这里绝不是他的家或某间豪华酒店，也不会是海边的度假别墅，更不会是飞机或邮轮上。总之，他在一个完全陌生而诡异的地方。

绑架！

恐怖的字眼在他脑海中炸响，江子华额头上渗出了冷汗，试着回想自己怎么会在这个不知位于何处的地方，但一时什么也想不起。同时他又发现了另一件可怕的事：周围的黑暗角落里，轻微的呼吸声不断响起，这意味着这里并不只有他一个，还有其他人，不，或许是野兽也未可知……

江子华竭力让自己不要崩溃，哆嗦着伸手到大衣口袋里摸手机，但并没有摸到。手机肯定早就被人拿走了。好在他还没有被人绑住，他用手探触着地面，那似乎是覆盖着一层沙土的坚硬水泥，还有些细碎石子，以及——

他的手触摸到了某种绵软的东西，还没等他反应过来，那东西缩了回去，似乎是一只手。

"谁？！"一个女子的声音，听起来同样惊恐，"你、你是谁？！"

虽然惊险万分，江子华却感到些许安慰，至少不会是绑匪。他正要开口，黑暗的另一边，有一个男声大叫起来：

"啊！！！这是哪儿啊？妈呀！我在哪儿？！"

紧接着另一些嘈杂的人声纷至沓来，有些人似乎刚刚醒来，有些人似乎想冷静地询问，但很快会聚成了此起彼伏的惊恐哭叫：

"这是哪里？！救命，救命啊！"

"天哪，这是怎么回事？！你们是谁？！"

"呜呜……老公你在哪儿……老公……呜呜……"

听声音至少有七八人之多。江子华注意到，声音听起来都很近，也没有明显的回音，可以判断这个空间并不很大，也许只是一个几十平米的房间。

黑暗中，不知谁撞了过来，江子华被一股大力推到了一边，碰在之前那女子身上，二人一起撞到了一堵粗糙的墙面，女子发出一声低沉的痛叫。

"对不起，你没事吧？"江子华忙问。他扶住墙面，离开女子远了一点，感觉灰土扑扑而下。

"还好,"女子答道,"不过……啊……"似乎又被旁人撞到了。

"大家静一静,请听我说!"

一个响亮的声音压过了其他声音,江子华怔了一下才发现是出自自己的喉咙。他不及多想便喊了一嗓子。

众人稍安静了一些,没再胡乱冲撞。但很快便有人惊恐地问:"你是绑匪?!你要干什么?"

"不是,我和你们一样,完全不了解眼下的情况。我只是想问大家,你们是不是也是一觉醒来,就发现自己到了这个奇怪的地方?"

"对对。"

"没错。"

众人七嘴八舌地回答。

"看来,我们应该都是被人抓来的。"江子华的疑惑越来越多,却想不出半点端倪,只得继续道,"目前看来,我们的生命暂时还是安全的,如果匪徒要害我们,不用等我们醒来就可以下手。现在大家务必冷静,不能慌张,团结起来,才能逃出生天。"

话音未落,又传来一些七嘴八舌的提问,江子华知道不可能这么容易就让所有人冷静下来,眼下只能自己先当起领头羊了。他大声问道:"你们谁身上有手机或者手电之类可以照明的东西?"

传来一阵窸窸窣窣的摸索声,片刻后,面前亮了起来,但只是非常微弱的光亮——有个发福的壮年男人点着了一只银制的Zippo打火机。

"只有一只打火机?"江子华问,但结果显而易见,他们身上的手机、手电等照明物都被收走了,目前只能依靠这一点点光亮,借着它观察周围和其他人。

他们似乎在一个空荡荡的房间里,目测不到三十平米,共有五名男性、四名女性,有些面相年轻点儿,有些老成些,但应该都在三十到四十岁之间,衣着基本比较体面,只是有的弄脏了些。他们聚集在火光周围,相互打量,目光中满是恐惧与戒备。

江子华特意看了一下刚才撞到的女子,那是个穿着米色风衣和牛仔裤的短发女郎,她似乎额头受伤了,脸上有一些血迹,正在低头擦拭,看不清楚容貌,但不知怎么,隐隐有一种熟悉感。

他正想端详，火光却远去了，只见那人急着拿打火机寻找可以出去的门窗，但是很快发现，到处都是灰扑扑的土墙，这里根本没有门。

"这是全封闭的？"

"见鬼，怎么会有这种地方？"

又是一阵惊恐的议论，江子华忽然发现了一件早该注意到的怪事。

他最后的记忆，是在公司加班，按理来说，自己如果被绑架，应该还是在美国国土上。但这里所有人看起来都是中国人，讲流利的汉语普通话，口音也不明显，听不出多少方言的痕迹。

"我们在哪里？"江子华大声问，"我是说在什么地域？谁有头绪吗？"

"这还是北京郊区吧？"有些发福的男人说，"我住在北京东城……"

"北京？可我明明在上海……"一个浑身珠光宝气的少妇惊道。

"啊，我住在杭州……"

"我是成都的……"

一圈说下来，这里的人除了中国境内的，在国外的还有三个，两个在美国，一个在法国。最后，江子华刚才撞到的女子轻轻地说："我在青海。"那种熟悉感又出现了，但江子华此时无暇多想。

"你们在说谎吧，这怎么可能！"发福的男子愤怒地说，"谁能到全世界去绑架这么多人？"

"我看是你在骗人……"一个更胖的男子反击。

"大家先不要相互猜疑，"江子华设法将争吵扼杀在萌芽状态，"冷静一下，一定能搞明白是怎么回事……大家是做什么的？这里面有没有关于绑架的什么线索？"

一时却没人说话。江子华明白众人的顾忌，此时敌我不明，谁也不想先暴露自己。要建立相互的信任只能从自己开始。他苦笑道："那我先来吧？我叫江子华，英文名是Joshua，我是一名IT技术人员，定居在旧金山……那天在公司里工作得比较晚，可能是睡着了，醒来就到了这里……"

"我叫……张伟，"过了一会儿，那个发福的男子说，"我是在北京国企工作的，昨天晚上我明明在家睡觉，结果醒来就……就和你们在一起了，根本不知道发生了什么。"

"我叫李强，"更胖的男子说，"在银行上班，我……我记得好像是在一间会所里和客户多喝了几杯，然后不知怎么就到这儿了。我也一点儿头绪都没有。"

"那个……"一个打扮时髦的女子道,"我叫欧阳美,我是——"

她的话被好几个人不约而同发出的惊呼声打断了:"你说什么?你叫欧阳美?"

"哪个欧阳美?"

"欧阳臭美?"

欧阳美似乎也察觉到了什么,"等等,你们是……该不会是……不可能吧……"她激动之下,说话也结结巴巴、语无伦次起来。

江子华也觉得头脑一阵晕眩。就在刚才,因为张伟、李强等名字太过常见,他压根儿没往某个方向去想,但欧阳美这个名字却勾起了遥远得像是前世的记忆。他觉得自己仿佛坠入了一个最最荒诞的怪梦里。

他望向自称欧阳美的女郎,吃力地认出了一张旧日的面容。

"张伟,"他转向发福的男子,"你……不会就是冷湖中学零二级的张伟吧?"

"我……我是。"

2

江子华仍然难以置信,狠狠地咬了一口自己的下唇,只感到一阵痛楚。

他又问那个更胖的胖子:"难道,你也是'耗子'李强?"

"啊,你知道我上学时的绰号?"李强惊讶地回答,"难道你……对,你是眼镜儿!"

"我才是严俊,"一个戴着金边眼镜的儒雅男士说,"你真的是李强?这也太荒诞了……"

"等等,你是严俊?"满头珠翠的少妇激动地插进来,"我是你的同桌啊!"

"蒋雯?"

"对呀对呀!"

另一个美艳女子带着惊喜哭了出来:"雯雯!你是雯雯?呜呜……我是孔丽呀……呜呜……"

"小恐龙!这……这他妈也太不可思议了!"又冒出来一个瘦小精干的

男子,"你们在耍我吧?"

"你又是哪位?"好几个人异口同声地问道。

"靠,我你们都认不出,还敢说是冷中零二级的?"

"你是马小武,"刚才撞到的那个女郎在江子华身后说,"最喜欢打架和整蛊同学,对吧?我可没少挨你的整。"

"我去!"马小武瞪着眼说,"你不会是……小……小……"

"沈素。"女郎吐出两个清冷的字。

江子华适才已经有所预感,但听到这个名字后,心跳还是停了一拍。一刹那间,他不能思考,不能呼吸,整个人被忽然掀起的情感狂潮淹没了。

夏末,高原的灼目阳光下,一辆乌黑锃亮的奥迪小汽车驶过镇上坑坑洼洼、尘土飞扬的破旧马路,格外引人注目。

他正走在冷中门口,和几个一同入学的男生聊天,车轮扬起的沙土迎面扑来,伴着刺鼻的汽车尾气。大家掩着鼻子,投去厌恶的目光。

"谁那么拽啊?"身边的李强气愤地说。

"看上去像是领导的车……"张伟啧啧道。

奥迪并没有开走,而是在校门口附近停下。车门打开,一个高大的中年男子从后座下车,身上西服笔挺,手中牵着一个十来岁的女孩儿。女孩儿的眼睛亮晶晶的,梳着可爱的双马尾,穿着一条嫩绿色的连衣裙,背着崭新的卡通书包,已经略显出少女的身姿。她似乎第一次来这里,有些好奇地四下张望着,阳光洒在她端庄秀美的面容上,让他忽然觉得耀眼得不可直视。

他忘却了周围的一切,呆呆地看着那个和自己年纪相仿的女孩儿。她注意到男孩儿失态的目光,有点脸红,随即高傲地转过头,跟着父亲走进了校门。

"老大,那女孩儿是谁?也是新生吗?"李强问道。这里大部分人都是镇上一个小学升上来的,很少见到陌生的同龄人。

他摇了摇头,表示不清楚。消息灵通的张伟凑上来说:"这小丫头应该是刚调来的沈副总的女儿,名字叫沈……对了,沈素,白素贞的素……以前在西宁那边读小学,不过我表姐说,她今年会转过来跟我们一起上中学。"

众男孩发出艳羡的赞叹,他们基本都是本镇土生土长的,对他们来说,西宁即便不是世界上最繁荣的都市,但也相去无几,西宁来的女生是什么样子的,真难以想象。

可是,他却感到一股更深沉的欢喜在胸中悸动,他知道冷湖中学如今人数很少,他们这届只有一个班级。

从现在开始的三年里,他每天都能见到她。

江子华思绪翻涌,却紧张得不敢回头看,仿佛回到了那个十二三岁青涩的少年时代。

"……我们真是初中一个班的老同学啊!怎么会有这种事?!"众男女纷纷惊叹。

"都整整二十年了,"张伟感叹道,"怎么会突然……"

"是啊,二十年了……"众人不约而同地叹息,"想不到我们居然在这里重逢……"

二十年来,从未有过同学会。

因为他们的学校和故乡已不复存在。

冷湖位于柴达木盆地的边缘,青海、新疆与甘肃交界处,本来是茫茫戈壁间一片无人居住的小湖,在五千年的中国历史中没有留下半点身影,可上世纪五十年代,冷湖油田的发现让这里热闹起来,来自五湖四海的建设者聚在这里,围绕着新中国最需要的石油工业,繁荣兴盛的冷湖镇诞生了,最多时有十余万人。

经过半个世纪的开采,到了世纪之交,随着油田的枯竭和国家战略的调整,冷湖也日益走向衰落。一旦没有了石油,这个荒漠中的城市很难再维持下去。最后,石油总公司统一安排,几乎将所有的员工及其家属都迁走,分流到全国各地,冷湖镇从此基本废弃。

这些三十五六的大龄青年或准中年人,是冷湖人的第二代或第三代子弟,也是冷湖中学初中部的最后一批学生。当年,他们刚刚初中毕业,就赶上了冷湖的大分流,跟着父母迁往全国各地。一群十五六岁的孩子,在不同的环境中踏上各自的人生道路,对于故乡的记忆已经淡漠,也早已断了联系。谁知今天,竟在如此怪异的情形下重聚。

"这……是谁在搞恶作剧吗?"孔丽疑惑地问,"马小武,不会是你吧?"

话音未落，人群中居然响起了零星的笑声。这事儿马小武还真干得出来，初一时的愚人节，他编了一个调课的通知，把一个班的人都骗到了操场上。

"我说小恐……孔丽，你也太看得起我了，"马小武连声叫屈，"我有这能耐还绑你们干什么，不如直接去绑架我本家马云马化腾！"

众人不禁又笑了起来，气氛更加缓和。不管怎么说，在这里的都是少年同学，虽然已经二十年不见，但却分享着人生最珍贵美好的回忆。

江子华终于鼓起勇气，回头望向身后的女郎，她离打火机的微光有些远，大部分身形隐没在黑暗中，看不太清楚。只依稀看见她的面容苍白，鼻梁高挺，双眸炯炯有神，虽然和他梦中牵萦的少女模样已经有了一些不同，但如果刚才就看到，他肯定自己能认出来。

沈素也注意到了江子华的目光，对他微微点头。江子华心神激动，刚想说话，却不料欧阳美警惕地指着他：

"这个什么江子华不是我们班的！我们班根本没姓江的人！"

"难道你就是绑匪？"好几个人惊叫起来。

江子华终于从恍惚中回过神来，"想哪儿去了？我是贺华！"

"啊，班长？！"几个人异口同声地惊呼。

"是我。"江子华耐心解释，"离开冷湖以后，我爸妈离婚了，我跟我妈过，后来随了她的姓，名字也就改了……"

"是啊，"欧阳美盯着他看了一会儿，抱歉地说，"可不是班长吗？我也太脸盲了……"

张伟忽然一声惊呼："江子华？贺华，你就是江子华？"

众人又紧张起来，"怎么？难道不对？"

"不是，我想起来了，江子华可是币圈大佬啊，上过《时代周刊》的！"

"《时代周刊》？"

张伟解释说："江子华在美国研发新一代区块链技术，在业内很有名，公司已经在纳斯达克上市了，我当时看了照片就觉得眼熟，想不到竟然是班长！"

"哇，区块链！"

"ICO 啊，太牛了。"

众人纷纷表示惊讶和羡慕，江子华逊谢了几句，正不知说啥好，众人的注意力又转移到了更轰动的目标。

"你说什么？！"

本来一直在和孔丽咬耳朵的蒋雯忽然大叫起来，众人又惊诧地望去。

"太不可思议了……"她喃喃道，又注意到众人的目光，大声说，"你们知道吗？原来孔丽就是……就是艾米丽！"

"哪个艾米丽啊？"

"还有哪个艾米丽？大明星艾米丽！你们认不出吗？"

"不会吧？"众人发出难以置信的惊呼。艾米丽是当今红得发紫的女星，怎么会是……孔丽？但看眼前的美貌女郎，的确像是电影海报上常见的那个人。

"什么？孔丽是……艾米丽……是孔丽？"李强激动得有点语无伦次，"那个红遍全国的《爱上小姨子》是你演的？这也太牛了！"

"哪里，十八线小演员而已……"孔丽谦虚道。

"都成国民小姨子了还十八线？"欧阳美笑着说，"丽丽，你真了不起！可你的容貌还真是认不出来了……"

"那还用说，一定是去韩国整过了！"马小武道，众人也有同样的疑惑。

"我可没整容啊，"孔丽澄清，"就是后来长大了，女大十八变嘛……"

"这倒是，还能看出小时候的影子……"欧阳美说，"不过年纪也不对啊，我记得娱乐杂志上说你是00后？"

"哎，"孔丽有点不好意思，"演艺圈嘛，谁会说自己的真实年龄……"

江子华在国外多年，对国内影视圈了解有限，但这几年也听过艾米丽的名字，当然绝不会把她和相貌平凡的"小恐龙"联系在一起。昔日女同学丑小鸭变白天鹅，成了知名艺人，这是个了不得的八卦，但这和目前的处境有什么关系？江子华感到这应该不仅是巧合，但怎么也想不出关联何在。

众人围着孔丽聊了起来，几乎忘了自己的处境。沈素碰了碰江子华，"现在怎么办？你得主持大局。"

"我？"

"谁让你是我们班长呢？"沈素似笑非笑地说。

3

江子华暗暗苦笑,他万万没想到毕业二十年后,还要重新担起班长的重任。不过,现在的确不是叙旧的时候,他清了清嗓子,打断众人那投入忘情的叙谈:"大家以后慢慢再聊吧,当务之急还是搞清楚眼下的状况。这里有张伟、李强、欧阳美、严俊、蒋雯、孔丽、马小武……沈素,加上我,一共九个人,对吧?"

"其他同学呢?"张伟问,"我们班直到毕业还有三十多个人呢。"

江子华摇摇头,"应该不在这里,至少不在这个房间里。这里应该只有我们九个,可为什么是我们九个人……为什么是我们……

"对了!"他想到一点,"这会不会和我们今天的职业与身份有关?大家再自我介绍一下?严俊,你刚才说你在洛杉矶,是吗?"

严俊点头,"对,UCLA,加州大学洛杉矶分校。"

"哦,是在读书还是……"

"博士毕业工作多年了,去年刚拿到化学系的终身教授。"严俊平静的语气中带着几分隐隐的骄傲。

众人都微感吃惊。他们记得严俊当年学习很用功,可惜成绩平平,能不能考上大学都不一定,想不到如今年纪轻轻,居然已经成了美国名校的教授。

江子华也感到有些惭愧,自己竟然不知道老同学也在加州,而且相距不远。但他不动声色,继续询问了其他人的职业发展:

张伟风华正茂,已经做到中石油的高管,前途无量。

欧阳美定居巴黎,是服装设计师,设计的新款女装风靡一时。

马小武当了拳手,得过不少奖牌,包括终极格斗冠军赛的轻量级冠军。

蒋雯是全职太太,老公是一个高富帅,公公更是福布斯富豪榜的常客。

至于李强,表面上只是职位不高的省城银行职员,不过经再三询问,他吞吞吐吐地暗示,自己掌管着一些大额贷款的审批,灰色收入相当可观……

江子华一个个听下来,暗中思量,包括自己在内,这些人的身份和职业圈子千差万别,几乎找不到什么共同点。但有一点是相同的:他们都跻身社会上流阶层,至少经济状况非常理想,算是一般意义上的成功人士。

但这又意味着什么呢……

他最后转向沈素，刚要询问，张伟忽然一拍大腿，"我明白了！大家都发展得很好，多半是妒忌我们的同学干的，没准儿就是柳睿！"

江子华好奇道："柳睿？"柳睿也是班上的尖子生，成绩好，眉清目秀，比当年的自己还受欢迎。

"他后来和我一起进了中石油，在一个部门，可一直混不上去，高分低能！"张伟不屑地说。

"要么是程伟豪？"李强接口，"听说这家伙在南方搞传销，骗了好几个同学……"

"不可能的。"江子华听着越说越不像话，反诘道，"还是那句话，要把我们都绑来这里，这些人谁有这个能耐？要是有这能耐，还能在乎我们这点儿家当？"

"那……"张伟和李强立刻哑口无言。欧阳美心细，转身问沈素道："对了，你还没说呢，你是在……"

"我比你们差远了，大学毕业以后去了西藏，在山里支教了几年，现在回到德令哈，在一个民间基金会里工作。"沈素简单地说。

"哪个基金会？"张伟饶有兴趣地问。

"是啊，"蒋雯说，"我投了好几个基金，回报率很高……"

沈素解释说："不是那种基金啦……"

"那可不好讲，"李强说，"我接触过一些慈善基金的管理层，个个都富得流油……"

马小武笑嘻嘻地接话："是啊，我们沈素家学渊源……"话说了一半，觉得不妥当，闭上了嘴。但沈素的脸色一下子变了。

江子华的心仿佛也被尖针狠狠扎了一下：二十年过去了，有些事还是没有过去。

"本次期末考试第一名是，"初三上学期结束时，班主任吕老师站在讲台上宣布，"贺华！总分390！"

热烈的掌声响起，羡慕和祝贺的目光从四面八方射来。贺华向众人报以礼貌的微笑，但也并没什么惊喜，自从上中学以来，他从没拿过第二。作为班长，这也是应该的。

"并列第一，"吕老师又说，口吻有些古怪，"沈素，总分也是390。"

贺华惊愕地转过头，望向坐在自己左前方的少女的侧影。沈素却像犯了错误一样低着头，长发拢住了面庞，所有人都呆住了，没有人鼓掌。

吕老师看着不像话，带头鼓了几下掌，教室里才传来几声稀稀拉拉的掌声，以及更多的窃窃私语。

"沈素期中的时候才考十几名吧，怎么可能一下考第一？"下课后，贺华听到严俊在跟几个人嘀咕。他这次拼了吃奶的力气才考到第十，结果本来在自己后头的沈素竟一下子蹿到了并列第一。

"抄的吧？"蒋雯冷笑。

"就是！"孔丽等女生也跟着附和。

贺华看不过眼说："她这个分数，能抄谁的？"

"抄我的，没准儿是抄我的！"坐在沈素后面的马小武挤眉弄眼地说，众人笑了起来。"去你的，小武，你可是全班倒数第一……"

"那又怎么样？"马小武大声说，刻意朝着沈素的方向，"我至少家底清白，我爸又不是贪污犯！"

"小武！"贺华急忙阻止道。

"我说错了吗？龙生龙，凤生凤，老鼠……"

一声椅子响，沈素霍然站起身，攥紧了拳头。马小武也吓了一跳，怕她发飙。但她却并没看他们，而是低头冲出了教室，隐约听得见呜咽声。

贺华的目光跟着她的背影，他想要追出去，又缺乏勇气。

"怎么，班长大人对小贪污动了恻隐之心？"马小武凑上来道。

贺华收回脚步，朝他狠狠瞪了一眼，"少胡说八道！"

放学时，贺华看着沈素孤零零的背影，心绪越发纷乱。

沈素的父亲是大领导，家境比普通工人家庭优裕得多。沈素入学以后，成绩也很不错，吕老师给了她副班长加宣传委员的职务，还给她评了两个学期的"三好生"，令一帮本地子弟极其不爽。据说吕老师正在求她父亲帮忙，把自己调到东部的大城市去。

谁知好景不长，到了初二上半学期，忽然传来惊天新闻：沈素的父亲因贪污受贿被捕，判了五年。检察院公布了二十万赃款，这数字在当时已然不小，但在传言中不知怎么就变成了一百万、两百万甚至更多，大量赃款下落不明，自然都是被家人藏起来了。同学们的正义感一个比一个强，加上沈素平时又有些孤傲，更被落井下石。她很快有了一个外号"小贪污"，班干部自然被"调整"掉了，也几乎被所有人孤立，更多的恶作剧也接踵而来，书包里被人放沙子，座位上被人撒图钉，有一次甚至被人从楼梯上推下去，险些骨折……

这种情况下，沈素的成绩自然一落千丈，从前几名转瞬掉到了二十名外。但是到了初三，她不知怎么竟又爬了上来，还跟贺华齐头并进。可是一个贪污犯的女儿，凭什么考全班第一？有传言说她要拿赃款去英国贵族学校留学，就更令人义愤填膺了……

贺华看不过去，好几次喝止了马小武等人的恶作剧。但他又不敢太着行迹，生怕站到大家的对立面，更怕被人发现他内心的情感波动，因此同样对她十分疏远。

但他其实很关注沈素，上学放学时总设法跟在她后面，希望能暗中保护她，有几次也的确赶走了几个捣蛋鬼，但他却更刻意地不和沈素走在一起。

这几天，贺华家的调令已经下来，父亲调到西安的石油研究院，自己也要转到一所省重点高中，非常理想。但他心中却有着一分隐秘的惆怅。

望着前面不远处沈素纤细的背影，贺华想，很快他就再也见不到她了，也许是永远。

也许他应该打破无谓的疏远，主动问她将会去哪里……

但沈素的身影已经走进了自家楼房的门洞，消失了。

江子华从回忆中挣扎出来，设法打破了尴尬的沉默："别说那些没用的了，现在重要的是搞清楚我们在哪儿。"

"这么个古怪的房间，谁搞得清楚在哪儿？"马小武嚷嚷。

"不，"江子华指出，"地下是石板，上面都是砂砾，地面摸起来非常干燥，一点水汽也没有，还有七月份的气温这么低……这种感觉难道你们不熟悉吗？"

"你是说……"众人想到了什么。

"冷湖！"江子华确定地说，"我们很可能是回到冷湖了。"

4

"我们怎么会万里迢迢地跑回这鬼地方？！"马小武又嚷了起来。

虽然对家乡的称谓颇不恭敬，但众人能够理解他的震惊。冷湖镇僻处青海省西陲，距离所在的海西州州府德令哈都有四五百公里，以西部的标准都算是偏僻地区，更何况那里已经荒废了很多年，基本上是一座死镇。

一群冷湖子弟，在离开家乡甚至家乡也不复存在十多年后，莫名其妙地越过半个地球，回到几无人烟的故乡小镇，在黑暗中醒来，这真是诡异得匪夷所思。

大家脸上相对轻松的表情渐渐消失了，代之以更深层次的恐惧。

江子华继续说："当务之急，是想办法出去。这里不可能没有出口。张伟，还得借用一下你的打火机。"

他们沿着墙壁看去，这次看得更仔细了一点。墙上的墙皮大部分都已脱落，后面并没有砖头，而是层叠的岩石，看不到任何门的痕迹，但这地方江子华隐隐又觉得有几分眼熟，难道曾经来过吗？

"这里好像有字！"李强叫了一声，指着下方的一个角落。

江子华顺着他手指看去，发现了一行数字：

20250710

"这啥意思？"马小武说，"电话号码？"

江子华却倒抽一口冷气，感到毛发直竖，"应该是 2025 年……7 月……10 日？"

"今天是……是几号？"他问张伟，他记得的最后一个日子是美国西海岸时间 7 月 7 日，2025 年。

"我不知道。"张伟说，脸色也十分难看，"我记得好像是 7 月 9 号，我在西安开一个会……你们呢？"

"我最后记得的事儿是 8 号晚上，我在一个朋友家里……嗯……"蒋雯支支吾吾，没有说下去，大概涉及个人隐私。

"8 号，"沈素说，"我在玉树下面一个村做调研。"其他人说的日期，也差不多都是这几天。

"我明白了！"欧阳美恐惧地叫起来，"加上把我们从世界各地弄来需要的时间,今天就是 7 月 10 号,就是刻在墙上的日子!"

这个结论让江子华禁不住打了个激灵,"所以,这就是二十年前我们刻下的……那个约会,它应验了?"

一连串尘封的记忆在众人的脑海中苏醒。

"朋友一生一起走,

那些日子不再有。

一句话,一辈子,

一生情,一杯酒……

朋友不曾孤单过,

一声朋友你会懂。

还有伤,还有痛,

还要走,还有我……"

他们坐在地上,齐声高歌,歌声中混着欢欣和伤感,几个女孩儿都流下了眼泪。后来,马小武要宝似的打了一套咏春拳,又赢得了一片笑声。孔丽也来助兴,给大家跳了个街舞,又是一片热烈的掌声。

"班长也来一个!"张伟叫道。众人跟着起哄。

贺华不知道该表演什么,歌舞他都不擅长,忽然灵机一动,他起身背诵了一首普希金的《十月十九日》:

"……无论命运会把我们抛向何方,

无论幸福把我们向何处指引,

我们,还是我们,

整个世界都是异乡,对我们来说,

母国,只有皇村!"

他吟诵得很动情,可大部分同学都没被感染,只是看在班长的面子上寥寥喝了两句彩,贺华讪讪坐下。蒋雯还问他,刚才念了半天的"黄村"是哪儿的村子。

"皇村是普希金上的中学,"贺华哭笑不得地解释,"也是普希金毕生难忘的地方,他和皇村的很多同学终身保持友谊。我想,我们以后也会这样。

149

永远不忘中学时代,永远是好朋友。"

这话却触动了蒋雯,"大家真能一直做朋友吗?以后我要搬到四川去了,相隔千山万水,再也见不到大家了……呜呜……"

"雯雯别哭,"孔丽安慰她说,"我们将来一定会再见面嘛!"

"我有个主意啊,"张伟说,"再过二十年,我们要重新聚在一起,就在这里办同学会!"

"二十年?干吗那么久,十年吧!"李强嚷嚷,"老大,你怎么说?"

"这个嘛,"贺华老成地分析,"我觉得,十年以后大家二十五六,刚大学毕业走上工作岗位,事业才起步,说不定有些人还在念书……不一定都能回来。二十年后,大家都事业有成,时机应该更成熟。"

"可二十年也太久了点儿……"欧阳美抗议。

"先定下二十年这个死约会,不是说一定要等二十年以后再聚。这中间有机会随时可以办同学会,说不定就在明年……反正我们无论在哪里,都要保持联系,好不好?"他有意无意地看了一眼坐在角落里的沈素,却发现她也正看向自己,心头一慌,欲盖弥彰地移开了目光。

好在没人发现他的异样。马小武起哄道:"好!在座的各位英雄,二十年后的生死之约一定要来!谁不来谁生儿子没……"

"小武你也太毒了吧……"众人笑道。

"行,那就绑也要绑来!"

大伙儿哄笑起来,借着火光,他们在墙上刻下了三行字:

20250710

我们在这里重聚。

谁不来就给绑来!

他们看到,这几行字迹仍留在墙上,清晰得如同刚刚刻下。

"怪不得,怪不得是我们九个人。"江子华恍然大悟,"我完全记起来了,当年最后那次——探险,来到这里的就是我们九个。"

张伟质疑说:"不是吧?我明明记得柳睿也来了……还有程伟豪……还有……"

"没错的,"严俊佐证道,"柳睿他们的确是跟我们一起出发的,不过走了一半就回去了,最后坚持到这里的,真就是我们九个。这么说来,难道……

难道是我们中间的某个人干的？"

众人紧张地相互对视，又开始猜疑。江子华忙打住："这些以后再说吧，各位，现在的重点是——我们知道怎么出去了！"

他走到房间的中央位置，举着打火机向上看，果然看到天花板上有一个洞口，上面有黑黝黝的生锈铁板。

"真就是当年我们躲风沙的那个地窖！"他惊喜地说，"我知道怎么出去了！哪个男生托我一下？"

张伟自告奋勇托住他，江子华踩在他肩膀上，正好可以摸到那块铁板，他用力把铁板掀开。一道微弱的光线从上面照下来，好像是夜里的星光，但在众人看来，不啻灿烂的阳光。

江子华抓着上方的边沿，奋力爬了出去，外面是一座房屋废墟，屋顶已经坍塌，只剩下几堵断裂的墙壁。江子华抬起头，不禁一呆。

皎洁的银河悬在他的头顶，仿佛一座横跨星空的拱桥。他想起来，这是他小时候常见的景象，冷湖地区极少光污染，离镇上稍远一点儿就能看到宛若流动的星河。只是搬到大城市后，他再也没有见过银河，连星星都见不到几颗。

他从一处只剩下孔洞的窗口向外望去，不远处，千奇百怪的土丘一群群立在沙海中，夜里只能看到黑沉沉的轮廓，但还能认出有的挺拔如雄狮，有的雄浑如群象，有的像是张牙舞爪的恐龙，有的像是艨艟巨舰，正朝他们驶来……各种造型都有，就像是巨人雕刻家的工作室，无数座半成品雕塑杂乱地摆放在这里。

江子华还记得，这是雅丹林，百万年的风沙在较为松软的沉积泥岩上反复切削，形成了奇异的土丘林立的地貌。这是他小时候最熟悉的家乡的地貌奇观。时隔多年后猝不及防地扑入眼帘，震撼中混合着亲切，让他一时忘记了呼吸。

他呆立了片刻，才在旁边找到一架竹梯，应该是当年用过的那架，在干燥的气候下保存得很好，还可以用。他把竹梯从屋顶放下去，帮助里面的男女同学一个个爬到地面上来。众人上到地面，望向天穹和远方，也同样战栗着发出惊叹。

"真的是冷湖雅丹……我们果然回到这里了……"

"还是和当年一样'千山鸟飞绝，万径人踪灭'啊……"

"简直就像在火星……"

江子华最后把沈素拉了上来。银河的辉光下，二人四目相对，不过沈素很快移开目光，也望向夜色下的雅丹群丘。

"好像我们从未离开过这里，"她幽幽地说，声音含糊而悠远，"好像这二十年只是一场梦。"

"可我们都已经老了。"江子华苦涩地说，忽然想到这说法不太妥当，"不，我是说我老了，你还是那么……那么……"

沈素凝视着他，莞尔一笑，"还好，我们都只是半老，还有青春的尾巴，比白发苍苍再见面要强。"

江子华也笑了，"这么说，我们还得感谢这次被绑来的约会了，只是不知道应该感谢谁……"

沈素的面色凝重起来，"也许我们知道呢。"她向上指了指，"也许就是二十年前，我们来这里要找的……"

"外星人……"

江子华喃喃道，头顶的星光似乎一下子变得分外诡异。

5

初三下半学期，冷湖中学解散前的最后那个春天，火星人降临冷湖的传闻在镇上闹得沸沸扬扬。

首先是很多人说自己看到了外星飞碟，它在黄昏的霞光中一闪而过，或者在深夜的星空中停留很久。但具体的样子又是言人人殊，有人说是很小的圆盘，有人说至少有汽车那么大，还有人说是乌云般遮天蔽日的星舰……有人说是黑色，有人说是金色，还有人说是可以不断变换色彩的发光体。有人说只有一个，也有人说看到了好几个。

不过有一点许多人都同意：飞碟是从冷湖雅丹林的方向飞来的。据说在雅丹林的中心地带还出现了异常的光波辐射，夜里隔着几十公里，都能隐隐看到光芒闪动。学校里很快就有人传言，说火星人在冷湖雅丹的无人区建了一个秘密基地。

为什么是火星？大概因为前些年学校办了一个科普展览，里面有美国的登陆车拍的几张火星表面的照片，不是碎石满地的戈壁，就是黄沙中矗立着许多奇形怪状的山丘，和冷湖一带的地貌，相似至极，光看照片，甚至分不出哪儿是冷湖，哪儿是火星。不少学生看了，都自嘲冷湖镇是"火星小镇"，理所应当，火星人也会造访这里了。

最初还只是口耳相传，贺华他们也没有亲眼看见，只是将信将疑。但有一天，在学校里，他们看到校外有一长串车队从沙漠深处开来，大部分是迷彩色军用卡车，上面站着很多全副武装的士兵，还有一些不明用途的庞大设备。外来人在镇上驻扎了一晚，找了一些目击者去问话，然后大队人马就开进了雅丹林中。里面不仅有军人，还有一些看上去像是科学家的白大褂。谣传说什么钱学森、杨振宁都来了……

不过没人知道究竟是怎么回事儿。很快，镇中心的布告栏里贴出告示，宣布冷湖附近有重要军事任务，要求各部门遵守纪律，不得乱闯乱问。那几天，一切人员车辆都不允许进入雅丹地带。学校里的老师也接到了上头的特别通知，严禁好奇的学生去和外来人接触。

那些军人和科学家在雅丹地带进出了一个多月，人却越来越少，最后所有的外来人和车辆都离开了。显而易见，这次任务失败了。

但是，冷湖有火星人的传说却从此变成了少年们心中确凿的事实。只是那些大人太没用，所以什么也没找到。但那些奇怪的飞碟和小绿人，一定躲在苍凉浩瀚的雅丹无人区深处，等待着勇敢的探险者……

不久，学校里又有更离奇的流言传出。

据说只要见到火星人，就能实现心中的愿望。这本来是言情剧里流星的任务，但流星显然不如火星人更神通广大。这个说法一出来，寻找火星人就不只有几个科幻迷感兴趣，而是对所有人都有了强烈的吸引力，好多人嚷嚷着要找火星人。问题是，冷湖雅丹离镇上足足有几十公里，没有学校的组织不容易去，大部分人也只有说说而已。

但初三结束后的那个七月，最后一次返校时，贺华提出了一个筹谋已久的计划：

"我们自己去找火星人吧！找不找得到，这都是最好的毕业留念！"

怎么找呢？贺华仔细讲解了他的计划：找一个夏日的周末，各自跟家里说，学校组织在冷湖边野营作毕业纪念。大家带好食品和水出发，其实目标是冷湖雅丹。在那里，他们可以花上一天时间寻找外星人，第二天早上再回来。就算找不到火星人，贺华说，他知道在雅丹林深处有一栋废弃的房屋，可以栖身一晚上，一定很精彩刺激。

当时全班还没离校的三十多人都热烈响应，说一定要来。不过毕竟要瞒着家里，事到临头许多人又打了退堂鼓，最后能来的人只有一半。

所以，在那个宿命般的日子，十来个男女生，背着食物、水和睡袋，还有自己充满美好憧憬的青春，蹬着单车出发了。

雅丹林比预想中更远，他们骑了两个多小时还没看到影子，只好先坐在路边休息，喝水吃东西。

"眼镜儿，如果真找到外星人，他们又能满足你一个愿望，你要什么？"张伟一边啃面包一边问道。

"我要当爱因斯坦一样的大科学家！"严俊认真地说。

听到的人发出一阵嗤笑。严俊学习是很努力，小学就戴上了眼镜儿，可成绩只是中下水平，考不考得上大学都两说。

"你呢，李强？"张伟又问。

"我要赚好多好多钱，给我爸我妈买别墅住，买大彩电看，再……再请十几个用人！"李强有些害羞地说。贺华听着略感好笑，却又有些唏嘘。李强的父亲前几年下岗，母亲是清洁工，在班上属于最贫困的学生之一。

"张伟，那你要干什么？"李强反问。

"我要当雍正爷！"张伟拍着胸脯。

"啊？"

"你们没看过《雍正王朝》吗？"张伟眉飞色舞地说，"我想当大官，整顿吏治，为民造福！"

"切，你一个小组长要能当雍正，班长不就是玉皇大帝了！"欧阳美听到后笑他，又问贺华，"对了，班长，你要当什么？"

贺华笑了笑，"别瞎想了，外星人又不是神仙，哪能让我们心想事成？我们这次是科学探险，要讲科学！不能迷信！"

"聊天嘛，"欧阳美不依不饶，"班长你说说看，长大以后想干什么呢？"

贺华被她缠不过，想了想说："我对当官没什么兴趣，从社会发展趋势来看，互联网才是人类的未来，我以后要搞IT，发明很多有意思的软件来改变世界，就像比尔·盖茨那样！"

"班长不愧是班长，"张伟恭维道，"志向太远大了！那欧阳臭美，你想干什么？"

"你才臭美！我要当服装设计师，"欧阳美毫不犹豫地说，"引领时尚潮流，没准儿将来你们都会穿着我设计的时装……"

"不就是做衣服嘛，没意思。"马小武一旁不屑地说，"老夫要当武林高手，打遍天下无敌手！"

"幼稚！"欧阳美更不屑地回击，"对了，蒋雯，孔丽，你们呢？"

蒋雯似乎有些腼腆，"这个……这个不能说……"

"我知道，我知道，"马小武笑嘻嘻地接口道，"你就是想嫁给那个什么道明寺……"

蒋雯纠正："什么道明寺？人家叫言承旭！"

"蒋雯啊，你不会真以为火星人能让言承旭娶你吧？哈哈哈……"

"关你屁事！"蒋雯恼羞成怒。

众人哄笑起来。马小武又逗了她几句，然后转向孔丽，"那你呢？"

"我想……演电影……"孔丽也怯生生地说。这话果然招来更大声的哄笑。

"我说小恐龙，你要笑死我吗？就你还进演艺圈？"马小武道。

"也不能这么说，"李强强忍住笑，"有些丑八怪还是需要人演的……"

贺华看不下去，帮孔丽说道："星爷说过：'人没有梦想与咸鱼有什么区别？'当演员未必一定要选美冠军吧？现在最火的超女李宇春，也不是大美女……"

"可是，"孔丽委屈地说，"我就是想变成大美女啊……要不我才不跟来……"

贺华一时语塞，接不下去，好在严俊救了他：

"哎你们看，柳睿和程伟豪他们呢？"

众人回头望去，只见远处的几辆自行车影背对着他们离去，而且已经离开很远了，就算叫也听不到。

"那帮人怕吃苦，"贺华嗤之以鼻，"偷偷回去都不敢跟我们说一声。不理他们，我们走我们的，就我们八个人！上车！"

"等等，后面好像还有人来！"张伟又叫，贺华回头看去，一个墨绿色的人影骑着车在远处出现，仿佛是沙海中长出的一片嫩芽。

"那是谁？"李强自言自语，"好像是个女生……金羽红？杨小琴？"

但贺华一眼认出了那个绿色的身影，心脏仿佛停跳了一拍。

155

张伟也认出来了，"好像是沈素……"

"小贪污怎么也来了……"马小武嘀咕。虽然之前贺华是在班上公开提出的倡议，但人人都觉得沈素肯定不会来，也没有人特意去问她。刚才当然也没人等她，不想沈素却自己赶来了。

某种隐秘的喜悦在贺华心中慢慢扩大，就像那个逐渐接近的丽影，一点点儿充满他整个心灵。

"都最后一次聚会了，不许再叫人小贪污，知道吗？"贺华声色俱厉地对马小武说，马小武吐了吐舌头。

"她一定有个非常想要实现的愿望。"欧阳美评论道。

6

"我还是不懂，"张伟说，"这和外星人有什么关系？那次我们连外星人的影子都没看到。"

江子华想了想，"我们得复盘一下，二十年前今天的夜里，究竟发生了什么？"

"我们九个人骑了大半天车，快傍晚才到，结果刚进雅丹林，就遇到了大风沙。"张伟回忆道。

"没错，"李强接着说，"当时昏天黑地，什么都看不清，大家都慌了，也没地方躲，好不容易找到班长说的那个石油勘探队留下的小屋，却发现是片废墟，屋顶都没有，好在找到了地下室。"

江子华点头，"爷爷跟我说过当年勘探的事，说有时候地面建筑不牢靠，会挖一个地窖储存补给物资和休息，所以我找了一下，果然发现了这个地下室。不过里面早就没什么东西了，空空如也，只够我们在里面躲风沙。"

欧阳美补充道："风沙吹了好久，我们的计划都泡汤了，天色又晚了，就在那里拿出各自带的食品，什么好丽友啊、奥利奥啊、牛肉干啊，吃了个饱。"

马小武说："张伟还偷了瓶他爸的青稞酒，大家也没杯子，就对着瓶子你一口我一口喝光了。"

孔丽说："然后大家一起唱歌跳舞，倒是很开心。后来班长好像还念了首汪国真的诗……"

江子华忙纠正："是普希金的。"

"差不多吧。"孔丽不以为意，"后来大家说要二十年后再聚什么的……然后就在墙上用小刀刻下了誓言。再然后……然后……蒋雯你记得吗？"

蒋雯摇摇头，"后面我应该睡着了吧，不记得了。不过我记得马小武挺活跃的，他应该记得。"

马小武挠挠头说："那个，我喝了不少酒，应该也睡着了吧，不记得了。"

"再醒来就是第二天早上了，"张伟苦笑道，"然后我们就倒大霉了。"

众人一片唏嘘，这次探险以悲剧收场。第二天一早，他们就听到附近很多人高声呼喊自己的名字。出去一看，发现父母、老师、警察还有很多邻居街坊都出现在雅丹林中，足有好几十个人，看到他们都激动地迎了上来。

后来他们才知道，溜回去的几个同学被父母盘问为什么提早回来，有的支吾不过，便说出了真相。家长们听说有很多学生半夜三更在荒郊野外的冷湖雅丹转悠，又见起了沙暴，生怕出事，赶紧通知吕老师。吕老师惊出一身冷汗，连夜赶紧一家家打电话去问，确定有九个学生到了雅丹林，因为在无人区打手机也打不通，急得报了警。警察便联合了老师、家长和治安巡逻队，好几辆车一路赶过来，但也搞不清楚具体在雅丹林的哪里，虽然发现了他们停在公路边的自行车，但傍晚的风沙掩埋了他们大部分的足迹，找了一晚上，才找到这里……

不用说，众人回去之后被家长好一顿修理，许多人还遭到了禁足的惩罚。没过多久，这群孩子便跟随父母离开了冷湖，初中时代草草收场。他们甚至没有机会再聚一次，聊一聊那天的事，就已经被命运抛到千万里之外，开始了大相径庭、再无交集的人生。但今天却又被一根看不见的绳子拉回到这里，这是为什么？难道真是因为二十年前的一个率性约定？还是因为某种更神秘的存在？

众人面对异星般的荒漠景象，一时陷入无法言说的恐惧。

"那天晚上……"江子华追问，"真的就只有这些，没别的了吗？"众人面面相觑，没有答案。

其实江子华还记得一些事，不过那只是一些私人对话，应该和外星人没有关系吧……

"好了好了，"张伟有些不耐烦地说，"既然已经出来了，还说这些干什么？赶紧离开这鬼地方，其他以后再说了！"

这番话得到了好几个人附和："对呀，先脱身为好！"

"可事情不会这么简单吧？"欧阳美道，"真能这么顺利就回去吗？"

"那你留下好了，我们先走了啊！"张伟说着，便要抬腿。

"大家还是等一下，"江子华劝他，"先商量清楚，就算走也要搞清楚哪个方向吧？"

"这个……"张伟还真有点迷糊，"冷湖镇在哪个方向？谁还记得？"

众人望着夜色下黑沉沉的一堆堆土丘，一时都有些不知所措。时隔多年，他们已经忘了来时的路，现在要走回镇上可不容易。如果找对方向，不到一小时就能走回省道，顶多再走上几小时，就能回到镇上。但如果找错了方向，走进方圆几万平方公里的雅丹无人区深处，又没有食物和水，便会有生命危险……

"不用慌，看星星就知道了。"江子华一边说，一边转头环视夜空，"这是夏季大三角，这个是仙王座，那个是……"

他的话突然中断，指着侧面的某一处，"那……那是什么？"

众人顺着他手臂的延长线望去，也不禁呆住了。

一排排奇形怪状的丘体背后，有微弱但明显的光芒射出，显示着那里有某种发光的物体存在。

"那……那不会是冷湖镇吧？"张伟问。

"感觉不像。"严俊道，"光源没那么远，顶多两三公里，应该还在雅丹林里。"

"你们看！"欧阳美眼尖，"那光很奇怪……"

果然，那里的光芒呈浅绿色，又夹杂着一些蓝色甚至紫色，有点像极光，并且还在流动，仿佛是活的生命体，绝不像是人类生活或施工所用的光源。

江子华屏息凝神，注视着那里，忽然，一种似曾相识的感觉涌上心头。

"我们好像到过那里？"他脱口而出。

"你说什么？"

江子华皱眉思索，但一无所获，"不知道，我……只是感觉好像到过那里……感觉很熟悉。"

"我们本来就来过这里吧？"张伟道。

"不，不是的，我是说，我们好像去过那个发光的地方。算了，可能是既视感的错觉。"

"先别管那光了,到底怎么回镇上啊?"张伟焦急地回到最初的话题。

江子华凝望了一会儿天上的星辰,指着与光源呈九十度角的方向道:"回镇上的路应该是在那边。"

众人精神一振,问他如何知道,江子华指着天上醒目的七颗明星,"这是北斗七星,里面有两颗星的连线,是指向北极星的。通过北极星就可以找到正北方,确定其他方向也就很容易了。冷湖镇应该是在我们的西北方向。"

"太好了!"张伟说,"我们赶紧回镇上,那儿还有一些人留守,运气好的话,明天这时候已经在家里了!"说着拔腿便要走。

"等等!"很少说话的沈素指着那异光的方向,"那里有什么,你们真的不想知道吗?也许一切问题的答案就在那里。"

"那不是什么好东西!"张伟摇头,"我们还是离得越远越好!"

"是呀,"李强说,"当初要不是鬼迷心窍来找什么外星人,我们今天哪儿会在这儿?"大部分人都无声地表示赞同。

沈素望向江子华,像是要争取他的支持。江子华思索了片刻,"现在情况还不清楚,为了安全起见,我们先回到镇上,找到支援再说吧。"

沈素似乎有些失望,但还是点了点头。

张伟等人已经走了起来。江子华最后望了异光一眼,回过头来跟在他们后面,心中感到一阵惆怅的惭愧。如果还是二十年前的少年,他们一定会去土丘后那神秘的谷地寻找外星人吧?但是这么多年过去了,每个人都有了自己的人生、事业、家庭、子女……少年的梦想已不再重要,重要的是眼下好不容易建立起来的生活。

别再想诗和远方了,先回到生活的正轨吧。

7

几分钟后,他们已经走在广袤而怪异的雅丹林中,周围奇形怪状的土堡一个接一个森然伫立,仿佛是被封禁已久的古老魔怪,默默俯视着这群时隔二十年后重回故土的俗世男女。虽然相隔了二十年,但对这些存在了几百万年的土石巨人来说,这跟二十分钟也没太大区别。

夜里虽然有银河的辉光,但地上终究不太好走,得仔细看路,又是不断上下坡，张伟、李强等人早已中年发福，没走几步就有些气喘吁吁。江子华长期在电脑前伏案，体力也不怎么样。沈素的步伐却很轻快，很快就走到了最前头，江子华好不容易才赶上她。

"那个，你走得还挺快的。"他笨拙地想打开话题，"晚上不冷吗？"

"没事，"沈素拍了拍自己的风衣，"这几年在青海，走惯了山路，懂得保暖。倒是你们，去了旧金山巴黎，可能回来就不习惯了……你行吗？怎么看你好像在哆嗦？"

江子华的大衣很名贵，但并不保暖。他早就冻得够呛，不过强撑道："我没事，活动开就好了……对了，你一直在青海吗？"

"也不全是，"沈素的语气很平淡，"我大学时在上海，后来出过国。之后又去西藏和云南待了两年，然后才回来的。不过最近四五年都在这边，青海下面四十多个县，基本都跑遍了。"

江子华望着她，借着银河的淡淡辉光，隐隐看到她的眼角已经有了不少鱼尾纹，心中涌起一阵酸楚，以及更多的钦佩。那个昔日柔弱的少女已经脱胎换骨。

"你真了不起。"他赞叹道。

"哪里啊，"沈素轻轻说，"跟你没法比，你搞的那些什么区块链技术，可真是改变了全世界。"

江子华有些羞愧，"哪有……就是跟风搞了几个代币，无非是些空对空的投机把戏……有什么意义，我也不知道。"

"是你想做的事就好了啊。"沈素答道，好像这是世界上最简单的问题。

江子华有些迷惘，这些年钱是赚了不少，但真的是自己想做的事吗？他自己好像还真没细想过。

"说起来，你当年的愿望才是真正实现了。"江子华由衷地说，这似乎是重逢以来他对她说的最自然的一句话。

上一个雅丹之夜的回忆又涌上他的心头。

地窖里，好些人喝多了酒都东倒西歪，沉沉睡去。贺华也喝了不少，爬到地面上找了个角落撒了泡尿，又吹了会儿冷风，让自己清醒过来。

刚要回去，只见断墙上坐着一个墨绿的人影，微微一惊，但很快发现那是沈素。沈素回头，对他说："星空真美啊。"

风沙已经停了很久，贺华抬头，恰看到银河浩瀚，横过天顶，像是宇宙之神睁开了一只巨眼，凝望着他们，不禁感到心旷神怡。

他走上前去，挨着沈素一起坐了很久，看着夜空，谁都没有说话。戈壁苍茫，沙堡雄奇，星空灿烂而凄美。贺华觉得他俩好像是坐在宇宙彼端的另一颗星球上，他暗暗希冀，这一刻能够地久天长。

不知过了多久，贺华终于借着残留的酒劲儿问："你离开冷湖以后，会去哪里？一直没听你说过。"

沈素看了他一眼，似笑非笑，"怎么，你也以为我要去英国读书吗？"

"没有没有，"贺华忙声明，"就是问一下，大家不是说要保持联络吗？"

沈素沉默了一会儿，垂下眼睛说："我去德令哈，我妈把工作调到了德令哈，我爸在那里……服刑。"

贺华顿时后悔提到这个话题，尴尬地设法转圜，"德令哈……也挺不错的。对了，那个，今天真没想到你会来。"

"是啊，其实我自己也没想到。"沈素微微一叹，"不过最后一刻，我还是想来……赶到聚集点的时候你们已经走了，好在追上了。"

"你也想找到外星人实现你的愿望吗？"贺华有些好奇地问道。

"我的愿望恐怕外星人也实现不了。"沈素歪着头，望向银河尽头，不知在想什么。

"不会的。"贺华忘了自己坚持的科学，"外星人神通广大，说不定什么都能实现，说来听听嘛。"

"我的愿望……"沈素闭上眼睛，轻轻说，"是我爸没有干过违法的事，也不会被抓，我们一家人还过得开开心心的。你说，这愿望外星人能实现吗？"

"这个……"贺华又感到一阵窘迫，"也许……嗐，我其实是想问你的人生愿望，就是想干什么，做什么样的人。"

沈素想了想说："我说了，你大概也不会信。"

"你说嘛，我怎么会不信？"

"好吧，"沈素认真地看着他，"那你不要笑我。我想做一个……帮助别人的人。"

贺华一怔，"你是说……雷锋那种？"

"算是吧，但也不……我不知道怎么说……"沈素停了好一阵才说，"我爸出事以后,我有很长时间都不开心。我恨他干坏事,也恨我妈,不去劝阻,看着他往火坑里跳。我也恨身边的人,恨你们……"

贺华觉得脸上火辣辣的,"沈素,这是我们的不对。我代表班上同学向你——"

"但是我后来不恨了,"沈素打断了他的道歉,"真的。可能你不信,但是我想啊想,想明白了很多事。其实班上的人没有错,你们完全有理由讨厌我,瞧不起我。"

"我不是……"

"我知道你不是。"沈素的声音温柔了几分,"但很多人是,他们也有道理。这些年油田是什么样子大家都知道,就那么一点儿死工资,很多人吃饭都勉强。像李强、马小武他们几个,家里父母都下岗了,连新书包都买不起……这回说是要分流到别的地方去,其实不少人的家里也没给安排工作,或者岗位很差,年纪一大把还要去外地从头开始,大家都活得很难。"

贺华大为触动。他对其他人的情况略知一二,但并没有多想,不料沈素却看得这么深。

"当年我爸调来,本来应该替大家分忧解难的,结果却干出那样的事……大家把火发在我身上,也算不了什么,这些都是我应得的,也算是为我爸赎罪了,是不是?"她渐渐有些哽咽,贺华看到她的眼角有一滴泪水缓缓淌下。

"那个,你也别难过……"贺华也觉得眼睛发酸,此时语言是那么无力,只能摸出一张纸巾递给她。

沈素接过去擦了擦眼睛,长舒了一口气才说:"但是我不想因为我爸而毁了我自己。所以我还是在努力读书,寻找自己人生的方向,虽然我知道自己资质有限……但我有一个心愿,将来等我学成了,一定会尽自己的力去帮助困境中的人,就像有些人也一直在帮我一样……也许这想法很幼稚吧?"

"不不,"贺华拼命地摇头,"你的愿望,一定能实现的,如果火星人能听到,就一定能帮你实现。"

沈素反而笑了一下,"你真以为我到这里来是找火星人的吗?"

她停了片刻,似乎在思考如何措辞,然后凝视着他,说:"贺华,我想要问你一件事。"

下面的记忆却出现了断层。怎么会这样呢？江子华皱着眉头，这本应该是他人生中最重要的对话之一，根本不应该忘记的……

"你怎么了？"沈素问他。

"没什么……我们刚才说到哪儿了？"

"你刚才说，我的愿望实现了，然后……"

"对了！"

江子华脑海中如一道闪电划过，他猛然停下脚步，"果然是外星人！"

"你说什么？"不仅沈素，后面的众人也听到了，纷纷停步。

"外星人……"江子华感到一阵头皮发麻，他环顾四周，周围陡峭怪异的土石似乎都幻化成异星的巨人，随时可能站起来。他深吸了一口气，让自己冷静下来：

"我是说，我们也许真的碰到过外星人。"

"为什么？"

"你们还没发现吗？我们九个人，也就是所有来过这里的人的愿望，基本都实现了。"

8

众人交头接耳，议论纷纷。的确，细细想来，每个人都基本实现了当年心中所揣的梦想。在现实社会中，这种幸运纵非绝无仅有，也是百里挑一。如果只是一两个人如此还可说是巧合，但这里的每个人都沿着少年时代的规划顺利发展就太奇怪了。而且，有些人以当年的资质，似乎不太可能有这样的成就。

"也……也不一定吧……"马小武反驳，"比如蒋雯，也没嫁给言承旭啊？"

"谁要嫁他呀，"蒋雯嗔道，"我老公比他还帅，比他还有钱呢！"

江子华点点头，"所以，蒋雯本质上的心愿不是嫁给言承旭，而是嫁给一个如意郎君，这的确是实现了。"

众人面面相觑，严俊问："可就算这一切真的是外星人帮忙，可我们今天为什么会在这里？难道也是为了实现我们当初的心愿？"

江子华沉吟道："这也说不通，我们早就忘了这件事，这还能算是心愿吗？再说，即便真要重聚，也不用采取这么暴力的方式……"

"也许……"孔丽忽然打了个寒战，"也许这一切是魔鬼的交易，我们在这二十多年里顺风顺水，走在了同龄人前面。但这些都要付出代价，也许今天就是要付出代价的时候……"

"代价是什么？"欧阳美恐惧地叫出声来，"难道他们要把我们当小白鼠解剖或者做细菌实验，就跟日本人的731部队一样？"

张伟摇头，"这不对，要做实验，当年就可以抓我们去做了，还用花二十年帮我们实现理想吗？"

"谁知道外星人是怎么想的？也许他们需要我们自愿才符合他们星球的规定……"

众人听了更是一片悚惧，马小武却不以为然，"别自己吓自己了，快离开这里不就没事了吗？"

大家心想这倒不错，于是纷纷加快了脚步。又走了一阵，李强说："我看未必有那么神吧？也许都是巧合，上次看一篇报道，说燕京大学一个班，也是出了好多名人，那可比我们的成就大多了。"

严俊说："可人是燕大，我们是西部小镇的中学……"

"也许还有一件事，"沈素忽然说，"可以证明有外星人的干扰。"

"什么？"众人惊问。

"二十年来，我们再没有聚过，我们九个人之中，任何两个人之间都没有聚过。"

"有什么问题吗？"张伟问。

"不太对。我们初中毕业时，电脑、手机等通信工具已经比较发达了，虽然比发达的省份滞后一点，但要联系上也不是太难。据我所知，我们上下几个年级早就建了QQ群和微信群，联系一直都在，就我们班没有，不是很奇怪吗？"

"要说我们班也不是没有，"江子华回想说，"前几年我记得柳睿在微信里建了班级群，还拉过我，不过我那时候工作焦头烂额，根本顾不上这个，所以没有加入。"

"那个群啊，我加了，但是觉得无聊，很快退了。"李强说。

"哎，这么说我也是……"欧阳美说，"五年前，金羽红他们想回冷湖搞聚会，打电话给我，我当时其实就在国内，也是事情安排得比较紧，就没有去。不过这些年我也见过几个老同学啊！"

沈素问："但是我们九个人呢？我们九个曾经在冷湖雅丹共度一夜的人，我们中有谁相互见过吗？"

众人哑然。沈素又说："其实这些年来，回冷湖聚会的员工和子弟还是不少的，我们班的一些人也回来过。但二十年里，我们之中都没有人想回来，也从不和彼此联系，实在是解释不通。"

众人在她的话语中感受到了更深一层的惊悚，"那你说，这是怎么回事？"

"可能有一股力量，"沈素说，做了一个表示擦掉的手势，"抹去了当天夜里我们大部分的记忆，但仍然支配着我们的潜意识。"

"潜……潜意识？"

"没错，"沈素道，"那种力量让我们在潜意识里回避冷湖这个地方，所以我们不愿意回来，也无意识地逃避和冷湖，尤其与那一晚有关的一切，当然也包括彼此。"

众人在惊疑中彼此对视。江子华感到一阵晕眩。二十年来，他多少次在梦境中与沈素重逢，有时醒来，泪湿枕巾，却从未想过去找她，虽然要打听并不难，但他始终没有迈出这一步……他一直以为这是因为他性格积极向前，觉得把少年时代的青涩情感埋藏在心底就好了。但这背后难道另有力量在操纵一切？

"沈素，你怎么会知道这么多？"又是欧阳美提出质疑。

沈素苦笑了一下，"我在大学学的专业就是心理学，后来去国外进修了一个硕士，还拿到了心理医生的执照。"

江子华一怔，他倒不知道沈素这方面的背景。欧阳美又问："你不是说你在慈善基金搞扶贫吗？怎么又是心理医生？"

"扶贫并不只是钱和物资的问题。"沈素耐心地解释，"很多落后地区的人，特别是妇女儿童，都不同程度地遭受过殴打、虐待以及各种侮辱歧视，心理往往受到很大的创伤，需要心理干预，这些年我一直在做这个。其实，这也和我自己的一些经历有关……"

众人想到沈素在中学时的遭遇，不免都有些愧色。沈素摆了摆手，"我说的并不是你们想的那些。我是说那一晚，我一直觉得自己丢了一些记忆。"

"既然记忆都丢了，怎么还能知道？"张伟问。

"因为……"沈素的脸上略显羞涩，"当年我跟你们到这里来，是有一件事要问一个人,一个上学时我不敢说话的人。但是我……后来完全不记得自己问过没有。这种事怎么可能忘记呢?我困扰了很多年,但如果排除其他可能性,最荒谬的答案也就是唯一的答案——有某种力量,抹掉了我们的关键记忆,在里面留下了奇怪的空白。"

众人沉默了一会儿,咀嚼着她石破天惊的推论。

"走吧,大家路上再想想。"沈素说着,转身继续前行。众人也都跟上。

江子华却无法再平静下去,他快步走到沈素身边。

"你说的那个人,会不会就是……是……"他难以启齿。

"是你。"她径直说,并没有看他。

二人默默前行,默契地将众人甩开了一段距离。江子华长出了一口气,"原来这是真的!当年你说要问我一件事,可我怎么也不记得你后来问了没有……这事儿我也想了很多年,以为这辈子再也没有答案了……可是,你究竟想要问我什么?这事儿你还记得吧?"

沈素望向他,双眸明亮如星,"我想问,初三那年的秋天,我在座位下面找到了一张纸条,上面有一首诗,是谁写给我的?"

她轻轻念了起来:

假如生活欺骗了你,
不要悲伤,不要心急!
忧郁的日子里须要镇静:
相信吧,快乐的日子将会来临。

她停了一下,似乎期待江子华接下去,江子华却有点不好意思,"的确是我写的。是普希金的诗,不过这么多年,后面的句子我忘了……"

"'而那过去的,将会成为亲切的怀恋'。"沈素笑了笑说,"其实我隐隐猜到是你,我们班喜欢外国诗的人没几个。不过直到在地窖里,你念普希金那首诗的时候,我才确定。"

江子华红了脸,嗫嚅道:"我……我想鼓励你,但是不知道怎么做好……就冒昧地放了张纸条,也没敢署名……很可笑吧?"

"不,我应该谢谢你。"沈素由衷地说,"当初它帮助我从灰暗的心情里走出来,那张纸条我现在还保存着,我总觉得它是我的守护神。"

江子华心中波澜起伏，不知说什么好，忽然冒出来一句："那个……你结婚了吗？"话刚出口，便暗骂自己欲盖弥彰。

"结了，"沈素干脆说，不过又补充道，"不过一年多就离了，我前夫受不了我老不着家。你呢？"

"我……没有，一直单着呢。"江子华说，心虚地没有提自己交过和正在交往的一打女友。

然后，两人没再说话，感觉有千言万语要说，又不知说什么好。后面的人声音似乎小了，只有风吹过沙堡的声音，如泣如诉，如远古的歌谣。

过了一会儿，江子华开始感到愤怒，"如果真有外星人操纵我们的记忆和行动，那也太可恨了！如果我们能记得当时的一切，如果我们后面能保持联系，也许……也许……"

"也许你的人生愿望就不会实现，"沈素说，"也许你现在会在某个网吧当网管什么的……你觉得这值得吗？"

江子华一怔，如果他当时能在两种可能性中选择，他会怎么选呢？没有答案。

"我不知道，如果能恢复当时那段记忆就好了。"

"也许可以。"沈素说，"你听说过催眠术吗？能够让你在催眠状态中唤起被遗忘的很多回忆。"

"电影里有，不过有那么神奇吗？"

"有的，我研究过很多案例，也用简单的催眠术帮一些人做过心理治疗。"

"要真这么灵，你自己怎么不试试看？"

"我试过了。"沈素平静地说，"在英国的时候，我拜访过一位著名的催眠师，他对我进行了催眠，也恢复了部分记忆……"

江子华一惊，"什么记忆？"

沈素叹了一口气，"那天，我刚要说话，忽然间在远处看到了奇异的光芒，于是问：'那是什么？'当时我们都呆住了，然后你说，这一定就是火星人的飞碟。我们叫醒了所有的人，九个人，一起朝那异光走去……"

江子华惊诧道："我们真的到过那里？看到了什么？"

"不知道，"沈素摇摇头，"我也只能记起很少的一部分，那位英国催眠师说，剩下的记忆被一股强大的心理力量束缚得太紧，没有办法释放出来。"

"这样啊……"

"不过没关系,"沈素的神情有些恍惚,"我们应该很快就能亲眼看见了。"

9

"什么?"江子华不懂。

"我在想,如果是外星人把我们重新招来,会那么轻易放我们离开吗?"

江子华终于感觉到了蹊跷。他发现在自己的左侧,七彩的光芒显得越来越亮,投射到夜空里,几乎盖过了天上的银河,好像和自己只隔了一道岩垒,这不是回镇上的路吗?距离那异光应该越来越远才对,怎么好像反而更近了?

"班长!"张伟也叫道,"这是在往哪走?你不说这是回镇上的路吗?"

"我……"江子华也一阵晕眩,"我不知道啊,刚才我只是判断了大致的方向,但是雅丹中间的通路也弯弯曲曲的,我只顾说话,不知拐到了哪里,视线被两边的土丘挡住,也看不清楚星星……"

"这么说我们可能走歪了路,"张伟一头冷汗,"得赶紧找到正确的方向……"

"那只有到土丘顶上才能辨认方向……"江子华看着半空中隐隐流动的奇光异彩,心底有点发毛,一时犹豫起来。但沈素闻言,已向左首的一座圆形土丘走去,那里坡度相对平缓,便于攀爬。江子华一咬牙,也跟了上去。

这座土丘有二十多米高,虽然不算陡峭,但有的地方也很难攀登,江子华和沈素不得不拉着手,相互扶持着,才终于爬到了视野开阔的丘顶。他们和光源之间再没有任何隔断。

七彩的光芒顿时将他们的面容照亮,二人呆若木鸡。

下面是一片开阔平坦的沙地,延伸到远方。一口泉水从沙子里喷涌出来,化为一条沙漠中的小溪。在溪水尽头,一个巨大的碟形物体悬浮在黄沙中央,像是一只倒扣的盘子,直径至少数十米。碟形物通体半透明,奇特的异光正从其内部射出,还不断地变幻色彩,宛如活物。

"这……真是……"江子华语无伦次地说。

二人再也无法移开目光,定定地站在那里,不知不觉中,十指紧张地攥在一起。

"你们看到什么了?"江子华听到下面张伟在叫,他转过身,想要回答,但发现自己已失去了语言功能，只是伸手，无力地指向土丘的另一边。

很快，其他人也上来了，当看到面前的一幕时，也都惊诧不已，好几个人竟瘫软在地上。

"真的，居然真的是飞碟……"严俊喃喃道。

"怎么办，这可怎么办……"张伟呻吟般地说。

"天哪，外星人真要抓走我们了！"欧阳美脸色惨白。

"我赚了那么多钱，都要变成废纸了吗？！"李强吼道。

"我不想死……我有老公……还有两个孩子……"蒋雯哭了出来。

"我吃了多少苦头才有今天！我不要被外星人带走！我不要！"孔丽一边歇斯底里地叫着，一边就要往山下跑。

沈素拉住了她，她惊恐地回头。

"事到如今，逃避是没有用的。"沈素平静地说，"我们必须面对，这都是我们自己选择的结果。"

"我不想当外星人的试验品……呜呜……"

"相信我，结果未必是坏事。"沈素沉着地说，"而且，你觉得我们真能逃掉吗？也许我们走错路，都不是偶然，而是有一股神秘力量在操纵。"

"那我们该怎么做？"江子华问。

"去那里吧，"沈素坚定地说，"也许，这正是我们当年真正定下的那个约会。"

她的目光扫过一个又一个人，他们仿佛中了邪一般，跟着她失魂落魄地从另一边下了土丘，排成一行，走向那架巨大的飞碟。远远就能看到飞碟上有一些奇形怪状的线条，相互缠绕交错，排列成美丽而诡异的图案。

"那是外星文字？"张伟心惊胆战地问沈素。

沈素摇了摇头，"不知道。关于外星人我们一无所知，不过，也许很快就会知道了……"

她往飞碟的方向走去，众人已经没了主心骨，就像一群听话的孩子般跟着她朝飞碟前进。他们经过那口奇怪的喷泉，只见它在地势较高处汇聚成一个小池，然后流向下方，在沙土中开凿出一条小溪，远处的奇光映在流动的活水中，宛如一条发光的丝带。

"这沙漠中怎么会有一口泉呢？"江子华好奇地问沈素。

沈素说："当年不是传说雅丹林有异常光波辐射吗？我们离开后第二年，

科考队过来调查，在这里进行钻探，结果没发现什么，却打出了地下的高压泉水，喷涌至今。"

江子华心中一动，在溪水旁蹲下，用手鞠水，"快渴死了，正好喝一口清泉……"

"别喝！"沈素急忙劝阻，"水里饱含有毒盐碱，不能饮用的！"

江子华心下一凛，默默起身，看了看左右其他人，都是一副魂不守舍的样子。他忽然抓住了沈素的手，拉着她快步向前走去。

沈素脸一红，"你干什么呀？"

"应该是你告诉我，"江子华却沉声道，"你要干什么？"

沈素奇怪地望向他，"什么我……你在说什么？"

"你很清楚这口泉的事。"

沈素的手微微一颤。

"这口高压泉是我们走后才被打出来的，也就是说，我们应该谁都不了解，但你却了如指掌！这不是很奇怪吗？仔细想想，从我们离开地窖后，你一直或明或暗地引我们走到这架飞碟所在的地方。我们之所以走岔了路，也是因为你之前的各种心理暗示所致。你为什么要这么做？"

沈素停住了脚步，歪着头望向他，脸上露出一丝捉摸不透的微笑，"你猜呢？"

"真的是你？"江子华仿佛被一桶冰水当头浇下，"这一切都是你设下的局？你到底要干什么？你快告诉我，悬崖勒马还来得及。"

沈素脸上的笑容消失了，"难道你怀疑我要害你们？"

"不是，但……"

"沈素！"张伟的声音响了起来，他在后面也发觉了二人不对劲儿，听出了一点端倪，"原来是你有意把我们引过来的？！"

"怪不得我觉得沈素怪怪的！"李强也叫着，"明明早就知道删除记忆的事，却一句也不说！"

欧阳美更是尖叫起来："原来你就是外星人的间谍，对不对？你把我们引来要干什么？"

"原来就是你！"马小武怒吼了一声，冲到沈素面前，瞪着牛眼，"你说，外星人在哪里，是不是埋伏在这里要伏击我们？"

"小武，松手！"江子华叫道，"有话好好说！"

"可她一直在骗我们，"欧阳美歇斯底里地嚷着，"我懂了！她一定是为了当年的事要报复我们！"

"是啊！先把她制住再说！"张伟也在一旁说。

马小武一把抓住沈素的衣角，沈素惊惶地挣脱。

"混蛋！"马小武牛脾气上来，挥拳就打，他一个职业拳手是何等力道？一拳下来，面前的人捂着胸口，趔趄倒地。

"贺华！"沈素惊呼，只因江子华为她挡下一拳。她俯身，急切地问："你没事吧？"

"班长，你护着她干什么？！"马小武顿足道。

"我……"江子华胸口一阵剧痛，呼吸都很困难，喘了许久才好一些，"我相信沈素不会害我们。"

"可是知人知面不知心呐。"张伟嘟囔。

"何况这件事，怎么看她也脱不了干系。"严俊也说。

"二十年前，"江子华挣扎着爬起来，"沈素就告诉过我，她觉得对不起大家，也不怪大家整蛊她，她想帮助每一个人。难道过了二十年反而会放不下吗？我们是同学，没有那么多深仇大恨。"

"可是有外星人啊……说不定她是被外星人附体了！"欧阳美说。

"不……"江子华摇头，"现在我可以肯定一件事，整件事里，没有外星人。"

10

众人又是一惊，本来外星人虚无缥缈，但今天发生了那么多不可思议的事，现在发光的飞碟还在不远处悬浮着，怎能说没有外星人？

"刚才我在地上发现了一样东西。"江子华苦笑着摊开手，一个银闪闪的东西躺在他手心。

众人借着彩光看去，发现是一个类似螺母的小部件，都不明所以。

江子华解释："这个金属零件很新，就躺在沙地表面，说明刚掉落不久。"

"这能说明什么？"张伟问。严俊却明白过来，"说明这里不久前在进行一项工程，这是一个工地。"

"没错，"江子华说，"这个零件显然是人造物，和外星人扯不上关系。

凭借这个线索再来看那个飞碟,你们看那些字!"

众人翘首看去,"这些外星文根本看不懂啊……"

"等等,"欧阳美却似乎看出了一些端倪,"仔细看似乎有点儿……对,这不就是拉丁字母的变形吗?上面的是L,然后是E……"

"没错,"江子华说,"就是拉丁字母写成了花体字,再巧妙地勾连起来构成一个圆环形……其实是一整串字母:L-E-N-G-H-U-H-U-O-X-I-N-G-T-I-Y-A-N-G-U-A-N。"江子华一个个念了出来。

"可这是什么意思?"马小武问。

"冷、湖、火、星、体、验、馆。"江子华一字一顿地说。

"啊,汉语拼音?"众人啼笑皆非。

"没错,外星人至少不会用拼音吧?"江子华说,"再仔细看那架飞碟,其实就是一艘大型的飞艇,主体部分是上面的充气气球,我估计是氦气的,在下方巧妙地装饰了一些科幻感很强的霓虹灯,所以才会发出光芒。那边地上有一些看上去很整齐的平板,我估计是给灯供电的太阳能电板。再远处还有一些附属建筑,因为做成了和土丘融为一体的造型,不容易看出来……"

众人目瞪口呆地看着,"好像……好像真是这样!可这到底是怎么回事啊?"

"我只知道不是外星人干的,"江子华说,"也不可能是被绑架。我身上穿的这件大衣,是三年前在挪威买的。现在是七月,这件衣服我收在衣柜里,绑架我的人不可能还去我家把衣服给找出来。我一定是自己穿着大衣来到这里的……但我好像真的失去了一段记忆。"

"贺华,果然是你看出了破绽。"

在一旁沉默许久的沈素终于开口:"很抱歉事情会变成这样……其实……这只是我们一起玩的一个游戏。"

"游戏?"众人仍然一头雾水,这怎么会是游戏?

"我们谁也没有忘记这个约会。"沈素说,"我一直都记得,但我不知道你们记不记得,毕竟已经中断联系很多年。但到了这一天,我想也许应该回来看看,今天早上,我回到了曾经的冷中校园,竟然发现——你们居然都记得,也都不约而同地回来了,于是我们欢聚一堂,又一起回到了雅丹林里。"

"可我们根本不记得有这回事!"

沈素伸出一根手指,"催眠术。我的确去英国学过催眠术。我们从镇上来到地窖，谈起当年外星人的事，你们都说那次没找到外星人，特别遗憾。我知道这附近有一个人造的飞碟景观刚刚完工，就想了这么一个点子，将你们催眠之后，让你们暂时忘记和这次约会有关的一切，然后带你们体验一番和外星人亲密接触的感觉。为避免露出破绽，我把你们的手机和手表都收起来了，放在废屋附近的车上，我们待会儿就可以回去拿。"

"可这里……到底是什么地方啊？"

"是一个体验式旅游项目，叫'火星小镇'。我所在的基金会也参与了。还记得当初我们开玩笑说冷湖镇就像火星一样荒凉吗？今天的冷湖火星小镇恰恰是根据这个灵感打造的。我们基金会花了几年时间，建造了飞船造型的酒吧、宇航基地主题的购物中心、登陆车造型的观光车辆……并利用周边冷湖、雅丹林等景致，给游客以造访火星的感觉。

"在雅丹林里，一直有火星人出没的传说，我们便利用故事，在这里仿制了一艘飞碟形的飞艇，它还能带着好几十个人升到几百米的高空呢。现在刚刚建成，下个月才营业，这次先带你们来体验一下……不过可惜贺华太聪明，打乱了我的计划，我本打算等我们升空以后才唤醒你们，那才有趣呢！"

"是这样？"江子华恍然大悟，但还有不少疑窦，"可是……可是我们当年遗失的那些记忆是怎么回事？"

沈素摆了摆手，"这只是心理暗示，我们从来没有遗失什么记忆，十多年前的事情，记不清不是很正常吗？"

"但当年我们两人的对话，怎么会忘记呢？"

"你忘了一件事，"沈素说，"当时你喝了不少青稞酒，这酒后劲儿很足，那次没说几句话，你就醉倒了，我想问你的事儿，自然也没法再说了。"

江子华懊恼地垂下头，他知道自己酒量不好，但没想到会这么误事儿。

"那我们实现人生愿望的事呢？这又怎么解释？"欧阳美忍不住问。

"只是似是而非，当然大家的事业基本都比较成功。不过也是赶上了好时代吧。再说，我们真的实现梦想了吗？张伟没有当上国家领导人，严俊没有成爱因斯坦，蒋雯没有嫁给言承旭，马小武也没有打遍天下无敌手……当然，的确是有一些巧合，但刚好是因为当时我们在地窖里聊到了这些，戏谑说也许是外星人保佑，我才想到这个主意。"

"那后来大家彼此都不联系了，又怎么解释呢？"严俊问。

沈素摇头，"这个锅真不该外星人来背。各位的事业和人生那么成功，根本不需要怀念过去，也就疏于联系了……但联系也不是完全没有，这件事在大家心底，谁也没有忘记，这次不都回来了吗？"

"就这么简单啊！真是中了你的邪。"张伟叹道，已经相信了七八成。

"好个沈素，"马小武苦着脸说，"当年是我们错了，不过你这一回全都找回来了……真是迟到二十年的复仇呀……"

沈素不禁莞尔，"让大家受惊了，不好意思。特别是贺华，还替我挨了武术冠军一拳……"

"这也是永生难忘的体验……"江子华说，似乎意有所指，"这也是我该得的，如果当年不是我太怯懦，也许……"

沈素有些脸红地打断他："好了，那我现在再带你们去飞碟上参观吧，里面还有饮料和点心……"

"哇，我早就渴死了！"好几个人叫了起来，"我们快过去！"

"可我还是一点儿也想不起我是怎么来的，"张伟挠头说，"这什么催眠术，怎么这么厉害？"

欧阳美也有些担心，"这种催眠会不会损害我们的大脑啊？"

"放心，"沈素朝他们笑了笑，"这是一种简单的记忆障碍。我催眠你们的时候给了你们足够的暗示，你们在潜意识里碰到'返回冷湖赴约'的记忆时就会绕开。不过只要我再催眠一次，给你们新的暗示，就可以解开这个障碍，恢复你们完整的记忆。"

"太好了，那快说吧！"众人纷纷道。

"那我说了。"沈素说，"大家请闭上眼睛。"

众人闭上眼睛，听到沈素说："想象自己的面前，站着一个你最想要见的人……"

江子华闭上眼睛，仿佛看到沈素——少女时代的沈素——站在雅丹林间，长发飘飞，带着青春的微笑……

曾经的记忆碎片也纷至沓来：

　　他站在尘土飞扬的学校门口，望着天使一般降临的双马尾女孩……
　　他在教室里，目送着受欺负的她哭泣着跑开……
　　放学路上，他看到她的背影，却不敢接近……

银河下,他们并肩坐在土丘上,凝望星空……

越来越多的记忆宛若流沙,将他包围,他感到自己的意识越来越模糊,越来越迟钝,正在坠入无意识的深渊。

"贺华,我要问你一件事。"她对他说,刚要继续说,脸上忽然充满讶色,他看到她的瞳孔中反射出奇异的光芒……

他指向沙海深处那神秘的异光,"我们叫上大家,去那里看看?"她望着他,点了点头,露出了信赖的笑容……

他们站在圆丘上,望着巨大的水母般的发光体在他们面前张开,十指紧紧扣在了一起……

不对!

江子华悚然惊觉。最后那段刚苏醒的记忆如此分明,足见他们当年的确见过那道异光,也的确走到过这里,而见到的也是远比这架飞碟更加不可思议的神秘之物……

难道……沈素并不是……这一切都是假象……江子华心中的恐惧越来越深,一个又一个疑点在心底闪现:九个各有事业的成熟社会人,怎么会不约而同地回到故乡又正好碰见?催眠术虽然存在,但真的可能达到让自己一点儿也想不起来那么神奇?如果大家陷入了恐慌,沈素又如何能保证玩这个游戏时不出岔子?一切的一切,背后似乎仍然隐藏着某种东西……

他竭尽全力让自己继续思考,却根本无法阻挡睡意的侵袭。他仿佛在不断地下坠,坠入比刚才更深的黑暗……那里的确有什么东西,有某些他完全不想触碰的东西……

那绝不是所谓几小时前被屏蔽的记忆,甚至也不是当年的回忆,而是某种从根本上超乎他想象的存在……

不能睡……不能睡着……

他猛然一咬下唇,剧痛中终于睁开了眼睛。面前,却是超乎想象的场景。

其他人都已七倒八歪,沈素仍然站在那里,看到他又醒来,流露出一丝惊讶。而在她的背后,一股黄沙如龙卷涌起,向她席卷而来。

"沈素!"他叫道,无暇再思考别的,只是想要向她奔去,但不知怎么,步履维艰。

沈素还没反应过来，半个身子都被仿佛是活的沙子裹住。她脸上也现出恐惧的神情，她想抬起手来，整只手却如同流沙一样散落，又混入飞旋的风沙，就像一块方糖融化在搅动的咖啡中。

江子华也发现了自己的异样：他的一只脚也化为流沙，并向腿上蔓延。他用眼角的余光看到，所有人都在化为沙尘，卷入一个巨大的漩涡。

"怎么会这样……"沈素喃喃说，震惊甚至超过了恐惧。

"不——"

江子华绝望地吼着，用尽平生的力气，跌跌撞撞又走了两步，扑向沈素，他的双腿已经消失在流水般的沙漩中，但他的双手终于抱住了沈素。

已经太晚了，他们彼此深深对视，目睹对方越发彻底地化为旋转的飞沙，最后只剩下两张不断接近的面容。

江子华丧失了一切思维，只记得将嘴唇覆盖在了沈素的唇上。他最后的感觉，是她的回应。

那一刻，他们融入彼此，也明白了——一切。

11

细沙的飞旋中，亿万纳米级的智能体分解、流动、交换、融合、建构、变形、生成。

当飞沙消失后，超级共生体已经完成重组，成为一个由无数细微个体组成的集群。覆盖了大半个沙地，却如云朵般轻盈灵动，半透明而发出奇妙的光芒。祂悬浮着，在沙海上飘忽不定，像是一只优雅的水母。

"原来是这么回事……"共生体无声地感叹，"我们就是他们，他们也就是我们……而他们还是他们……真正的约会，现在才刚开始……"

祂伸出了九根类似触手的存在。随即从地下升起九根光柱，光柱中，九个赤裸的少男少女正在沉睡中。共生体用触手缠绕着光柱，千百只萤火虫般的眼睛从各个角度凝视着光柱中沉睡的一个个少年。

共生体扫描着自己刚刚找回的记忆。祂自然不是来自叫火星的太阳系行星，但母星环境的确很像那颗苍凉的红色星球，其文明形态也由无数类似沙粒的细微生命体共生进化而成。因此当祂穿越千万光年来到地球考察

插画／庸人

时，也将这片酷似火星地表的无人区作为主基地，数十个地球年中，各大陆都留下了UFO光临的记录，却无人知道祂其实来自冷湖戈壁。

二十年前，共生体完成了绝大多数科考任务，最后只剩下一项：从地球人的原生视角获得这颗星球的生存体验。这时候，九个天不怕地不怕的少男少女意外闯入了祂的世界。祂获得了灵感，与他们签署了一份秘密契约。共生体将自己分为两半，一半带着九个孩子通过超光速旅行回到银河内侧的母星，让他们去饱览在银河系中心地带繁盛的母星文明；另一半则分为九个分体，通过扫描他们的身体和意识，精确模拟着少男少女的一切，以地球人的形态生活，从地球人的原生视角获取这颗星球的各种生存体验。为了不受本来的超智能思维干扰，祂按照标准操作流程封存了自己的记忆。直到设定的时限到来，所有分体才被潜意识里的程序驱动，返回到当初的聚集点。

二十年过去了，少年们以超光速旅行，相对论效应下只过了一年多，看上去仍是当年的模样。共生体通过亿亿万万个纳米机器控制着他们身体的每个细胞，加速他们的生长，这是为了让他们在地球上继续生存下去所必需的。

男孩和女孩迅速长大。几分钟内，便走过了二十年的岁月，成了三十多岁的成年人。与此同时，共生体将丝带般的触手探入他们的后脑，读取着他们的记忆，那是古往今来任何地球人都难以梦想的神奇经历：他们曾在比行星还大的城市中穿梭，曾经掠过银河核心的黑洞边缘，曾经探索星云中古文明的坟场，曾经潜入数千公里深的海洋星球，与智慧巨鲸对话……在不可思议的冒险中，他们也学会了责任、勇气和相互关爱，但这些弥足珍贵的记忆，共生体却不得不在他们脑海中永久封存，否则这些记忆会干扰人类历史的进程。

九个孩子飞快地长大，逐渐变为成人的模样。共生体娴熟地操纵着周围的气流，将散落在周围的衣服和鞋袜托进光柱，为他们穿上，让他们看上去和刚才的九个分体形象一模一样。

共生体知道，从某种意义上讲，他们的人生被削减了二十年，但二十年中的记忆却是完整的。祂还为他们进行了基因增强，孩子们会比一般人健康长寿许多。这二十年中，共生体在意识编程里稍微利用了一点自己的天赋，帮助他们完成了追求，为大部分人积累了足够多的财富和资源，足以让他们接下来的生活顺遂，相信这些对他们来说也是足够的补偿。

整个程序细致地分为两个阶段，当九个分体聚拢在一起后，共生体第一次完成组合，随后首先通过在陌生环境中苏醒后的反应检查各分体的意识和思维状态，确保没有问题后才正式开始记忆交换。中间也有一些断裂，因此不得不虚构一个催眠的故事加以衔接。尽管其中略有些波折，但共生体知道，九个人类在醒来后会最终接受这个故事，如常生活下去。

片刻后，记忆输入完成了。但共生体仍然多停留了零点零几秒，稍微推动了其中两个个体的心理动势。这有点违规操作，祂明智地决定不把这事向母星的科学委员会报告。

"你们的故事，或许是我们在这个星球上造成的唯一遗憾，希望可以弥补。"

完成这一切之后，共生体舒展身姿，变幻形体，发出奇妙的光晕，缓缓升向银河高悬的夜空。此时若有人能看到祂，将会在这个星球上最后一次留下"飞碟"的确凿目击。

"再见了，地球。再见了，冷湖。宇宙很大，旅途还很漫长。我们再也不会回来，但会怀念曾经在这里作为人类生活的日子，怀念曾在这里生活的九个——自己。"

尾　声

"沈素！"

江子华一个激灵，大叫着睁开眼睛，刚才恐怖的场景还在眼前萦绕，却发现天色已经蒙蒙发亮，那架巨鲸般的人造飞碟还悬浮在头顶。沈素正俯身关切地凝视着他。周围，其他人还酣睡未醒。

"你怎么了？"沈素问。

江子华疑惑地看着周围的一切，"刚才我好像……好像做了一个很荒诞的梦，梦见我们都变成了沙子……"

"可能是催眠的副作用，会激活一些潜意识里的记忆和情感，感觉就像极为真实的梦境。"沈素说。

"嗯……"江子华点点头，"对了，我不知怎么，还想起了一件和你有关的事，可能也是催眠造成的……"

"什么事啊？"

"这个……还是不说了……"

"说嘛！跟我有关怎么能不告诉我！"沈素嗔道，抓住了他的手摇晃着。

"这……好吧。"江子华不知怎么，忽然来了一股勇气，"就是二十年前，我其实还抄了另一首诗，不过最终没敢给你，就是匿名的也不敢。本来都忘了，想不到一觉醒来，又都想起来了！"

"是什么诗啊？"沈素好奇地问。

"好吧，你不要笑我。"江子华不好意思地说着，站起身，却一直握着沈素的手。

十指相扣中，他们一起望向黎明时玫瑰色的天空。江子华轻轻念道：

> 我的灵魂再一次苏醒，
> 你又在我的眼前降临，
> 如同昙花一现的梦幻，
> 如同纯真之美的精灵。
>
> 我的心在狂喜中跳动，
> 因为一切又再次觉醒，
> 有了神性，有了灵感，
> 有了生命、泪水与爱情。

本文为冷湖奖获奖作品，并非《银河边缘》原版杂志所刊篇目。

宇宙创造者的工作今日面试
CREATOR OF THE COSMOS JOB INTERVIEW TODAY

［美］尼克·迪查里奥 Nick DiChario 著
华 龙 译

尼克·迪查里奥（1960.10—　），曾获雨果奖、坎贝尔奖和世界奇幻奖多次提名。除科幻作家这一头衔，迪查里奥还有许多其他身份：他经营着一家独立书店，也在神学院做洗碗工；他是一家非营利文学机构的教务主管，也在全球 500 强公司担任编辑。

他走进一间亮如白昼的房间。极简的陈设泛出银色的光芒，墙壁全是镜面不锈钢的。空气中透出一丝淡淡的清新，让他的鼻子微微有些发痒。一个外星人——高癯，苍白，纤细，干练，两足，女性——走了进来，径直坐在桌边。她没说话，只是理了理那身白色长袍，用她那三只朱砂色的眼睛盯着他。

他走上前去坐在了她对面，就好像他是照着安排这样做的，尽管他并不知道自己这主意是打哪儿来的。他在外星人身后那面亮如镜面的钢壁上一眼瞥见了镜中的自己——一头黑发又浓又乱，身上穿着一条牛仔裤，一件T恤，一双凉鞋，左脚凉鞋上的鞋襻松着，他那只破烂不堪的背包撇在脚边——他简直认不出自己了，尽管他认为自己看上去还像是人类。

外星人问道："告诉我，你为什么在这里？"她的声音犹如提琴的演奏般紧致而清脆。

他回答说："不知道。"确实如此。不过紧接着他想起了什么："等等。我正沿着马路走着，看到那栋建筑前有块指示牌：'宇宙创造者的工作今日面试。请进。'"

"所以你觉得，不如就这么大摇大摆地进来面试一下，是这样吗？"

他耸耸肩，"我猜是这么回事。差不多吧。当我看到指示牌的时候，我就想，这消息八成就是专门给我准备的。"

"真是这样吗？"

"没错。"

她那两只宽大而没有耳郭的耳朵微微动了动，就像风中的棕榈叶，"你这语气，就好像你已经胜券在握了，是不是？"

他挠了挠乱糟糟的鬈发，"现在我懂了。这对话也都是面试的一部分，对吗？"

她用左边面颊上那个扁平的鼻孔吸了口气，流露出几分厌烦的姿态，"如果你这么说，那就随你吧。你是这么说的吗？"

"当然，"他说，"我就是这么说的。"

"好吧，那就照你说的，外面那个指示牌就是为你设置的，而且这一系列提问也都是工作面试的一部分。告诉我为什么我要特别在意你？你凭什么能当宇宙创造者？"

女人的音调很随意，但带着挑衅的味道。她身子向前一倾，双肘支在了桌子上。她的两条手臂就跟她的身高一样那么长，整个人看起来好像一只气势汹汹的巨型螳螂。

他往后一靠，跷起二郎腿，抠了抠牛仔裤膝盖上的破洞，开始滔滔不绝地陈述起来，同时不住地四处打量。他站起来缓缓地走过去，又双手扣在身后走回来。他努力思考着，回忆着。走动的时候，他听得到轻微的齿轮声、动力装置的电气声在他所处的房间里嘶嘶作响，但这些装置却又是可闻而不可见。他在什么地方？他是谁？为什么是他？他毫无头绪。

他问道："门在哪里？"

"什么门？"

"我很确定自己是从一扇门进来的。难道不是吗？"

"你是说这里有一扇门很重要？"

"是的。很重要。非常重要。我得进得来，也出得去，不是吗？"

"为什么？"

"我不知道。不过这似乎很重要。"他又走了几步，地板随着他轻柔的脚步声泛起亮光，映亮了他脚印下的一块方寸之地。他不敢说，究竟是自己的步伐在指示着地上亮光的闪烁，还是地板在指引着他步伐的方向？这感觉真是怪异。"等等。我想起什么了。那是一段记忆。我是注定要进来又出去的。这一切都是注定的，不是吗？"

"注定？你确定这个词正确无误吗？"

"不。不是百分之百。"

"好吧，那我们用更简单直接的方式来说，怎么样？你知道自己是从什么地方来的吗？"

"不，我不知道。"

"那你知道自己将要去往何方吗？"

"不，抱歉，我不知道。"

外星人似乎面无表情，可她却坐直了身子，就好像她的身体对他的这番话有了兴趣一样。"太妙了。你的表现超乎预期。妙不可言。"

"你是说面试？"他坐在了椅子沿儿上，"等等。我又想起什么了。关于这些问题和答案。这不是我第一次面试了，对吗？不，当然不是。我进来，然后问问题；再然后……我记起了真正重要的事情……就又离去，对吗？"

"怎么？"她问道，声音中透出一丝颤抖，仿佛饱含着期待，"是什么重要的东西让你必须记起来？我们面试的意义又是什么呢？为什么你必须一一回答我的这些问题，走进了这间屋子为什么又要离去？"

"因为……我就是这么……被设定的……'被设定'就是最准确无误的词了……而不是'注定'。"

女人的眼睛里焕发出了热情，"没错。请继续。"

"喔，有某种事物让我认定，为了宇宙万物能够运转起来……为了所有的行星、银河系、太空和所有的生命……这个面试必须要进行，好帮我回忆起……好让我能离开这里并且再次忘记……某种意义上来说，回忆与遗忘是生命循环不可或缺的环节……不需要我知道为何如此这般……不需要任何人知道为何如此这般……宇宙就这样重生了……"他并不清楚这些话究竟是什么意思，但这些话就这么脱口而出，他讲着讲着，感觉就是这么回事儿。

外星人抓住桌沿往前一探身，"对啦，对啦，继续。你表现得很棒。妙不可言。现在就只剩一个问题及其答案需要你记起来了。就一个。是什么？"

当那个问题跃入脑海，他登时蹦了起来，"谁是宇宙的创造者？"

"没错！那么答案呢？"

"我就是宇宙的创造者！是我！之前是！现在也是！我创造了一切！就是我！我！"

"哈，"她说道，"啊哈。再次诞生。"她的身体彻底放松下来，瘫坐在了椅子里，"哈哈哈……"

他知道面试已经结束了。他弯下腰捡起背包，朝着墙壁走去。一扇隐藏的门在他面前滑开，就在他确信无疑应该在的那个地方。

外面，两颗太阳当空照耀，云蒸霞蔚，碧空如洗，金峦叠嶂，太空深邃。突然一阵风袭来，吹乱了他的一蓬黑发。世界之曲在他四周奏起。翼龙嘶叫，天上的舟楫在咆哮，一头大象吟啸着，无数人类与外星人死去，又有更多的生命不断诞生，星辰燃尽从太空陨落，新的星辰又在无数星系无垠的画卷上冉冉升起。

他闭上眼睛深吸一口气，把这一切都吸了进去。没错，创造者把一切都吸了进去，然后又全都呼了出来。

那个外星人冲上前来跪在他面前，拉起他凉鞋上松开的鞋襻扣好，跪伏在地亲吻他的双脚："翌日再会。"

"这工作就是这么做的吗？"他问道，"每天如此？为了让宇宙运转起来，我们就得每天都来这么一次？这就是我想要的吗？这都是我设置的吗？为什么？为什么我要用这种方式？这毫无意义。"

"确实啊。"那个女人说着，朝着他挥了挥手，那扇门在他们之间合拢了。

"等等！我还有最后一个问题。一天有多久？多长时间……"

但是太迟了。她已经不见了。太过分了！他已经开始遗忘。

他转过身面对着宇宙。

奇怪啊，他想，这里刚才不是还有一块指示牌呢吗？好像是有份工作要面试？

从洋葱到胡萝卜
CORDLE TO ONION TO CARROT

[美] 罗伯特·谢克里 Robert Sheckley 著
罗妍莉 译

纯粹幻想

罗伯特·谢克里,美国著名科幻作家,以短篇见长,以机智幽默著称。他的作品被认为是"通往奇异想象世界的单程车票"。他曾提名雨果奖和星云奖,并因对科幻的突出贡献,2001年获得美国科幻与奇幻作家协会颁发的"荣誉作家奖",2005年获得世界科幻大会授予的"荣誉贵宾"称号。

你一定还记得那个体重只有九十七磅[1]的弱鸡吧？是的，那小子让恶霸踢了一脸的沙子。好吧，尽管按照查尔斯·阿特拉斯[2]的说法，他后来成功逆袭了，但实际上，那些手无缚鸡之力的人在遇到此类问题时，几乎从未真正得到解决。坏入骨髓的恶霸就是喜欢往别人身上踢沙子，对于这种人而言，打压别人就是能给自己带来一种由衷的满足感。哪怕你足有二百四十磅重，一身肌肉如石头般坚硬，钢筋铁骨，还犹如所罗门般智慧贤明，如伏尔泰般妙语连珠，那也无济于事——还是会有恶霸来挑衅你，往你眼睛里撒沙子，而你多半什么办法也没有。

这就是霍华德·科德尔对这种困境的看法。他是个和蔼可亲的人，总是任由他人摆布，像是福勒牙刷公司的推销员、基金掮客、餐厅领班，以及其他稍有权势的人，都可以随意占他的便宜。虽然科德尔也很讨厌这一点，但他总是默默忍受着那些狂躁粗鲁又咄咄逼人的人——不管他们是在排队时，推搡着挤到了最前面；还是抢走了他先拦下来的出租车；甚至是在派对上半路杀出来，不屑一顾地撬走了正在跟他说话的女子。

更糟糕的是，这些人似乎巴不得有人上前挑衅，成天故意找碴儿，所作所为完全就是为了让人心里不愉快。

科德尔一直不明白这是为什么，直到仲夏的一天——当时，他正开着车横穿西班牙北部，恰巧晕头转向之际，托特-赫耳墨斯神[3]在他耳边喃喃低语，给了他全新的启迪：

"啊，你看，我觉得你这个问题挺有意思的，老弟。可你得明白，我们必须把胡萝卜也放进来，要不然就炖不出一锅好汤了。"

"胡萝卜？"科德尔问道，绞尽脑汁想要搞明白这其中的奥妙。

"就是那些老欺负你的人，"托特-赫耳墨斯解释道，"他们非得那么干不可，老弟，因为他们是胡萝卜，而胡萝卜就该是那副样子。"

"他们要是胡萝卜的话，"科德尔在心中琢磨着，"那我——"

"你啊，当然就是颗珍珠般白净的小洋葱啦。"

"没错！我的神啊，没错！"科德尔兴奋地直嚷嚷。这突如其来的顿悟

---

1. 1磅=0.91斤。
2. 世界最著名的肌肉训练推广者。他曾从骨瘦如柴练就一身结实的肌肉。
3. 希腊神祇赫耳墨斯和埃及神祇托特的结合体。在希腊化的埃及，希腊人发现他们的神祇赫耳墨斯与埃及神祇托特完全相同，于是便将两位神祇合二为一地崇拜。

之光耀眼夺目，照得他目眩神迷。

"当然啦，你和其他所有的珍珠白洋葱都觉得，胡萝卜完全就是讨厌鬼啊，只不过是种畸形的橙色洋葱罢了；而胡萝卜看到你们的时候，叫骂的却是：'呀！怪模怪样的圆白胡萝卜！'我的意思是，你们彼此都觉得对方难以接受，可在现实生活中呢……"

"是呀，接着说！"科德尔叫道。

"现实生活中呢，"托特－赫耳墨斯继续说道，"在这锅炖汤里头，万物各得其所！"

"噢，当然！我明白了，明白了，明白了！"

"这就意味着，世间所有的人，都是必不可少的，如果你要往汤里边放和气甜美的白洋葱，也就必须得放细长可恶的橙色胡萝卜，反之亦然。因为，如果不把这些配料全放进去，那就炖不出一锅好汤了。也就是说，生活就变成了，呃，让我想想啊……"

"一锅汤！"科德尔欣喜若狂地嚷道。

"看来你理解了。"托特－赫耳墨斯答道，"记住我的话，我的助祭，让人们都知晓这神圣的配方……"

"一锅汤！"科德尔回味道，"是的，我现在明白了——奶油一样纯白浓郁的洋葱汤，就是我们梦中的天堂；而滚烫的橙色胡萝卜汤，则代表着我们熟知的地狱。这就对上了，全对上了！"

"唵嘛呢叭咪吽。"托特－赫耳墨斯吟诵道。

"可绿豌豆都去哪儿了？噢，还有肉呢？"

"别对这比喻挑三拣四的，"托特－赫耳墨斯劝告道，"吹毛求疵可没什么好处。记住胡萝卜和洋葱就好了。来，喝点儿吧——这可是我的招牌酒水。"

"可是，还有调料呢，不放调料吗？"科德尔一边问，一边从一只锈迹斑斑的水壶里，喝了一大口深紫红色的液体。

"老弟，天机不可泄露，这些问题我就不回答了。对不住啦。你只要记住，万物皆汇于这锅汤中。"

"皆汇于汤中。"科德尔一面重复道，一面吧唧着嘴。

"尤其要牢记胡萝卜和洋葱，你们的搭配堪称绝妙。"

"胡萝卜和洋葱。"科德尔应和道。

"你幻游得也差不多了。"托特－赫耳墨斯说道，"嘿，我们已经到拉科鲁尼亚[1]了，你让我在这儿什么地方下都成。"

科德尔开着租来的车下了公路。托特－赫耳墨斯从后座上拎起背包，下了车。

"谢谢你的顺风车，老弟。"

"别客气。谢谢你的酒。你说那是什么酒来着？"

"我的招牌葡萄酒，里头加了点'一柱擎天'博士特制的浓缩型伟哥药面儿，是那老家伙在加州大学洛杉矶分校的秘密实验室里鼓捣出来的，他打算让整个欧洲都硬起来呢。"

科德尔深情地说道："不管那是什么，对我来说，简直就是灵丹妙药。借着这玩意儿，你都可以把领带卖给羚羊了；也可以把这个世界从扁平的球体变成一个截了顶的梯形……我刚才说什么来着？"

"没关系，这都是幻游的一部分。你最好还是躺一会儿，好吧？"

"天神下令，凡人必须遵从。"科德尔抑扬顿挫地朗声说完，便在车里的前排座位上躺下了。托特－赫耳墨斯俯下身来看他，胡子上闪着锃亮的金光，头上还装点着用悬铃树枝做成的花环。

"你没事儿吧？"

"这辈子都没这么好过。"

"需要我再陪你一会儿吗？"

"不必了。你已经帮了我一个超级大忙了。"

"你能这么说，我很开心，老弟。你声音听起来还不错，果真没事儿吗？那好，我就走了，再见。"

托特－赫耳墨斯大步流星地消失在了夕阳的余晖中。科德尔闭上眼睛，觉得各种各样的问题都迎刃而解，而这些问题，曾让历史长河中最伟大的哲学家们都为之困扰。原来，复杂的事情竟然如此简单，他心中感到一丝惊讶。

后来，他睡着了，约莫六小时后才醒过来。方才那些大彻大悟的念头、清楚明晰的答案，大部分他都已经忘了。真是不可思议：怎么能把宇宙之钥都给弄丢了呢？可他真是忘了，而且似乎也不可能再重新找回。天堂就这么永远地离他而去了。

---

1. 位于西班牙最西北部的一个城市，濒临大西洋沿岸。

不过，他倒是还记得洋葱和胡萝卜，也记得那锅炖汤的事儿。如果他能自行选择的话，这一定不是他想要的那种顿悟。但现在，他只能任由其从天而降，并选择接受。因为，或许是出于本能，科德尔深知在这场顿悟的游戏中，有所得总比什么也没有要好。

第二天，科德尔在倾盆大雨中抵达了桑坦德[1]。他决定给所有朋友都写封有趣的信，或许，甚至还可以试着写写旅行见闻。不过，这需要一台打字机。他向自己所在酒店的礼宾询问了出租打字机的商店怎么走，然后就来到店里，找了个英语流利的店员。

"你们是按天来出租打字机的吗？"科德尔问道。

"为什么不呢？"店员回答道。他有一头油亮亮的黑发，瘦削的鼻子颇有贵族气质。

"那台多少钱？"科德尔指着一台三十年前出产的艾里卡便携式打字机问道。

"一天七十比塞塔[2]，也就是说，一美元。但这只是平时的价格。"

"那现在不是平时的价格吗？"

"当然不是，因为你是个途经此地的外国佬。要是你租的话，每天就得一百八十比塞塔。"

"好吧，"科德尔说着，伸手去掏钱包，"我想租两天。"

"我还需要你的护照和五十美元的押金。"

科德尔试着开了个无伤大雅的玩笑："嘿，我只是用它来打打字，又不是要娶它。"

但店员只是耸了耸肩。

"你看啊，我的护照在酒店礼宾那儿保管着呢，要不，你看用我的驾照行吗？"

"当然不行。必须得把护照压在我这儿，免得你违约。"

"可你为什么既要拿走我的护照，又要我交押金呢？"科德尔满脑子的疑问，觉得自己被欺负了，心里很不自在，"我是说，你看，这台机器还值

---

1. 西班牙北部海港城市。
2. 西班牙在 2002 年欧元流通前使用的法定货币。

不了二十美元呢。"

"啊，兴许你是鉴别二手德国打字机在西班牙市场价值的行家？"

"算不上，可是……"

"那么，先生，就请允许我按照自己认为合适的方式来做生意。我还需要知道，你计划用这台打字机来做什么。"

"用途吗？"

"当然了，用途。"

无论是谁，都有可能在国外遇到这种荒唐可笑的情况。那名店员的要求令人费解，态度也非常无礼。科德尔准备略微点点头，转过脚跟，向门外走去。然而，他却想起了洋葱和胡萝卜的事儿，也领悟到了一锅炖汤的意义。就在那一刹，科德尔意识到，自己想成为哪一种蔬菜都可以。

于是，他转向店员，露出了一个灿烂的微笑，然后说道："你想知道我用打字机来做什么？"

"一点儿也没错。"

"好吧，"科德尔回答道，"坦率地讲，我想把它塞到鼻子里。"店员目瞪口呆地望着他。

"这是一种相当成功的走私手段，"科德尔继续说道，"我还打算给你一本偷来的护照和仿制的比塞塔钞票，然后去意大利，一转手就可以把这打字机卖到一万美元。米兰正遭受一场打字机荒呢，你知道的，他们绝望透了，什么都肯买。"

"先生，"店员说道，"你这是在故意找碴儿吧？"

"是你非得赶着找不痛快的。我已经不打算租打字机了，不过，倒是很想夸夸你的英语。"

"我是刻苦学习过的。"店员承认道，话音里带着些许自豪。

"看得出来。而且，虽然你发'R'音还有点问题，但听起来确实跟患了腭裂的贡多拉[1]船夫没什么两样。我向你可敬的家人致以最美好的祝愿。好了，我走了，不打扰你挤脸上的痘痘了。"

事后回想起来，科德尔觉得他作为胡萝卜的首次亮相，表现得十分出色。

---

1. 意大利威尼斯一种独具特色的尖舟，造形别致，轻盈纤细。

诚然，他最后说的那几句话还不太自然，有点儿过于理智了；不过，那其中隐含的满满恶意还是令人信服的。

最重要的是，他做到了，这已经算是巨大的成功了。此刻，科德尔待在酒店那间安静的客房里，他并没有发疯般地自怨自艾，搅得自己心绪不宁，而是心安理得地享受着自己反过来让别人陷入窘境的快感。

他真的做到了！就那么简单，他转眼就把自己从洋葱变成了胡萝卜！

但他的那种姿态，在道德上能站住脚吗？纵使那名店员万般可恶，但那大概也是在所难免的。他是其自身基因与社会环境的产物，是自我条件反射的受害者。他那么可恨，其实是自然发展的结果，而并非故意为之的。

科德尔遏制住了自己的这条思路。他发现，自己已经习惯于典型的洋葱式思维，而胡萝卜绝不会产生这种想法，除非是从洋葱畸变而成的。

可是，他现在已经知道，洋葱和胡萝卜都是必须存在的，否则就炖不出一锅好汤了。

而且他还知道，人皆生而自由，可以按照自己的意愿选择成为任何一类人。他甚至可以活成一颗有趣的小绿豌豆，或是一瓣又糙又硬的蒜头。尽管这样的形容，只是浅显地模仿了先前那个比喻，但无论如何，你都可以在"胡萝卜"和"洋葱"之间自由选择。

科德尔心想，还有很多值得思考的地方，但他根本没有抽出时间来细想，而是冒着雨观光去了，后来又继续踏上了旅途。

科德尔作为胡萝卜的第二次亮相，发生在尼斯[1]。在蔚蓝海岸大道上一间舒适的小餐馆里，餐桌上铺着红色格纹的桌布，还有用紫色墨水手写而成、难以辨认的菜单。那里有四名服务生，其中一名看上去很像让－保罗·贝尔蒙多[2]，就连在宽宽的下唇上叼烟的姿态都十分神似。其余几位，看起来则像是普普通通的强盗。餐馆里有几位来自斯堪的纳维亚[3]的顾客，正安静地吃着白豆炖肉。另外还有一位戴着贝雷帽的法国老人，以及三个相貌平平的英国女孩。

此时，"贝尔蒙多"溜达着走了过来。科德尔操着清楚流利的法语，让

---

1. 法国南部城市。
2. 法国著名演员，他塑造的形象代表着典型的法国人面孔。
3. 泛指北欧。

对方把橱窗里挂着的十法郎菜单拿来给他看看。

服务生瞄了他一眼,用眼色蔑视着面前这位自命不凡的乞丐:"那上面的菜今天都卖完了。"他一边说着,一边递给科德尔一张三十法郎的菜单。

要是按照从前的行事风格,科德尔准会忍气吞声地开始点菜;或许也有可能会气得发抖,立即起身走出餐馆,跌坐在马路边的长椅上。

可是,现在——

"可能你没明白我的意思,"科德尔说道,"法国法律有规定,凡是橱窗里展示的固定价格菜单,只要顾客从中点菜,你们就必须得上。"

"先生是位律师?"服务生无礼地将双手搁在臀部问道。

"不,先生是来找碴儿的。"科德尔自认为这算得上是明明白白的警告了。

"那么,先生就请随意找碴儿吧。"服务生说着,眼睛眯成了两条缝。

"好吧。"科德尔回答道。恰巧就在此时,一对老年夫妇走进了餐厅,那位老先生穿着一身双排扣、带着半英寸宽白色细条纹的灰蓝色西装,老太太则身着一条印花的薄纱连衣裙。科德尔大声向他们喊道:"请问,你们是英国人吗?"

老先生有点儿吃惊,只是微不可见地点了点头。

"那我建议你们别在这儿用餐。我是联合国教科文组织的卫生检查官。这儿的大厨显然很久都没洗过手了。虽然还没完成关于伤寒病菌的最终测试,但我们怀疑这里确实有这种病菌存在。一旦我的助手拿着石蕊试纸[1]赶到的话……"

餐厅突然陷入死一般的寂静。

科德尔接着说道:"不过,我觉得煮鸡蛋这道菜,应该还是比较让人放心的。"

虽然那位老先生很可能并不相信他的话,但那并不重要,因为科德尔显然是个刺儿头。

"走吧,米尔德里德。"老人说着,带着妻子匆匆离开了。

"你们本该到手的六十法郎外加五个点的小费都泡汤了。"科德尔冷冷地说。

"赶紧滚出去!"服务生咆哮道。

---

[1]. 检验溶液酸碱性的一种常用试纸。

"可我喜欢这儿。"科德尔双臂一叉,随即说道,"我喜欢这儿的氛围,很有私密感。"

"但是,不点菜就不许在这儿待着。"

"我点菜啊,就点十法郎菜单上的。"

服务生们互相看了看,一起点了点头,排成一排,气势汹汹地冲他走了过来。科德尔高声对其他食客嚷道:"请大家给我见证!这些人准备打我一顿,四个打一个,既违反法国法律,也不符合普世道德,就因为我想从他们虚假宣传的十法郎菜单上点菜。"

这算是一番长篇大论了,不过,眼下这时机显然正适合这样的豪言。科德尔又用英语重复了一遍。

在座的几个英国女孩儿惊讶得面面相觑。那位法国老人继续喝着自己的汤。而来自斯堪的纳维亚的那几位食客,则严肃地点了点头,开始脱外套。

服务生们又聚在一起商议了一会儿。那位长得像贝尔蒙多的说道:"先生,你这是在逼我们报警。"

科德尔却回复道:"那倒是给我省事儿了,免得我自己打电话。"

"先生肯定不想把假期都耗在法庭上吧?"

"先生我假期的大部分时间恰恰就是这么度过的。"

服务生们又商量了一番。随后,贝尔蒙多拿着那张三十法郎的菜单,大步走了过来:"套餐价格就算十法郎好了,因为很显然,先生只花得起这么些钱。"

科德尔没理会这番话:"给我来份洋葱汤,一份蔬菜沙拉,还有红酒炖牛肉。"

服务生随即去下了单。等待上菜的时候,科德尔用不大不小的声音唱起了《丛林流浪》[1]。他觉得,兴许这样能加快他们上菜的速度。当他唱到第二遍"你们永远活捉不了我"的时候,菜上来了。科德尔把盛着炖汤的碗拖到面前,举起了勺子。

那一刻,所有人都屏息静气。顾客们都没有离开餐厅。科德尔已经准备就绪,他身子前倾,手抬汤勺,做出一个准备舀的姿势,随后又轻轻地

---

[1] 澳大利亚最著名的民谣,描述了一名流浪者在自我了结生命之前,对前来拘捕他的人高喊:"你们永远活捉不了我!"

嗅了嗅。餐厅里鸦雀无声。

"少了点儿什么。"科德尔大声说道。他皱着眉头，把洋葱汤浇在了红酒炖牛肉上。他嗅了嗅，摇了摇头，又加了半块切好的面包片，然后再嗅了嗅，又把沙拉也扣在上头，再把整整一瓶盐全都撒了进去。

科德尔噘起了嘴。"不行啊，"他说道，"这味儿根本就不对。"

随后，他把汤碗里的东西全都倒在了桌上。或许，这种行为完全可以和斗胆往名画《蒙娜丽莎》上泼紫药水相提并论。在场的所有法国人和大多数同情法国服务生的食客都已目瞪口呆。

科德尔不慌不忙地站起身来，但双眼仍然警觉地留意着那些已然石化的服务生。他朝一片狼藉的桌上扔下十法郎，走到门口，然后转过身来："请向大厨先生转达我的问候，兴许他更适合水泥搅拌工的差事。而这个，老兄，是给你们的。"

他说着，把揉得皱皱巴巴的亚麻布餐巾丢到了地板上。

科德尔就像是斗牛士一般，在完成一连串漂亮的戳刺之后，轻蔑地转身背对着公牛，优哉游哉地昂首离开了。可不知为何，服务生们并没有跟着冲出来，开枪打死他，再把他的尸体挂在最近的路灯上示众。科德尔就这么走了十到十五个街区，遇到岔路时随意左右拐弯。来到盎格鲁街后，他终于找了张长凳坐下来，浑身发抖，衣服也已被汗水湿透了。

"可是，我办到了，"他说道，"我办到了！我刚才真是有说不出的邪恶，而且还侥幸逃脱了！"

现在，他终于明白胡萝卜为何那样行事了。上帝啊，那感觉是多么欢乐、多么幸福啊！

后来，科德尔又顺利恢复了温和的性情，但却没有丝毫的悔意。这种状态一直持续到他到达罗马的第二天。

那时，他正开着租来的车，跟另外七辆车一起，在维托里奥·埃曼努埃尔二世大街上的一处红绿灯前排队。他们后面大概还有二十辆车。每个司机都把引擎踩得轰轰响，趴在方向盘上，眯起双眼，幻想着自己正在参加勒芒耐力赛[1]。不过，只有科德尔是个例外，他正沉醉于欣赏罗马市中心巨

---

[1] 世界著名的汽车赛事，在法国西北部城市勒芒举行。

石般高耸的宏伟建筑。

绿灯终于亮起,就像是宣告比赛开始的方格旗挥下了一般,所有的司机都把油门一脚踩到底,努力让动力不足的菲亚特汽车转起车轮。他们任由离合器磨损,让神经紧绷,却依然纵情欢呼、活力十足。但只有科德尔是个例外,他似乎是整个罗马城中唯一一个不急着赢得比赛或赶赴约会的人。

科德尔不紧不慢地踩下离合器,然后又慢慢挂上挡。他已经比别人慢了将近两秒钟——这在蒙扎或蒙特卡罗的赛道上,简直是不可想象的。

他身后的司机疯狂地按着喇叭。

科德尔对自己微微一笑,这表情诡秘而邪恶。他挂上空挡,拉起手刹,随即走出车外。他溜达着朝那个按喇叭的家伙走去,那人的脸色已变得惨白,正把手伸到座位底下摸索着,期盼着能找到一根撬胎棒。

"怎么着?"科德尔用法语问道,"有什么问题吗?"

"不,不,没什么,"司机用法语回答道,这是他犯下的第一个错误,"我只是想让你赶紧走,赶紧动起来。"

科德尔提醒道:"可我当时就在走啊。"

"那好吧!没事了!"

"不对,谁说没事了,"科德尔回敬道,"我觉得你应该给我个更好的解释,为什么要冲我按喇叭?"

那位按喇叭的是个米兰商人,正带着妻子和四个孩子出门度假,他贸然地答道:"尊敬的先生,你动作太慢了,把我们大家都给耽误了。"

"慢?"科德尔问道,"绿灯才刚亮两秒钟,你就在那儿按喇叭。你管两秒钟叫作慢?"

"可远远不止两秒钟啊。"那人无力地回答。

此时,红绿灯前拥堵的长龙已经望不到尽头,街道上密密麻麻地聚集了许多人,甚至还惊动了其他城市的宪兵部队。

"你说的不对,"科德尔说道,"我有证人。"他指了指围观的人群,他们也正在对他挥手示意。"我有证人可以出庭作证。你必须得明白,你的做法已经违反了法律。除非遇到紧急情况,在罗马市区范围内,全城都禁止鸣笛。"

这位米兰商人向四周看了看,现在的围观群众大概又上涨了好几倍。

上帝啊，他心想，要是哥特人¹能再入侵一次，把这帮看热闹的罗马佬都给灭了，那该多好啊！要是地面能裂开一条缝，把这法国疯子给吞下去，那该多好啊！要是他——吉安卡洛·莫雷利——手头上有把钝勺子，能把自己手腕上的静脉给割开，那该多好啊！

此时，第六舰队²的喷气式飞机在头顶上空轰鸣而过，意欲避免一场迟早都会爆发的军事政变。

米兰商人努力忍受着妻子对他的破口大骂。今晚，他就会把她那颗缺乏忠诚的心给挖出来，给她母亲寄回去。

但现在，他该怎么办呢？要是在米兰，他早就把这法国佬的脑袋给割下来，装到盘子里去了。但这是罗马，一座南方的城市，一个捉摸不透的危险之地。而且就法律而言，他可能确实是过错方，这就使他在争辩中处于更加不利的位置了。

"好吧。"他说道，"虽然我倍受挑衅，但在此之前，也许我确实用不着按喇叭。"

"你必须正式向我道歉。"科德尔坚持道。

突然，东边一记雷鸣般的巨响：成千上万的苏联坦克正排成战斗队形，穿越匈牙利平原，准备抵抗北约军队对特兰西瓦尼亚³蓄谋已久的入侵。在福贾、布林迪西、巴里等意大利东南部城市，自来水都断供了。瑞士人关闭了边界，已然准备好炸毁通道。

"好吧，我道歉！"米兰商人大叫道，"我很抱歉把你惹恼了，更抱歉自己来到了这个世界上！我再次向你道歉！现在，你总可以走了吧？让我自个儿在这儿安静地等待心脏病发作吧！"

"我接受你的道歉，"科德尔说道，"不用伤了和气，不是吗？"他慢慢悠悠地走回了车里，一边哼着《打翻在地》⁴，一边在数百万人的欢呼声中驱车离开了。

在那千钧一发之际，战争再次得以避免。

---

1. 公元 4 世纪，哥特人劫掠罗马城，西方古典时代的秩序从此开始瓦解。
2. 美国海军六大舰队之一，司令部设在意大利那不勒斯，曾发动多次战争，在地中海出尽威风。
3. 今罗马尼亚的中心区域。本文写于二十世纪七十年代，当时苏联尚未解体，一直占据着特兰西瓦尼亚一带，与以美国为首的北约对峙。
4. 一首英文的船夫号子，歌词讲述了船员打架被放倒在地的故事。

科德尔驱车来到提图斯凯旋门，把车停好，然后在千号齐鸣声中，穿过了凯旋门。就跟恺撒大帝一样，他理应享受属于自己的胜利。

上帝啊，他洋洋得意地想，我可真是个讨厌鬼！

科德尔来到了英国，在游览伦敦塔的叛徒之门时，他一不小心踩到一位妙龄女子的脚。这似乎是个预兆。这位女子名叫梅维斯，来自新泽西州的肖特山[1]，一头黑发又直又长。她身材苗条，容貌姣好，头脑聪明，精力充沛，还颇有幽默感。虽说她也有些小小的缺点，但却无伤大雅。科德尔请她喝了杯咖啡，随后在这周接下来的几天里，两人便一直都在一起了。

"我看，我是迷上她了。"到了第七天，科德尔自言自语道。不过，他又立刻意识到，这种说法有点太轻描淡写了——他根本就是彻头彻尾、无可救药地爱上她了。

可梅维斯心里又是怎么想的呢？她似乎并不讨厌他。甚至说不定，她有可能也对他有点儿意思。

就在那时，科德尔忽然在一闪念间未卜先知了。他意识到，原来在一个星期前，他踩到脚的那位就是他未来的妻子、他两个孩子的母亲，而这两个孩子都会出生在萨米或米尔本的一栋带充气式家具的复式住宅内，并在那里长大成人。

这样直截了当的描述，听起来可能会缺乏吸引力，显得有些俗气，但这却是科德尔的理想，他并非自诩四海为家的那种人。毕竟，不是每个人都住得起卡普费拉[2]这种地方的豪宅。不过，说来也非常奇怪，并非所有人都向往那样奢华的生活。

就在那一天，梅维斯和科德尔去贝尔格莱维亚区[3]的马歇尔-戈登宅邸参观了拜占庭细密画[4]。梅维斯对此类画作颇为热衷，这在当时看来，似乎有益无害。那些本是私人藏品，但梅维斯通过安飞士租车公司当地的一位经理弄到了请柬。那位经理确实非常努力，费了不少劲儿才安排妥当。

二人来到位于赫德尔斯通街的戈登宅邸前，这是一座令人肃然起敬的

---

1. 美国新泽西州的一座富裕小镇。下文提到的"萨米"和"米尔本"同样是新泽西州的富裕小镇。
2. 法国滨海阿尔卑斯省的一座市镇，豪宅聚集地，欧洲贵族和国际百万富翁喜爱的度假胜地。
3. 伦敦上流社会住宅区。
4. 波斯一种精细刻画的小型绘画。

摄政风格[1]建筑。他们揿动了门铃,一位身着笔挺晚礼服的男管家前来应门。二人出示请柬后,管家耸起眉毛,瞥了他们一眼,那神态仿佛是在暗示他们持有的是二等请柬——一般发放给那些讨人厌且装腔作势的艺术爱好者,他们只负担得起十七天费用全包的经济舱型旅行套餐,而不会收到带有雕花的头等请柬,因为他们毕竟不是像毕加索、杰基·奥纳西斯、舒格·雷·罗宾逊、诺曼·梅勒、查尔斯·高伦这样的名流显贵。

"哦,对……"男管家只说了寥寥二字,却颇有弦外之音。他那张脸皱成了一团,仿佛此刻接待的是帖木儿或是钦察汗国来的一大帮不速之客。

"细密画。"科德尔提醒道。

"对,当然了……不过先生,凡是参观戈登宅邸,都务必得穿西装打领带。"

那是个闷热的八月天,科德尔穿了件运动衫,"我没听错吧?穿西装打领带?"

管家答道:"这是规矩,先生。"

梅维斯问道:"这次能不能破例呢?"

管家摇了摇头,"我们真的必须按规矩办事,小姐。否则……"他没有说出"以防粗俗人等"这类的话,但那弦外之音却在空中袅袅不散。

"当然了,"科德尔和蔼地说,"否则情况就不妙了。不就是一件外套和一条领带吗?我们可以搞得到。"

梅维斯把手放在他的胳膊上,"霍华德,咱们走吧,下次再来好了。"

"胡说,亲爱的,我能否借你的外套一用……"

他拿起她肩上披着的白色雨衣,往自己身上一套,雨衣崩开了一条缝,"好了,伙计!"他轻快地对管家说道,"这样就行了,不是吗?"

"我看不行,"管家回答道,那冰冷的声音足以令洋蓟[2]枯萎,"无论如何,都得打领带。"

科德尔一直等着这句话,他抽出汗津津的手帕,系到了脖子上。

"这样总行了吧?"他学着彼得·洛[3]扮演的莫托先生的样子,瞥了管家一眼,他对那个角色颇为欣赏。

---

1. 英国的一种装饰艺术风格,盛行于威尔士亲王乔治摄政时期。
2. 一种在地中海沿岸生长的植物。
3. 美国演员,曾饰演莫托先生这一侦探形象。

"霍华德！我们走吧！"

但科德尔却站着没动，只是冲着管家露出了沉着的微笑。管家有生以来头一回急得满头大汗。

"先生，恐怕，这并不是——"

"不是什么？"

"并不是西装和领带。"

"你是想告诉我，"科德尔高声嚷道，嗓门大得令人十分不快，"你不光是个开门的，还是鉴别男人衣着的权威吗？"

"当然不是！但这种突发奇想的临时装扮——"

"这跟'临时'有什么关系？难道说人们一定得提前三天做足准备，才能通过你的审查吗？"

"可你穿的是件女人的防水外套，系的是条脏手帕啊！"管家坚持道，"我觉得已经没什么好说的了。"

管家正要关门，科德尔即刻说道："你要是这么做的话，哥们儿，我就起诉你造谣中伤。在你们这儿，那可是相当严重的指控啊，伙计，我可是有目击证人的。"

除了梅维斯以外，科德尔身边已经聚了一小群人，正饶有兴味地缩在一旁围观。

"这可真是太荒唐了。"管家终于有所妥协，门只关上了一半。

科德尔乘胜追击："你要是在牢里头待上一阵，会觉得更加荒唐呢。我想好了，我会为难你——我是说，起诉你的。"

"霍华德！"梅维斯叫道。

他甩开她的手，锐利的目光死死地盯住管家："我是个墨西哥人，不过可能我英语讲得太好了，才会让你误会。在我们国家，男人要是受到这样的侮辱却报不了仇的话，还不如割了自己的喉咙。你说这是女人的外套？伙计，我可是男子汉，只要穿在了我身上，就肯定是男人的外套了。或者，你是想暗示我是个基佬，你们管这叫什么来着？同性恋？"

此刻，人群变得不那么克制了，开始愤愤不平地议论起来，纷纷表示赞同。而管家显然已经孤立无援。

"我没那个意思。"管家怯怯地说。

"那么，这是男人的外套吧？"

"就如你所愿吧,先生。"

"我不满意!还是能听出讽刺的意味。我现在就去找执法官员。"

"等等,咱们先别急。"管家已然面色全无,双手颤抖,"先生,你穿的是男人的外套。"

"那我的领带呢?"

管家试着做出最后的努力,去阻止"萨帕塔"[1]和他红了眼的雇农们。

"这个,先生,手帕显而易见就是……"

"我脖子上系的是什么,"科德尔冷冷地说道,"取决于它的用途。要是我在喉咙上缠一块花绸,你会管那叫女士内衣吗?亚麻很适合用作领带,这没错吧?功能决定定义,难道不是吗?如果我骑着一头牛上班,没人会说我骑的是块牛排吧?你觉得我的论证有漏洞吗?"

"恐怕,我没有完全听明白……"

"那么,你怎么能自以为有资格做出判断呢?"

此刻,人群早已躁动起来,纷纷低声嘟囔着表示同意。

"先生,"可怜的管家叫道,"我求求你了……"

"还'否则'呢,哼!"科德尔满意地说道,"我有外套,有领带,还有请柬。你是不是就可以让我们去看看拜占庭的细密画了呢?"

管家终于向"潘丘·维拉"[2]和那帮衣衫褴褛的家伙敞开了大门。还不到一小时,文明的最后堡垒就被攻陷了。泰晤士河沿岸群狼怒嗥,"莫雷洛斯"[3]的赤足部队赶着马群进入了大英博物馆,欧洲的漫漫长夜就此开始。

科德尔和梅维斯一声不吭地看完了藏品。两人一句话也没说,直到一起走到摄政公园,避开旁人单独散步时才打破寂静。

科德尔率先开口:"听我说,梅维斯。"

"不,你听我说,"她叫道,"你真是令人发指!我真不敢相信!你实在是……我简直找不到一个合适的词,去充分形容你刚才卑劣的行为!我连做梦也没想到,你居然是个这么混蛋的虐待狂,竟能把羞辱别人当作乐趣!"

"可是,梅维斯,你也听到了他对我说的话,他那口气你也注意到了……"

"他不过是个顽固的无知老头儿。而我还以为,你是个好人,绝不可能

---

1. 墨西哥革命领袖,农民游击队的组织者。
2. 20世纪初一位备受争议的墨西哥革命家。
3. 墨西哥独立战争领袖,民族英雄。

是那副德性。"

"可是，他说……"

"那又有什么关系？你甚至还明显乐在其中！"

"哎，好吧，可能你说得没错，"科德尔回答道，"你看，我可以解释的。"

"别跟我解释，你解释不了。永远也不行。请离我远点儿，霍华德，再也别来找我了。我是认真的。"

他未来两个孩子的母亲就这样迈着步子走开了，渐渐从他的生命中远去。科德尔急忙跟在她身后。

"梅维斯！"

"我要叫警察了，霍华德，我发誓，我真会这么干！让我清静清静吧！"

"可是，梅维斯，我爱你！"

她肯定听到了他的话，但还是选择继续往前走。她是位美丽可爱的姑娘，而且毫无疑问，是颗洋葱，这一点永远无法改变。

科德尔始终没办法向梅维斯解释关于炖汤的事儿，也没办法让她理解在谴责某种行为之前，亲身体验的必要性。神秘的顿悟时刻基本都是无法言传的。不过，他还是设法让她相信，他当时是突然精神失常了，这种稀罕的情况，在以前从没发生过，而且在以后——只要是跟她在一起——也绝对不会再次发生。

现在，他俩已结为夫妇，生下一对儿女，住在新泽西州普里菲尔德的一座复式住宅里，对生活感到心满意足。科德尔明显还是会任由福勒牙刷公司的推销员、基金掮客、餐厅领班和其他气宇轩昂、有权有势的人摆布。不过，情况还是有所改变。

现在的科德尔，会特别注意要独自一人定期出门旅行。去年，他在檀香山为自己挣了点儿微名。今年，他的目的地是布宜诺斯艾利斯。

从此幸福快乐及幻想故事两则
HAPPILY EVER AFTER AND TWO FANTASIES

［美］C. L. 摩尔 C. L. Moore 著
琥　珀　艾德琳　译

纯粹幻想

　　凯瑟琳·露西尔·摩尔，简称 C. L. 摩尔。1933 年，她凭借经典短篇小说《香巴里奥》在科幻文学界首次亮相，创作了"西北史密斯"和"乔芮尔"等深入人心的形象，成为历史上第一批创作科幻与奇幻小说的女作家之一。C. L. 摩尔曾提名"美国科幻作家协会大师奖"，并于 1998 年荣登"科幻与奇幻作家名人堂"。她既独立写作，又与丈夫亨利·库特纳合著了一系列经典的科幻作品，至今仍在不断重印，吸引了无数读者。代表作有《地球最后的堡垒》《飞越地球之门》《审判夜》等。

从此幸福快乐

　　灰姑娘辛德瑞拉与王子举办了盛大的婚礼，他们终于喜结连理。不过，从一开始就没人看好这门婚事，现在看来，就更是如此。镜片后面，国王的双眼常常会露出一丝"我早就告诉过你"的神情。随着王后的预言一一应验，她的妒忌之情终于得以疏解，三层下巴也时常因此而激动地颤抖。这一切都是因为，灰姑娘与王子过得并不快乐。事实上，从一开始就没人觉得他们会幸福。你不能指望从厨房的煤灰堆里拉出一位姑娘，再往她头上戴顶皇冠就能万事大吉了。纤巧的双足，并不是成为公主的唯一先决条件。

　　实际上，她的两位继姐妹，在之前发生的故事中起到了很重要的作用。但灰姑娘却从未意识到这一点。如果没有傲慢自大、趾高气扬、外表高贵的达玛和伊格莱恩让她走出煤灰堆，然后倨傲地承认灰姑娘就是她们的姐妹，那么，恐怕王子当时也不会是那样的反应了。不过，由于王子早已轻率地宣告，要将水晶鞋的主人迎娶回家，尤其是当时传令官正在挨家挨户地传播这一消息，所以他也就不得不信守承诺了。当然，那时的她确实挺迷人的。

　　公平地说，有那么一阵子，王子并不后悔。没有谁能比身穿波浪般摇曳的裙子、头戴金冠的辛德瑞拉公主更加光彩照人了。不过，为了让皇冠好好待在头上不掉下来，辛德瑞拉私底下其实颇吃了些苦头，甚至还曾在夜里对着镜子偷偷练习，但却从未真正掌握那种尊贵的仪态。有一次，当她弯下腰去，想要捡起掉在地上的手帕时，皇冠掉了下来，翻滚在地。天生的公主是绝不会为了一块手帕而弯腰的。可怜的辛德瑞拉羞红了耳根，而一旁的侍女们都在暗暗窃笑。

　　当然，问题不只这些。她的胃口很好，但皇家餐桌上精致的佳肴却远不能满足她的需求。她不停地吃呀吃，直到宫廷里的人都投来异样的目光，而她却依然从未吃饱。她漂亮的手指时不时地游移不定，搞不清应该使用哪一把餐叉。她喜欢放声大笑，但这在宫廷的礼貌浅笑声中，却显得尤为刺耳。有一次，她笑得太厉害，结果把束身衣都给撑破了，这让在场的所有人都颇为尴尬。还有些时候，她会端坐在宫殿里，每当阴影处刺骨的寒冷侵入她养尊处优的温暖血液，都会让她无比怀恋往日的煤灰堆和吊在火上沸煮的扁豆。

曾经从未拥有过闲暇时间的她，突然间发现自己一头扎入了无尽的空虚之中——除了在镜子前梳妆打扮，在花园小径里闲庭信步以外，她无事可做。头顶的皇冠总是摇摇欲坠，而四周的人们则时刻紧盯着她，期待在她犯下最微小的错误时挑起眉毛。

一天下午，辛德瑞拉突然不见了。人们搜索了好几个小时，最后还是王子亲自找到了她。远在城堡偏僻的一角，有一座陈旧的塔楼，里面保存了一些琐碎的杂物——那里有鞋跟略微磨损的加速魔法跑鞋，缝合处已经脱线的黑暗斗篷，破碎的魔镜，还有一些似乎不再有用的护身符。窗边那台曾经能把稻草织成金线的纺车，已经在那里静静伫立了许多年，上面的踏板早已裂开，踩动时还会嘎吱作响。在这满是尘土的阁楼里，辛德瑞拉找到了它。此时，微弱的阳光照了进来，空气中尘土飞扬，她正坐在窗边一圈圈地纺着金线。阴影笼罩着房间，只有她的水晶鞋在暗淡的阳光中闪耀着柔和的光芒。她那众人皆知的纤纤玉足，在踏板咯吱的抗议声中欢快地踩动着。这位满头鬈发的美丽公主，正低头俯在纺车上，闪亮的金线从她的指间不断涌出，而头上的那顶皇冠正以极其倾斜的角度，歪歪地挂在她眼睛的上方。

"辛德瑞拉！"王子厉声喊道。

她又惊又愧，皇冠顺着鬈发掉了下来，滚过布满灰尘的地板。"辛德瑞拉——你竟然在阁楼里纺线！看看你那皇冠都滚到哪儿去了！"

她红着脸拾起了皇冠，戴在头上努力让它保持平衡。

"噢，对不起——"她哭着说道，"我——我不是故意——"

"没什么好说的了，辛德瑞拉。照这样看，明天我可能就会发现你在擦地板了。你难道不懂得要保持体面吗？你是一位公主，难道不明白吗？是公主！鼻子上怎么能有灰呢？好了，别哭了！公主从不会哭。好了——停下，别哭了——辛德瑞拉！"

"好的。"她温顺地回答。

"在我找人来把你清理干净之前，你就待在这里。要是别人看见你这副样子——好了，别哭了！"

王子说着，便匆匆走了出去。

辛德瑞拉坐在窗边，沉默不语，魔法开始在她的脚边汇聚。渐渐地，所有的金线都从她的指间滑落,直到她的双手空空荡荡,眼中泛起泪花。随后,她终于止不住地掩面而泣。阁楼里十分安静,只能听见头戴金冠的公主坐在那儿轻声抽泣,泪水不时从她的指间奔涌而出。

就在此时,一束亮光在她的面前闪耀。她大吃一惊,抬起了泪水浸湿的脸庞。阁楼里闪闪发光,她的仙女教母正站在光芒的中心看着她。

"辛德瑞拉,亲爱的孩子,你怎么哭了?"

很久以前,她在厨房里也问过辛德瑞拉同样的问题。

"因为他们都在责骂我,"公主抽泣着说道,"因为我实在是太悲惨了!哦,教母,我的教母,带我回家吧!"

仙女笑了笑,房间里的光芒变得愈发刺眼,辛德瑞拉什么也看不清了。她不禁举起双手,挡住了光线。四下里鸦雀无声。

过了一会儿,她再也无法忍受这般寂静,便张开双手,露出了眼睛。周围很黑——但却给人一种温暖的感觉。她又坐在了厨房的火炉前,舒适地蜷缩在煤灰堆里。

"呀——啊哈——"辛德瑞拉攥着双手,揉了揉眼睛。然后不知怎的,她不由得打起了哈欠,像只小猫一样伸了个懒腰。再也没有皇冠在她的鬓发上摇摇欲坠了,她又可以懒懒地打着哈欠,嗅着那火炉上沸煮的扁豆。她从喉咙深处发出了快乐的咯咯笑声,终于在温暖的煤灰堆中安然地歇下了。

幻想故事两则

一

传说有一位声名狼藉的女公爵,曾回忆自己在童年时遇到过海妖。

那时,她还是个小女孩儿,跟一个男孩儿在海边玩耍。热带的烈日炙烤着他们的头顶,男孩的黑发泛起了浅色的蓝光;女孩儿的鬓发光彩夺目,顽抗似的将每一缕阳光都反射成纯金的色彩。虽然外界阳光炽烈,女孩的双眼却犹如风雨肆虐一般,晦暗难测。那美丽精致的面庞与金贵窈窕的倩影,已然预示着她未来将会面对的动荡岁月。

她只穿了件破衣裳,赤着双脚,蓬乱的头发闪着荣光。除了那耀眼的亮光昭示着身份地位,她看起来似乎与身边的玩伴并无不同。没有人能想到,一位女公爵竟会在海边挖沙子玩儿。

他们一心扑在玩儿上,谁也没注意一个高个子的女人正沿着海岸走来——她身着一袭绿色长裙,步态犹如女王。她一定是缘水而来,因为那衣裙的曳摆在沙滩上留下了一摊摊水迹,她的每一步足迹也都充溢着海水。她走近那两个正在一起玩沙子的小孩儿,在他们身边静静地站了一会儿,然后便弯下腰来。男孩儿抬头看了她一眼,不由得吓了一跳。无论他在那女人深邃的眼睛里看到了什么,都足以令他惊慌失措地站起身来,撒腿就跑。

小女孩儿依然静静地坐着,一动也不动。她注视着那女人裙摆滴落的海水,从下至上地打量着那绿色的长裙,然后非常缓慢地将目光移向头顶那张俯视着自己的面庞。她看见一片绿色的海洋……深不可测的海底……那里有冰与琥珀,还有缥缈的歌声……

她仍旧十分平静地坐着,没有感觉到那女人的手——那泡沫般白皙的手——正伸展开来,拂过她的头顶,用无限的温柔轻抚着她炽金的鬈发。她感到有海风吹过发丝……她凝视着潮汐的变化,思绪沉没在绿海深处。女人在那里站了良久,像是在用那光芒熠熠的头发给自己暖手似的,而女孩儿则一动不动。

随后,高个子女人直起身来,低头看着女孩儿,眼神深邃,沉默不语。她没有笑,也没有说话,就那样一直凝视着女孩儿,眼中溢满了绿色的深海。后来,她转身离开了沙滩,步态一如女王。女人身后的足迹上渐渐涌起海水,而她长裙的曳摆也随之留下了海水的印迹。

二

"黄毛"布莱恩·杜灭剑指冰冷的星辰。风吹动他的头发,也吹乱了坐下宝马的鬃毛,斗篷在他身后猎猎翻飞。他转头回望,永恒地呼唤着自己那早已消失的军团。冬日的星空之下,全身青铜的"黄毛"布莱恩高坐于心爱的宝马之上,广场上狂风肆虐——"黄毛"布莱恩挥剑指天,回以怒号。布莱恩·杜灭,格雷登堡之王。他的咆哮在风中作响,他的军团的脚步声如同暴风骤雨般响彻天际。"黄毛"布莱恩,天谴之咒与其姓氏如影随形。

布莱恩·杜灭有着一头黄色的头发,那双黄色的眼睛有如雄狮一般威猛有神。一百年前,他曾单骑闯入格雷登堡,狂风呼啸着扑满他的斗篷,宝马趾高气扬地迈着步子，为他嘶鸣不止。"黄毛"布莱恩自立为王，他双手血红，通向王座的道路也因洒满鲜血而湿滑不已。但他还是端坐于王位之上，头戴王冠，拒不退位，公然与世界为敌。他暴风骤雨般地统治了七年，死去时嘴里还残留着鲜血的味道。

初登宝座之时，"黄毛"布莱恩不过二十五岁。他身长八尺，力大如牛，冷酷无情，轻率鲁莽。他有一张残忍、丑陋的脸，黄宝石似的眼睛，尖嘴利齿，但却笑容迷人。女人们都为之倾倒——爱他的出类拔萃、丑陋不堪与温柔有礼，但他却不爱任何人或任何东西。然而……有一则关于布莱恩·杜灭与玛格丽特公主的故事，那是一段离奇、狂野而又满怀柔情的传奇，但却在钢铁与嚎叫的裹挟之下戛然而止。这个年轻人面朝下地伏在了鹅卵石的地板上，脸颊贴着那位淑女的天鹅绒鞋，嘴里还尝着鲜血的味道。

他从未真正感到幸福。对于朋友，他总是送上黑色的焦土。对于敌人，他总是还以一地鲜血。而对于他曾经可能爱过的那位淑女，他奉上的也许还要更多。他窃取了王位，毁灭了一个王国，死去时倒在鹅卵石的地板上，舌尖还残留着鲜血的味道。

后世的人们在提起他时，总会说他昂首阔步地穿过了地狱之门，满脸笑容，毫无顾忌，一只耳朵上还挂着他偷来的王冠——这就是天谴之人，"黄毛"布莱恩。

黑暗宇宙 02
DARK UNIVERSE 02

［美］丹尼尔·F. 伽卢耶 Daniel F. Galouye　著
华　龙　译

　　作者丹尼尔·F. 伽卢耶（1920—1976），1920 年出生于美国路易斯安那州的新奥尔良。从路易斯安那州大学毕业之后，伽卢耶曾在多家报纸做通讯员。二战期间，他在海军服役时成为一名空军试飞员，而且是首批火箭飞机飞行员之一。战后，伽卢耶在一家报社当记者。

　　1951 年，伽卢耶在《想象力》杂志发表了自己的处女作，之后陆续在《银河》《奇幻与科幻小说》杂志发表作品。代表作:《十三层空间》，1999 年被改编为电影《异次元骇客》;《黑暗宇宙》，1961 年获雨果奖最佳长篇小说提名，只因作者本人的一票之差惜败于罗伯特·海因莱因的《异乡异客》。2007 年，伽卢耶获得"考德维纳·史密斯再发现奖"，这是一项只授予早已过世、写下名篇，却在生前未受足够赏识的作家的文学奖项。

　　《银河边缘》第一辑《奇境》登载了《黑暗宇宙》的前五章，本辑请继续欣赏这部作品的第六至十一章。

第六章

"……因此,我们衷心臣服于新的领导者,同时也谦卑地祈求光明无上士予以指引。"

幸存者埃弗里曼作为资深长老发表的演说至此告一段落。他停下声,听了听众人的反应。

贾里德在他身后站着,也在这一片寂静中听着。听到四下只有众人紧张而细微的呼吸声,他颇松了口气。这安静是因为众人内心的不安,并非出于对就职典礼的尊重。

而就算是他本人,对于长老的发言也颇有些心不在焉。他的心中满是苦楚。光明士打破盟约倒也罢了,可他居然选择了如此无情无义、毫无怜悯的一种手段。

首席幸存者永远离开了人类的世界,这令贾里德悲痛万分。过去两个时段的某些时候,他强行压抑着一头扎进通道里的冲动,暗自希望父亲的离去只是暂时的,只是为了检验他的忏悔有多么真心。而他之所以没有去全力追踪怪物,还有一个更为实际的缘由,那就是长老们早早就安排卫士守住了入口。

他打了个喷嚏,抽了抽鼻子,这让幸存者埃弗里曼有些不快,演说停了下来,过了一会儿才又继续下去:

"我们尚无法将新任首席幸存者的高闻远聆和聪明智慧与其先父相提并论。然而,当务之急又有什么比经过深入考量、拥立他的继任者更加迫在眉睫的事务呢?"

贾里德焦躁地听着把守严密的入口方向。还有一个原因令他无法越过屏障去找寻父亲,因为那只会惹恼诸位长老,惹得他们对自己落井下石,他们会推举洛梅尔成为首席幸存者,而后者只会给这个世界带来混乱。

有人向前轻轻推了他一把,他发觉自己站在了卫道者面前。

"跟着我念。"菲拉庄重地说,"'我发誓,我将全心全意迎接生存的挑战,不只是为了我本人,更是为了底层世界每一个人的利益。'"

贾里德努力念着誓词,念的时候不住地抽鼻子。

"'我要让自己投身于,'"卫道者继续说着,"'所有人之所需,他们都以我为依靠,我将尽我所能掀开黑暗之幕——光明佑我!'"

念到最后,贾里德打了个喷嚏。

就职仪式结束了,他继续留在理事洞厅,走过场地跟众人一一握手。

洛梅尔是最后一个。他开玩笑般地说:"这下可有好玩儿的了。"尽管这话并不像听上去那么轻松,可这话也没透出更多的意味。他笼在脸上的头发模糊了他的表情,从回声中无法判断他的言下之意。

"我将需要鼎力相助,"贾里德坦诚道,"这可不轻松。"

"我没说这事儿轻松。"洛梅尔心中的嫉妒溢于言表,"当然了,第一个挑战就是完成听询会议。"

尽管就职典礼中断了听询会议,可这跟贾里德无关。那是由长老安排的,他们此时正鱼贯回到了理事洞厅里。这件事情无疑会引发微妙的反应。有那么一会儿,贾里德几乎能听到抽动绊腿索时发出的那种熟悉的窸窣声。

"你有没有想过,"洛梅尔继续说着,还刻意提高了声音,"劫走首席幸存者的那些怪物,就是你在原始世界里听到的那种东西?"

就是这个了——套在他脚踝上的绳套开始收紧。洛梅尔打算提醒所有人,别忘了贾里德曾违反过屏障禁忌。绳子要先松一松,然后才会猛地收紧。他厉声否定道:"我可不知道。"然后跟在最后一个现场证人的后面进了理事洞厅。

一个轻便式投声器设置好了,贾里德在会议石台前找到自己的位置,全神贯注地听着咔咔声,洞室里的众人让声音产生着变化。全体长老各自就座,所有的证人列立一旁。

"我认为咱们要先听听幸存者麦特卡尔夫怎么说,"长老埃弗里曼说,"他将要告诉大家他听到了什么。"

一个身形瘦削、神色紧张的男子走上前来,站到了台子边。明显听得出,他的手指绞在一起不安地扭动着,不住地张开又握住。

"我听到的声音不是十分清晰，"他带着歉意开口道，"我正要从种植园出来，当时听到您和首席幸存者都在大喊。我从你们的叫声所产生的回音中分辨出一些东西。"

"那听上去像什么？"

"我搞不清。那玩意儿的尺寸跟人差不多，我觉得是这样。"

这位证人的脑袋惶恐地晃来晃去。他长发掩面，发绺的摆动让贾里德想起原始世界怪物那不断颤动的肉体。

"你听到它的面孔了吗？"埃弗里曼问道。

"没有。我离得太远了。"

"有没有什么……异常的声音？"

"我没听到什么无声之声，就是其他一些人之前声称听到的那种。"

麦特卡尔夫长发掩面。埃弗里曼也是，还有两个证人也是。而且贾里德记得，这四人中没有一个能感受到那种心灵感应般的无声咆哮。甚至在上层世界里，长发掩面的人也都听不到怪物发出的那种不可思议的、无声的音声。

贾里德清了清喉咙，咽了咽口水，感觉很难受。他不住地咳嗽，不停地揉着脖子，自己以前从未有过这种感觉。

埃弗里曼让这位证人退下，又叫上来一位。

这会儿，听询会议已经连续进行了两个时段，有些令人乏味了。说到底，证人无非就是两种情况——听到那种超自然声音的，和没听到的。

更重要的是，就目前的进展而言，贾里德的内心越来越动摇。他不再那么确信，那种怪物一定就是对他违反屏障禁忌的惩罚。那种可怖的威吓并没有随着他虔诚的赎罪而结束，这也许只意味着两种情况：要么光明士不会接受任何忏悔；要么，干脆就直说吧，并非是因为他前往原始世界才激怒了怪物。

然后，第三种可能性悄然浮现出来：假设他对于光明和黑暗的看法没错，那些都是实实在在的事物。假设，在他追寻这两者的过程中，他几乎就要解开一个极为重要的事实了。再假设，那种怪物，假定它们不愿让他成功，并且意识到他距离真相已经非常接近……那么，难道它们不会尽其所能地前来阻挠他吗？

他猛地打了个大喷嚏，脑瓜都被震得往后甩去，这让埃弗里曼责怪地住了声，他的问题正问到一半。

这位证人是一个少年，他的那股兴奋劲儿无疑表明他听到了那种难以解释的声音。

"那么你如何描述这种……感觉？"长老埃弗里曼补完了问题。

"那就像是无数疯狂的喊叫声持续不断地轰在我的脸上。当我用手捂住耳朵，还是一直都能听到。"

这个孩子的脑袋已经转向了埃弗里曼，贾里德听不到他的面部细节。但是突然之间他心头一震——他应该去确认一下这个男孩的面部特征！于是他绕过台子，抓住男孩的双肩一转，让他的面孔全然暴露在轻便式投声器之下。

正如他所预料——这个孩子大睁着双眼！

"你有什么要说的吗？"埃弗里曼问道，由于询问被打断，他的脸上流露出十分的不满。

"不……没什么。"贾里德回到了自己的座位。

那个男孩是喜欢睁眼的那种类型。贾里德自己也是常常睁眼的。还有三个证人也是一样。而他们这些人全都感受到了那种奇怪的感观！

是否就跟自己曾经猜测的一样——寂静之声可能以某种方式与眼睛产生关联？只要眼睛是睁开的，就能感受得到？现在，他回想起自己的眼睛在光明觉醒仪式上的反应有多么怪异了。古怪的环状噪音似乎清晰地在他眼皮里面舞动，不是吗？

但这一切又蕴藏着何种意义呢？如果眼睛是为了感受光明而存在的，为何它们又能感受到怪物的邪恶？这灵光乍现的念头令他既兴奋又迷茫，与此同时又有些懊恼，因为这灵感目前得不到任何答案。

既然在神与魔之间，眼睛似乎是一个相通的因素，他十分不安地自问：光明是否会以某种邪恶的方式与怪物勾结在一起？

嘿！他心中又开始亵渎神明啦，他暗自预备着再次迎接无上士的怒火。

不过事与愿违，只有长老埃弗里曼问出了一个简单而直接的问题："好吧，贾里德——应该是幸存者大人——你已经听到这些不同的描述了。与你在原始世界所遭遇的怪物相比，他们所说如何？"

他决定要一点小聪明："我不是十分确定我听到过怪物。你们知道，幻觉是会消失的。"让人们把注意力集中到他与那种生物的遭遇上毫无意义。

他也听不出把侵袭上层世界的那种东西告诉人们会有什么好处。

"嗯？怎么？"长老哈弗迪问道，"你是说，你在原始世界没听到有怪物？你去过那里，不是吗？"

贾里德努力清了清喉咙，但喉咙还是难受得要命，"没错，我去过那里。"

"自那以后发生了很多事，"幸存者麦克斯威尔提醒大家，"我们失去了一些热泉，一个怪物劫走了首席幸存者。你是否认为你要为这些不幸受到谴责？"

"不，我不这么认为。"为何要归咎于自己？

"有人认为你应该受到谴责。"埃弗里曼不自然地说。

贾里德一下子蹦了起来，"如果这是要将我撤……"

"坐下，孩子。"麦克斯威尔赶忙说道，"长老埃弗里曼是说，尽管我们不得不让你成为首席幸存者，但如果我们认为这是最好的选择，那就没什么能让我们将你撤职。"

"问题是，"哈弗迪又道，"到底是不是你引发了这一切？"

"当然不是我！最早那三口热泉干涸的时候，我还不曾越过屏障呢！"

一阵沉思，台子周围悄然无声。不过，贾里德冲口而出的这句话让他自己比其他任何人都更为吃惊。一个想法如洪水激流般涌了出来，他有了一种顿悟感。

"你们不明白吗？"他紧张地倾身依靠在台面上，让轻便式投声器将他脸上的真挚清晰地投射给每个人。"现在所发生的事情，不可能是因为我越过屏障！上层世界也正经历同样的麻烦！他们失去了一些沸腾井，在我前往原始世界之前，他们的一个幸存者早就失踪了！"

"如果你早一点把这事儿告诉我们，"埃弗里曼挖苦道，"我们或许还能相信这些。"

"之前我没有意识到，自己是在那些事情发生后越过屏障的。而且，如果我真的告诉你们这些事情，你们只会更加认定我要受到谴责。"

"嗯？"哈弗迪插口道，"我们怎么知道你所说的上层世界也有麻烦是真的呢？"

"让官方鼠从去问问好了，等他们带我回到上面去的时候。"

贾里德感觉自己就像是从深陷辐射的境地脱了身的幸存者。他已经挣脱了迷信的枷锁，那种迷信本会让恐惧的阴影笼罩他的余生。

219

他的解脱感漫无边际地弥散开来——他前往原始世界追寻黑暗与光明的旅行，并没有令无上士的权威受到贬损，招致报复。知道了这一点，意味着那种探索无须如此急迫地终止。当然，他也不必像自己曾经计划的那样，迫切地致力于此——因为他目前身负首席幸存者的重任，而且联姻之事还悬而未决。不过，至少他迟早还能继续探索下去。

那团压抑了他许多时段的郁郁之气被这股新生的激情消融了。若不是他的喉咙又有些不爽，他准会高声大叫起来。

他打了个嚏喷，脑袋一跳一跳地疼。

没一会儿，长老麦克斯威尔也打起了喷嚏，然后抽了抽鼻子。

猛然间，外面的世界一阵骚动，贾里德捕捉到一丝怪物的恶臭，立刻紧张起来。

有人冲进洞厅安慰众人说："别紧张这股气味，"是洛梅尔的声音，"这是我手里的东西散发出来的——是怪物劫走首席幸存者时丢下的。"

轻便式投声器在他哥哥手里那件东西上产生的回音让贾里德一惊。那正是他埋在通道里的那块布。洛梅尔正在收紧绊腿索。贾里德静候着他把自己拽倒的那一下。

长老们花了些时间研究这块散发着臭气的东西，麦克斯威尔问道："你从哪儿弄到这东西的？"

"我听到贾里德把它藏起来了。我就把它挖了出来。"

"他为什么会做那样的事情？"

"问他啰。"但不等麦克斯威尔开口，洛梅尔又说，"我想他是在给怪物打掩护。可别误会。贾里德确实是我弟弟，但底层世界的利益是第一位的。因此我才会揭露这个阴谋。"

"太荒谬了……"贾里德嚷道。

"嗯？什么？"哈弗迪插口道，"阴谋？什么阴谋？你弟弟为什么要跟怪物同谋？他怎么会跟它一路？"

"他曾经偷偷溜出去，到原始世界跟它碰面了，不是吗？"

回音只勾勒出垂在洛梅尔脸上的头发，但贾里德知道这层面纱下面隐藏着笑容。早些年间，每一次绊腿索的花招得逞之后，洛梅尔就总是那样一副笑容。

"我藏起那块布，"他开口说道，"是因为……"

但是哈弗迪正执着地接着问:"他跟怪物共谋又能得到什么?"

绊腿索还要再拽一下。"他现在成为首席幸存者了,不是吗?"洛梅尔笑着提醒大家。

贾里德扑了出去,但是两位长老止住了他的势头。"这个样子发作,"埃弗里曼恳切地说,"只会让指控显得更加合理。"

贾里德在台子前面放松下来。"我藏起那块布,是因为我想过些时候再去研究它。在我尚未弄清楚答案之前——就是目前我被逼着作答的这些答案——我不能就那样把它带进我们的世界。"

"这解释很合理。"埃弗里曼喃喃道,"那么,这东西又跟怪物的阴谋有什么关系?"

"如果怪物绑架了一个炁刺者,你还会说我能从中得到什么吗?"

"对你个人来讲,不会。"

他告诉了他们上层世界被两个怪物入侵的事情。

"那你之前为何什么都没说?"待他讲完之后,埃弗里曼有些愤愤不平地问。

"同样的理由——那时候我尚未意识到这一切并非我的责任。"

过了一会儿,麦克斯威尔警告他道:"我们必须核查一下炁刺者被怪物劫走的事情。"

"如果你们发现我在撒谎,尽可以判处我去惩戒井,多久都行。"

埃弗里曼站起身来,"我想,这次听询会已经占用了这个时段太久的时间。"

"听询会?真是没事找事!"贾里德诅咒道,"咱们可不能坐视不理,当务之急是出发去找首席幸存者!"

"现在别急,"哈弗迪安抚他道,"我们可不想鲁莽行事。我们要对付的可能就是钴魔和锶魔。"

"你不去找它,它也还是会回来找你的!"

"我们已经安排卫士严密把守入口了,还有卫道者进行驱魔,你大可放心。"

这就是盲目迷信导致的愚蠢。但贾里德心中想的,却是他无力使他们摆脱这种桎梏。

这个时段晚些时候,他回到了芬顿洞厅忙活一个方案——在幸存者和牲畜之间重新分配剩余的吗哪果。他弓身在沙箱上,把书写区抹平,用他的尖笔重新写起来。但是一个大喷嚏把沙面又给扫平了,他恼怒地把笔扔到一边。

他把箱子推到一旁,把头搁在了台面上。不单单因为鼻子总是抽个不停让他静不下心,他还感到自己的脑袋有些热烘烘的直冒汗,昏昏沉沉。他以前发过烧,但不像这样。他也没听说曾经有人得过这样的病。

他让自己的思绪远离身体上的不适,转而去思考那仍然让他难以置信的问题——还没有神灵挡在他探寻光明的路途上,这让他感到愉快而舒畅。怪物对于他追寻光明与黑暗十分不满。但是他可以对它们加以防御——如果他能找到办法,避过怪物那种让人昏睡的力量。

还有件事也很吊人胃口,怎么似乎每件事都趋向于某种复杂而难解的模式呢?而且其中又交织着许多看似具象却又缥缈的东西。眼睛与光明之间究竟有着什么样的隐秘关系?光明与黑暗,黑暗与原始世界,原始世界与辐射之间,又有着怎样的联系?这关联显然涉及双生魔,然后,绕了一大圈,又回到了眼睛与光明和黑暗之间的关系上。

他发现自己又回忆起了赛卢斯,那个思考者,他终日在世界另一头、他自己的那个洞厅里冥想。他记起在几个孕育期之前,他听到那位老人发表了某种关于黑暗的新颖解读。也许就是那些哲学性解读提出了寻觅黑暗——还有光明——是首当其冲的要事。贾里德知道,自己必须再跟思考者谈谈,越快越好。

门帘一分,玛尼进来了,幸存者新成员之一。

"这才首席了多大一会儿啊,"他责怪似的说道,"你就给自己整出这么一大堆麻烦来——在长老面前胡言乱语一通,还说要追踪怪物。"

贾里德笑了,"我猜我应该管好自己这张嘴。"

玛尼走到他身边,一屁股坐在台子上,又打了个嚏喷,"卫道者听到这事儿后可是大发雷霆。他说现在自己十分确信,洛梅尔才是更好的首席人选。"

"在我搞明白热泉危机的来龙去脉之后,我会让他心服口服的。"

"他认定,你在听询会议中的一举一动都证实你并没有想要赎罪。他预言说，这个世界将会更加不幸。"

仿佛在暗示着卫道者菲拉的预言将要应验，哀伤的声音已经透过隔帘传了进来。

贾里德猛地冲到门外，拦住一个跑过的人："怎么一下子这么乱？"

"河流！河流正在干涸！"

甚至还没等他跑到岸边，中央投声器的敲击声便已将形势描绘得清清楚楚：河流的水位远低于正常水平，使得液体表面轻柔的反射声完全隐没在了空荡荡的河道所产生的回声之中。只有那些以前从未露出过水面的岩石周围，传来微弱的汩汩声。

主入口方向传来一声凄厉的惨叫，贾里德脚下不停，赶忙转过方向。

中央投声器正在他背后，他对于前方的情形有了更清晰的了解。把守在通道口的卫士已经乱成了一团。

"怪物！怪物！"有人在那边不住地喊着。

与此同时，整个隧道里猛然响起了怪物那种寂静之声的轰鸣，贾里德赶忙稳住心神。他感受到的那种感观就像是福祉降身之感又被增强了一千倍。但是没有一丁点儿他在光明觉醒仪式中产生的那种模糊的、一圈一圈的无声之声浮现在他的眼球上。相反，那种刺耳的寂静倒像是一种孤立的、与人无关的事物——与他自己身体的任何部分都不相干，只与隧道口遥相呼应。

还不止于此。无声之声倾泻了出来，很像是真正的声音，漫散到许多事物上——穹顶、他右侧的墙壁、入口旁边悬垂的钟乳石。

重新迈步向前的时候，他将双手挡在了面前。那缥缈的福祉之感的轰鸣立刻离他而去。那么，这足以证实一点：确实是怪物发出的那种怪异的东西，让他的眼睛遭受了诡异的压力。

他不再理会混乱的感观，而是集中精神听着前方的回声。入口处没有怪物。几次心跳之前还在那儿的那个怪物不在了，只有气味还在萦绕。而且他的耳朵分辨出隧道的地面上有管状的东西。即便离得还远，他也能听出那东西跟黛拉在上层世界发现的那个很相像。

就在他到达入口处的时候，一名卫士举起一块石头，朝着那根管子冲了过去。

"不！别砸！"贾里德大喊一声。

卫兵已然抛出了石头。

贾里德放开手,让眼睛重新裸露出来,他弯腰去摸那东西的残骸。它很温热,他拿起那东西晃了晃,哐啷啷一阵作响。

他也注意到,那种刺耳的寂静无迹可寻了。

第七章

赛卢斯一人独居,日常所需都由底层世界那些寡居的女人侍奉,他的时间大都用来冥想。不过在有机会开口的时候,他的舌头总会不知疲倦地长篇大论。

比如现在,思考者正在高谈阔论,似乎要同时阐明所有的问题:

"贾里德·芬顿。首席幸存者贾里德·芬顿,用心听!现在回忆一下另一时期——就像我们在几个孕育期之前那样。"

贾里德坐在他旁边的凳子上,不耐烦地扭动着身子,"我想要问问……"

"但是,我恐怕你将要面临的问题——流失的热泉和那些在通道里横行的怪物——十分棘手。针对正在干涸的河流,你决定好要怎么做了吗?还有,昨日时段怪物丢下的那件东西,你认为那是什么?"

"对我来说那个似乎……"

"且慢!我要先自己想出些眉目来。"

贾里德巴不得能有片刻的安静,好让他昏昏沉沉的脑袋轻松些。每次咳嗽的时候,他都觉得自己的脑袋瓜好像被劈开的吗哪果壳一样要炸裂了。他以前发过烧——比如被一只蜘蛛咬过之后,但他从未有过现在这样的感觉。

赛卢斯的洞厅口垂着厚厚的幕帘,隔绝了世界的大部分声音。但是这个洞窟太小了,贾里德轻而易举就能从自己话语的回音中,听出这位思考者的面容变化。

这位老人一生中从不曾让长发垂在脸上遮蔽面容。而如今他应该暗自庆幸,因为现在他已经完全秃顶了。为了让双眼保持紧闭,他的面部肌肉终其一生都紧紧绷着,这让他脸上的皱纹刻画得极深。

"我在考虑一种可能性,"赛卢斯开口道,解释着自己刚刚的沉默,"那怪物会不会是特意在入口处留下那件东西的？我确信如此。你怎么想？"

"我也是这样想的。"

"那你觉得它的目的是什么？"

贾里德听到热切而真挚的光明祷歌从重生大典的仪式上传遍整个世界，又听到即将护送他去上层世界的官方扈从等在外面，正说着什么。

"那正是我想要跟你谈的一件事，"他最终说道，"请跟我说说……关于黑暗的事情。"

"黑暗？"传来的声音显示，赛卢斯用拇指和食指捏住了下巴，"我们谈论过不少了，对吗？你还想要知道什么？"

"是否有那么一种可能性，黑暗与……"贾里德犹豫了一下，"与眼睛有某种关联？"

过了几个心跳的时间，对方才开口说："我听不出这两者有什么关系……黑暗和眼睛的关系，相较于黑暗与膝盖或是黑暗与小指头的关系，并没有什么不同。你怎么这样问？"

"我隐隐约约地觉得，这答案似乎通往接近光明的道路。"

赛卢斯思量着这个想法，"根据经文所说，光明无上士——无限的美好啊，而那黑暗——藏着无限的邪恶。二者相互对立，却又密不可分：没有一方，你便无法得到另一方；若是没了黑暗，光明就将无处不在。是的，我认为你可以把二者称作是一种消极对立的关系。但是，我听不出眼睛在这错综复杂的关系之中处于什么位置。"

贾里德一阵咳嗽。他站起来晃晃身子，与发烧带来的晕眩做着抗争，"你有没有感受过福祉之感？"

"光明觉醒仪式上那种？感受过。很多孕育期之前了。"

"嗯，在福祉中，你感受到的应该就是光明。而如果光明的存在所依靠的是一种与黑暗的存在相对立的方式，那么眼睛就必然也能够用来感受黑暗了。"

贾里德听着对方揉搓自己的面颊，陷入深深的思考。"听着合乎逻辑。"思考者承认道。

"如果有一个人找到了黑暗，那你是否认为他也可能发现了……"

但赛卢斯并不会压抑自己那正在喷薄而出的想法："如果我们要将黑暗当成一种具有实际意义的物质概念来谈论，那就要问问自己：黑暗是什么？

我们发现它可能——现在注意听着,我是说可能,因为这只是一个想法——可能是一种广泛存在的媒介物。这就意味着,它存在于所有的地方——在我们周围的空气里,在通道里,在无尽的岩石与泥土之中。"

贾里德的发烧突然变成了寒战,但他始终聚精会神地听着。

"第二点,"赛卢斯继续说着,第二根竖起的手指反射着他的声音,"如果它是如此的广泛,无处不在,那它一定是无法由我们的感官所察觉出来的。"

贾里德失望地瘫坐在凳子上。如果思考者是正确的,那他就永远别指望找到黑暗了。"那它究竟为何会存在呢?"

"它也许是声音传播的媒介物。"

两人一时间沉默不语。

"不,贾里德,我看你就别指望能在这个宇宙中寻找到黑暗了。"

贾里德又迫不及待地问道:"那在无限之外,黑暗会缺失一些吗?"

"如果你的心里装着我们所称的那个天堂,那我们就不必将黑暗当成一种物质性的媒介物了。在这种情况下,我要说——没错,天堂里肯定缺失黑暗,因为天堂充满光明。"

"那你对天堂是怎么想的?"

思考者大笑起来,"如果你对经文稍微听上几耳朵,你就必然会承认,天堂确实是妙不可言。在天堂里,人类的日子也过得好似神灵那般。那里存在着无处不在的光明,就算是没有气味或是音声,也能知道前方有什么东西。我们也不必去感触事物,就好像我们所有的感官汇集成了独一的感官,可以投射出比最强大的声音所能勾画出的距离还要遥远无数倍的事物。"

贾里德坐在那里,思忖着这次拜访赛卢斯的结果真是让人泄气。他对于光明的追寻,甚至没有得到一点点的动力。

"你的扈从等着呢。"思考者提醒他。

"我还有个问题:你怎么解释光明觉醒仪式?"

"我不知道。那也让我感到困惑。光明士肯定知道我为此冥思了多少个日日夜夜。不过我的确有个想法:福祉之感可能是某种很寻常的身体机能。"

"什么样的机能?"

"闭上你的眼睛——使劲闭紧。现在——你听到什么了?"

"我的耳朵里有一种咆哮般的噪音。"

"很好。现在,假设我们历经许多世代,不得不生活在一个没有声音的地方。活着的人什么声音都不曾听见过,不过,也许有关于声音的传说,一代代流传了下来——通过某种触摸式的语言,姑且这么说吧。"

"我听不懂这……"

"你需要调动一下想象力。想想看吧,如果在这个时候出现了一种聆听觉醒仪式的福祉——先要你绷紧面部肌肉,然后,有那么一位卫道者会揉搓着你的脸,指引你去感受伟大的声音无上士……

贾里德兴奋地站了起来,"在福祉之感中我们所感受到的那些舞动成环状的寂静之声……你是说,它们可能与某种人们曾经用眼睛感受到的东西有关?"

他清楚地捕捉到赛卢斯耸了耸肩,思考者继续说道:"我可没这么说。我只是陈述了一种理论。"

老人陷入沉思,呼吸随即变得舒缓起来。

贾里德走向幕帘,走到半路又停下脚步听了听身后思考者的方向。很久以前,他坚信自己会在原始世界找到黑暗的缺失,并且探清它的真面目。但是赛卢斯早已总结出,黑暗是一种广泛存在的媒介物,而且无法被感知。

可是,难道就没有那么一种可能吗?存在一种相互抵消的效果,使得光明能够——能够抹除掉一些黑暗?而如果有那么一个足够幸运的人,听到这种抵消确实发生了,也许他就能得到一些关于光明与黑暗二者属性的线索?

一个更为重要的问题随即击中了他:赛卢斯说,天堂里光明无上士的存在会让人类"就算没有气味或是音声,也能知道前方有什么东西"!

难道那不正是炁刺者所能做到的吗?炁刺者是否享有着某种与光明之间非同寻常的联系?没准儿,这种关系就连他们自己都无知无识?

他已经感悟到在光明、黑暗、眼睛、原始世界以及双生魔之间有一种内在的关联性。而现在,似乎有必要将炁刺者也纳入其中。因为只要他们在炁刺,他们周围就总是要缺失些什么东西,才有助于炁刺——就好像一个正常人听到声音的时候,需要缺失安静一样。而这种缺失,以炁刺者为例,也许就是他正在寻觅的那种缺失——黑暗的缺失!

回想起黛拉就是一个炁刺者,他突然极其渴望返回上层世界,好让自己能仔细地听听她,也许会听到在她炁刺的时候,她的周围有什么是缺失的。

贾里德掀起隔帘。

"再会了，孩子——祝你好运。"赛卢斯说着，打了个嚏喷。

在抵达上层世界入口前的最后一个转弯处那里，贾里德遣走了他的扈从。没有必要让他们陪他等候带路人，因为必然有人会在此等着他。

某种程度上，他很高兴自己摆脱了那些人——那位队长，一直絮絮叨叨地抱怨着喉咙难受，一位队员也不住地咳嗽，让他连叩石的声音都听不清了。

除此之外，那些没有抱怨身体不舒服的人，也总是疑神疑鬼地认为自己闻到了怪物的气味。贾里德自己反正是什么都没闻到——就他鼻子的糟糕状况而言，也不可能闻到。他也听不到什么声音，因为脑袋一直昏昏沉沉的，搞得他耳朵都不灵光了。

他又打了一个寒战，随即将叩石叩响到最大的声音。他跌跌撞撞顺着通道走了下去，内心深处希望这通道是去往医护厅，而不是去宣布什么联姻意向。

他转过一个大弯，停下脚步，听了听前面。上边那里有清脆的动静——岩石堆上不断被摞上石头，有条不紊，但速度很快。有人声——两个男人用绝望的声调咕哝着，正以光明无上士之名发愿祈祷。

他将手中的石头叩得更加急促，听着咔咔的回声投射在那两人身上。他们来来回回地搬运着岩石，并将其堆砌在紧靠上层世界入口一侧的墙壁上。

然后，他意识到自己又听到了寂静之声——就在那两人前面！它就附着在墙上！

一小团凝结不动的回声似乎粘在了那里，那两人正心惊肉跳地想用石头将它埋起来。其中一人这才听到贾里德的存在，他顿时吓得大叫起来，接着一转身往世界里面逃去。

"只是芬顿罢了——从底层世界来的！"另一个人喊道。

但听得出，那个人并不打算回来。

贾里德向前迈了几步，又退了回来，心中有些惊慌。他再次确信，那刺耳的寂静之声并不是透过他的耳朵传来的，而确确实实是自己用眼睛听到（如果这么说没错的话）！他把头转向一旁，更加证实了这一点；一转头，就立刻感受不到它的存在了。

他把头再次转回来的时候，那一团无声的噪音却突然消失了——完全消失了。他听到那个人把最后一块岩石垒到石碓墙壁上，从而建成了一道完整的回音屏障，而这一步似乎正是一切的关键。

"你最好进来点儿。"那人警告他说，"别等着怪物再回来。"

"出什么事了？"

他说话的回音映出那人伸出一只不住颤抖的手在汗津津的脸上抹了一把，"怪物这次没劫走任何人。它只是待在外面拿什么东西抹墙，用这个……"

他尖叫了一声，使劲晃了晃脑袋，然后一头扎进通道里跑走了，嘴里还呜咽着："光明无上士啊！"

贾里德清楚地知道那人是在怕什么。他的手掌上满是那正在咆哮的寂静之声！

他好奇地走上岩石堆。一阵咳嗽适时地提醒了他，自己病得有多厉害。于是，他磕磕绊绊地进入了上层世界。

这次入口处没有人接他，他便借助中央投声器自己循着路去了舵手的洞厅。他找到舵手的时候，安塞尔姆正在隔帘后边来回踱着步子，不停地自言自语，声音冷峻，神情紧张。

"进来，我的孩子……应该说首席幸存者。"舵手邀请道，"真希望我能说很高兴你回来。"

他随即转身继续踱步，贾里德没精打采地一屁股坐在凳子上。他用双手捂住了发烫的脸蛋。

"我听说了你父亲的事情，真是遗憾，我的孩子。传信官带来消息的时候，我极为震惊。自打你走后，我们已经有三个人被怪物劫走了。"

"我回来，"贾里德有气无力地说，"是要宣布联姻……"

"联姻意向……你这是什么鬼话！"安塞尔姆双手扶在后腰上对贾里德脱口而出道，"现在都这个时候了，你心里还想着联姻？"

不等贾里德开口，他又说道："抱歉，我的孩子。但我们现在危机重重……怪物到处乱窜，热泉干涸。昨日时段又有五口热泉烧干了。我猜你们也有同样的麻烦。"

贾里德点点头，并不特别在意舵手是否听到了。

安塞尔姆又咕哝了一阵，然后说："联姻！传信官难道没告诉你吗？我已经决定推迟所有的事务，直到我们能把眼前的麻烦弄出点眉目来。"

"我没听到传信官过来啊。他在哪儿？"

"这个时段早些时候我打发他过去的。"

坐在凳子上的贾里德身子一软，他的身体就像一口躁动的温泉般沸腾着。传信官已经出发了，但并没有到达底层世界。而且他们在路上也没碰到过他。而这件事唯一的线索，是那几个官方扈从——至少是那几个鼻子好使的——说过，通道里有怪物的气味。

他的肺在一阵剧烈的咳嗽中抽搐着，等咳完了，他才察觉到谏官已经进入了洞厅，正站在他旁边紧张地听着他。

"好了，芬顿，"洛伦兹直截了当地说，"你对于怪物的种种是怎么想的？"

贾里德又打了个寒战，"我不知道。"

"我把我的想法告诉了舵手：炁刺者又玩起了他们的老把戏。他们如今不仅将幸存者抓走做奴隶，而且还勾结双生魔来达到他们的目的。"

"可我觉得这太荒谬了。"安塞尔姆插话道，"我们甚至听到怪物劫走了一个炁刺者。"

"我们又怎么知道，那是不是他们故意让我们听到的？"

安塞尔姆哼了一声，"如果炁刺者又开始抓奴隶，他们只要来抓就好了。"

洛伦兹不说话了，但他显然很不服气。显而易见，他始终坚信怪物和炁刺者狼狈为奸。而贾里德能够理解他为什么坚持这么说：谏官不仅要指控他是炁刺者，同时他还要将怪物的存在也一起扣到他的头上。

"我担保黛拉十分想听到你对于联姻的决定，我的孩子。"安塞尔姆拉过谏官的胳膊掀开门帘，"我这就让她来。"

贾里德又咳嗽起来，用不住颤抖的手抹了抹直冒虚汗的额头，打着哆嗦。

不大一会儿，那个姑娘进来了，她背对着隔帘站定，长长吸了口气。

"贾里德！"她关切地惊呼起来，"你滚烫滚烫的！怎么回事？"

他很惊讶，她居然一进洞厅隔着老远就听到他发烧了。但发烧会有热量，而热量正是炁刺者炁刺到的东西，不是吗？

"我不知道。"他勉强说着。

有那么一会儿工夫，他几乎对她就在此处进行炁刺这件事情产生了兴趣。而且现在对他来说，正是一个能近距离听听的好机会，也许他能听出在她炁刺的时候，周遭究竟有什么缺失之物。但一阵突如其来的寒战，让他心力交瘁。

黛拉将身后的隔帘拉好关严，走上前来。他转头一阵咳嗽的时候，她俯身跪在了他跟前，感受着他手臂和脸上的热量。他听到了她充满关切的柔和表情。

但她最终收回了这份关切，提起了另一件显然更加要紧的事情。"贾里德，我十分确定谏官知道你是炁刺者！"她低声说道，"他还没有挑明，但他一直在提醒每一个人，强调你的感官是多么的非同寻常！"

贾里德往前一晃，又勉强稳住身子，浑身颤抖地坐在那里。他的身上虚汗直流，脑袋嗡嗡作响，随即天旋地转。

"你不明白他为什么要让你在热泉中间射靶子吗？"她继续说道，"他心里清楚，过多的热量会对炁刺者有什么影响。他就是要竭尽全力搞清楚你究竟是不是……"

姑娘的话语声渐渐远去，他向前一扑，从凳子上一头栽倒在地。

等他终于醒转过来的时候，嘴里那股霉素的药味儿已经淡下去了，他模模糊糊地回想起来，自己有好几次被迫吞咽了某种糊状物。

他还发觉自己已经半睡半醒地在舵手的洞厅里躺了一整个时段，仁慈女幸存者也一定尽其所能想要进入他的梦呓之中。也许她确实成功了。但他不但记不起她在梦里出现过，就连那些梦他也记不得了。

现在，他只觉得内心十分平静和舒适。他的喉咙重又顺滑了，他的脑袋也退了烧。就算尚未痊愈，他也十分确信自己只剩下力气还没有完全长回来。

渐渐地，他开始意识到洞室另一头有刻意压低的呼吸声，而从呼吸的节奏和深浅判断，那正是黛拉。

在她来回紧张踱步的时候，她大腿和小腿的肌肉因为运动发出了坚定而柔韧的声音——而她那并不平稳的脚步声表明，她内心很不安。她走到隔帘跟前又踱回来。

然后，她突然来到他睡的石铺跟前，开始绝望地摇晃起他来，"贾里德，醒醒啊！"

从她急切的声音里听得出，她已经不止一次这么做过了。

"我醒着呢。"

"哦，感谢光明！"她扎在脑后整整齐齐的头发有几缕垂落下来，拂在她的脸上。她将头发顺到一边,回声勾勒出一张光洁、曼妙的面庞,却忧心忡忡地紧绷着。

"你得赶紧离开这里!"她紧张地低声说,"谏官说服了诺里斯叔叔,他们认定你是炁刺者。他们打算……"

外面的世界不远处传来一些对话声。她猛地转头看向隔帘的时候,贾里德听到微弱的气流盘旋在她的面孔周围,尔后又在她旋回来的脸上打着转。

"他们来了!"她警告道,"也许我们能在他们到这儿之前溜出去!"

他试着起身,但力有未逮,头一晕,又倒在了床上。他突然意识到,这姑娘并没有其他人那种支棱起耳朵耳听八方的习惯,她总是将自己的面孔正对着吸引她注意的东西。也就是说,她并不是用耳朵炁刺的!但是,那样的话,她用什么炁刺?

透过隔帘传进来的话语声越来越清晰了。

谏官说:"我用性命担保,他就是炁刺者!一个如此优秀的射手,居然无法在吗哪园里射中一个简单而静置的靶子。你跟我一样清楚,过多的热量会扰乱炁刺者。"

舵手说:"这似乎可以用来指证他。"

谏官说:"还有,奥布雷是怎么回事?我们派他去掩埋那个怪物丢在外面墙上的寂静之声,可那已经是两时段之前了,他就此没了踪迹。谁是最后听到他的人?"

舵手嘶哑地咳嗽道:"拜伦说当他跑回世界的时候,芬顿还和奥布雷一起留在那里。"

谏官打了个嚏喷,"看吧!如果你还需要更多证据,证明跟怪物同谋的这个芬顿是炁刺者,你还可以拿我们最基本的一段经文来参考。"

舵手点点头,"任何幸存者若是与钻魔或是锶魔结伴,必然患上不治之症。"

他俩小心翼翼地走向洞厅入口。

舵手抽了抽鼻子,"我们拿他怎么办?"

谏官说:"可以把他关在井里一段时间。"他说着又打了个嚏喷,"既然是炁刺者,把他当人质还是有些价值的,这毫无疑问。"

当他们掀开门帘的时候,贾里德听到有几名全副武装的卫士在洞厅外值守。

舵手安塞尔姆进来站在了贾里德身边,把黛拉挤到了一旁,"他有没有清醒的迹象?"

"他不是炁刺者!"她辩解道,"你们别动他!"

贾里德听到她的脸转过去正对着舵手。他又一次捕捉到她伸手把头发从额头处扫到一旁的动作——是为了不让头发挡住眼睛,确实如此。

他又想起了一件事,就在她将怪物丢下的那个管状物交给他前,她把它举起来,放在了与脸平齐的高度。

她是用眼睛炁刺的!

安塞尔姆抓住他的胳膊使劲晃了晃,"好了……从铺上起来!我们听得出你醒了!"

贾里德虚弱无力地伸脚下了地。洛伦兹抓住他另一条手臂,但他挣脱开了。

"卫士!"谏官赶紧喊叫起来。

卫兵立刻闯了进来。

第八章

　　尽管贾里德并没有往坏处想,可上层世界的惩戒井确实比他之前待过的那个恶劣多了。对于犯下过错的人来说,他想不出还有什么更可怕的刑罚了。作为关押之地,这里无处可逃。他睡的这块突岩位于井下距离地面足有两个身长那么深的地方。而且这块突岩要比他的肩膀窄许多,他的一只手臂和一条腿只能悬在空中。

　　用绳子吊下来之后,他半点儿也不敢动弹,一动不动地在这里躺了几百次心跳的时间——直到四肢麻木。然后,他小心翼翼地掏出一块叩石丢进洞里。它一直下落——下落——下落。过了很多次呼吸之后,就在他几乎已经放弃去听那声撞击的时候,下面才传来极其微弱的一声"扑通",他有生以来还从没听到过这么微弱的落水声。

　　远远地,传来了这个时段人们晚时的活动声——孩子们正在他们认知世界的课程结束后到处玩耍,有人正在用餐,吗哪果壳刮擦着台面,还有断断续续的咳嗽声传来。

　　最后,中央投声器关闭了,进入了睡眠时段。又过了些时候,黛拉来了。她用一根细绳索垂下一个装满食物的果壳,然后把头探出井口边缘。

　　"我就要说服诺里斯叔叔你不可能是冤刺者了,"她语带失望地小声说,"偏偏这场流行病又把他惹翻了。"

　　"打喷嚏和咳嗽?"

　　她不住点头,让话语声产生了波动:"他们应该服用霉素,就像我们那样。可是,洛伦兹告诉大伙儿那对辐射病没用。"

　　一阵沉默。他用吗哪果壳敲了敲井壁。借着清脆的回音,他很快拼凑出了姑娘的形象。此时,听到她的一颦一笑,他心中倍添了几分喜欢。

　　总体轮廓柔和而充满自信。她的秀发从额头向后梳得很光滑,反射出令人愉悦的声音，也映衬出她的面孔多么光洁、多么娇嫩。莫名地，贾里德觉得她就如同当初在钟乳石上敲击的乐曲一样清爽明快。他现在完全听得出，她有多么盼望这门联姻了。

他拿起一只剥了壳的螯虾送往嘴边，当意识到她现在就在炁刺的时候，又立即停了下来。他抓起碗碰了碰岩石，发出更多回音。他听到她的脸一动不动正对着他。他几乎能感觉到她的眼睛绷得紧紧的，一眨不眨。

不，现在还不是时候，去关心在她炁刺时周围到底有什么事情正在发生。何况自己摇摇欲坠地悬在这里，就算有什么东西缺失，他也是无法察觉到的。

不过，他此时还是捕捉到了一个越来越清晰的事实：既然黑暗和光明都与眼睛有着千丝万缕的联系——也许特别是与炁刺者的眼睛有联系——那么，他正在寻找的缺失之物，无疑是会对眼睛造成一种极易察觉的影响的东西。

等等！的确有那么个东西——在舵手洞厅里的时候，黛拉曾弯下腰想要将他晃醒。当时有几缕头发垂在她的脸上，而她将头发撩到一边时，不就是让她的头发在眼睛前缺失了吗？

真让人泄气。他一下子委顿下来。不——黑暗不可能是像头发那么简单的东西。这太讽刺了——他一直在找的竟是自己一辈子都心知肚明的东西。不管怎样，赛卢斯说过，黑暗是广泛存在的，是无处不在的。那就意味着，他必须要去听一个更为广阔的领域，而且要在这个姑娘的身边聆听。

"贾里德，"她犹犹豫豫地说，"你并不是……我是说你和怪物不是……"

"我跟它们没什么关系。"

她松了口气，"你是从……炁刺者世界来的吗？"

"不是。我从没去过那里。"

话语的回音显示出她的神色有些沮丧。

"那你这辈子一直都在隐藏你是炁刺者这个事实——就跟我一样。"她同情地说。

他自觉没有必要挫伤她的信心，"这可不容易啊。"

"没错，太不容易了。知道自己有多么出类拔萃的本领，但是每走一步都还要仔细倾听，好让别人察觉不到你的身份。"

"我倒是做得很完美——太完美了，我猜是的。否则我不会到现在才被放到这下面来了。"

插画/刘鹏博

他听到她的手顺着井壁伸下来,仿佛想要触摸他,"哦,贾里德!这对你是不是意义重大——发现自己并不孤单?我从没想过还有别人也会度过这么多个可怕的孕育期,恐惧着我所恐惧的,忧虑着真相会被揭穿。"

他能感受得到她对于自己的那种亲近感,而她的孤寂又是多么需要宣泄和呐喊。而且他也感觉到自己的心正向着她紧紧靠去,尽管他并不是一个需要得到这种情感慰藉的氽刺者。

她动情地继续说着:"我不明白,你为何不早早地就去寻找氽刺者的世界?要是我的话,就会那么做。但我总是害怕找不到,害怕会在通道里迷失方向。"

"我也想去那里。"他撒谎道。显然,只要顺着她来,就能假装成氽刺者。"不过我对底层世界负有责任。"

"没错,我知道。"

"我听不出……应该说,我氽刺不出,你为什么不在他们某次侵袭的时候跟他们一起跑掉?"他说。

"喔,我不能那么做。要是我过去了,而氽刺者不带我走呢?那样的话,所有人都会知道我是什么人了。我会被当成一个异类!"

她起身站直,低头朝井里氽刺去。

"你要走了吗?"他问。

"我总得想些什么办法来帮你。"

"他们打算把我关多久?"他想要换个姿势,但费了半天劲儿,竟险些让自己滑出突岩边缘。

"直到怪物回来。诺里斯叔叔打算让它们知道,我们有你这么个人质在手。"

听着她远去的脚步声,他着迷地胡思乱想起来,和这位姑娘在一起,整个事情到底会朝着怎样的方向发展呢?哪怕光明和黑暗的真相仍然深藏不露,他至少可以了解一些氽刺者所擅长的、那种让人好奇的有趣本领。

睡到一半,贾里德的肌肉又酸又痛。他费了好大的力气,终于设法坐起来换了个姿势。他在岩石上磕了磕吗哪果壳,聆听着。这洞并不大,他估摸着跨度大约有两个身长。除了他栖身的这块岩石凸出墙外,他听到墙面异常平整,根本别指望有裂缝和凸起让人能爬出去。

他蜷起一只膝盖抵在胸口上,再将这只脚抵在岩架上,然后张开双臂,同整个后背一起紧贴光滑的墙壁，一点点地往上挪，设法直起身子站起来。之后，他又慢慢转了个身，将胸口贴在岩壁上。

他把手举过头顶，打了几声响指。陡然下降的音场告诉他，井口边缘距离他伸出的手至少还有一臂远。

他保持这个姿势过了几百次心跳，然后听到上边一阵大乱，仿佛所有的辐射在一瞬间倾泻而出。而在此之前，那里始终只有沉入睡眠的世界里再寻常不过的声音，偶尔有几声咳嗽打破这份寂静。

然后，随着一个卫士惊恐的叫喊声："怪物！怪物！"整个世界立时人声鼎沸。

嘶哑的呼喊声、尖叫声、人们乱作一团、四下逃窜的声音，一股脑儿地灌进了惩戒井。

贾里德脑袋向后一仰，差点失去平衡，紧接着，他意识到上方的井口布满了寂静之声。然而，与福祉之感的体验不同，这时候怪物散发出的那种诡异的东西只是一个圆形，而且那东西似乎并没有真正触及他的眼睛。更确切地说，那东西的尺寸和形状，与他之前在上层世界入口处所感受到的声影完全一致。

他摇摇晃晃地站在岩架上，伸出手臂保持着平衡。当听到有人朝他的方向跑来，他又赶忙将脸紧贴在岩石上站定。

紧接着，贾里德认出谏官的声音穿过半个世界远远地传来："你到达惩罚井了吗，赛德勒？"

赛德勒在井口上方停下了脚步，大声吼道："我到了！"他用长矛砰砰地击打着岩壁，探查着下方突岩上贾里德的情况。

之后，又响起了舵手向着怪物的挑衅声音："我们已经捉住芬顿了！我们知道他跟你们是一伙儿的！滚回去！否则我们就杀了他！"

又是一波惊叫声，表明怪物压根儿没有理会安塞尔姆的威胁。

"好吧，赛德勒，"洛伦兹吼道，"让他沉底！"

长矛尖擦过贾里德的肩膀，他痛得一缩，顺着突岩一侧身。长矛又来了，从他的胸口和井壁之间滑过，要把他撬下去。贾里德身子后撤，双臂在空中舞动着保持平衡，拼尽全力不让自己跌进深不可测的深渊。

突然，他挥动的一只手碰到了长矛，于是他一把抓住矛杆，急切地想要把自己拉上去。可是他这拼尽全力的一拽，随之而来的，却是长矛另一端那个人的全部重量。

他只感觉手中的长矛猛然间一松，随即有一股劲风从身边掠过——是赛德勒坠了下去，尖叫声一路不绝于耳。

这件武器的长度跨过惩罚井的口径绰绰有余。他先是将它当成一根探棒，找到了对面墙壁上一个小小的凹洞；随后，他将矛柄卡在那个小坑里，将矛尖支撑在他头顶上方的岩壁上抵住。

与恐慌爆发时一样突然，头顶上的喧哗很快又平息了下来。很显然，入侵者已经达到目的撤退了。

贾里德攀住两边都楔入井壁的长矛，顺着矛杆向上爬去，在摸到井口边缘时用手一撑，便爬了出去。

"贾里德！你脱身了！"

一阵脚步声映出黛拉朝他冲来时断断续续的身影。他听得到在她肩头上挂着绳索，摆来摆去地蹭在她的手臂上发出唰唰声。

他想要确定自己的方位。但到处都残余的喧哗和沮丧的噪音，让他难以确认哪边是通向入口的道路。

黛拉抓住他的手，"我刚刚才找到绳子。"

他索性朝正对着的方向跑了出去。

"不，"她将他拉住，"入口在这边。炁剃到了吗？"

"是的，我现在炁剃到了。"

他稍稍退后一些，让她领先一两步，只随着她拉着他手的力道前进。

"我们要绕个大圈，沿着河走。"她提议说，"也许我们能赶在他们打开中央投声器之前走到通道那里。"

他本来还希望有人能赶紧去打开呢。当然了，他并没有意识到，能为他映出前方障碍的咔咔声，也必然会将他们的行迹暴露给其他人。

他的脚碰到了一块小小的突起，脚下一绊。在姑娘的帮助下，他勉强稳住身子，却只能跛着脚继续走。他努力平复着想要逃跑的焦急心情，尽量去想点儿有用的东西。于是，他回想起了许许多多个孕育期的严格训练，以及自己所收获的一身本事——他曾不得不学会探查心跳的细微节奏，聆听平静的水面之下，一条游鱼搅起的一团微乎其微的水流，甚至去觉察远处一条滑溜溜的蝾螈爬过湿漉漉的石头时，它滑行的声音和发出的气味。

他现在信心十足了。他聆听声音——任何声音，要知道，即便是最微不足道的声音都是有用的。听！黛拉在吸气了，她的喘息突然急促了起来。这表明她正要上一道坡。而轮到他时，他就已经做好了准备。

他聚精会神地听着她的一切。心跳太微弱，派不上用场。而在她携带的物品中，隐隐有东西正发出轻微的撞击声。他吸吸鼻子，嗅到了一丝食物的气味。她身上带了不少吃的，每走一步就会有一块食物在她的行囊里撞来撞去。微弱的、连续的拍击声会有回音，只要他仔细听就行。在整个世界更为汹涌的嘈杂声中，这些回音不值一提，但却足以清晰地勾勒出他面前事物的声影。

现在的他，自信满满。

他们离开河岸，在吗哪种植园后横切而过，几乎就要走到入口了。而这时候，终于有人打开了中央投声器。

他立即捕捉了此前让他颇为不安的那团模糊影像的全貌——一个卫兵刚刚抵达入口开始站岗。

紧接着，那个人就发出了警报："有人要出去！这里有两个人！"

贾里德肩膀一垂往前冲去。他一头撞上那个哨兵，将他撞得七荤八素，翻倒在地。

黛拉紧跟着他跑进了通道里。他让她在前面领头，一直绕过第一个转弯处。然后他取出一对石头，抢到了她前面。

"叩石？"她不解地问道。

"当然了。如果我们遇到来自底层世界的人，他们可能会怀疑我为什么不用叩石。"

"哦，贾里德，我们为什么不……不行。我看不行。"

"你要说什么？"他现在感觉彻底轻松了，石块叩击的熟悉音调把前方所有的阻碍都清晰勾勒出来。

"我是要说，咱们还是去我们的朵刺者世界吧。"

他猛然停住了。朵刺者世界！为什么不呢？如果他正在寻找某种朵刺时所缺失的事物，还有哪里能比一个有许多人都在朵刺的世界更妙的呢？但他能行吗？他能在一个到处都是朵刺者的世界里假装朵刺者吗？而且还都充满了敌意。

"我现在还不能离开底层世界。"最终他决定了。

"我也是这么想的。他们深陷麻烦，不能一走了之。不过等到了某个时段，

241

贾里德——某个时段我们就去那里吧？"

"等到某个时段。"

她紧紧握住了他的手，"贾里德！如果舵手派传信官去底层世界，告诉他们你是个炁荆者怎么办？"

"他们不会……"他停了口。他本来要说他们不会相信的，但是想到卫道者正一门心思激起人们对他的反对情绪，他又有些吃不准了。

等他们走到他的世界之后，他发现入口处根本没有任何卫士把守，这很奇怪。然而中央投声器那清晰稳定的咔咔声显示着有人正站在通道尽头。等他走得更近了，反射来的声影告诉他，那是一个女子的身影，长发掩面。

是泽尔达。

她刚一听到他们来，便动了起来。她紧张地用叩石探查，直到他们进入投声器的声场里。

"你真是挑了个好时候把联姻配偶带回来了。"待认出贾里德之后，她咄咄逼人地说道。

"怎么了？"

"怪物已经又来劫掠过两次了。"她答道，"所以我们现在都不再把守入口。他们抓走了一个卫士。与此同时，卫道者正竭尽全力让整个世界反对你。"

"也许我能在这个时候派上点儿用场。"他有些恼怒了。

"我可不这么想。你不再是首席幸存者了。洛梅尔已经接手。"泽尔达咳嗽了几声，震动的气流吹得长发在她的脸孔前面飞了起来。

他迈步朝着理事洞厅走去。

"等等！"那个姑娘叫道，"这还没完呢，现在每个人都对你怒不可遏。你好好听听，听到了吗？"

他听着居民区的动静。这个世界到处都是咳嗽声。

"他们责怪你带来了这场病魔。"她解释说，"因为他们想起来，你是第一个出现所有这些症状的人。"

"贾里德回来啦！"有人在种植园里叫喊起来。

另一个幸存者听到，在距离更远的地方将这消息很快又传给了第三个人。

不久，便听到有二十来个正在种植园劳作的人聚集在了园子外面这片地方。其他人也都从洞室里蜂拥而出。他们全都朝着入口处聚集而来。

贾里德仔细听着咔咔声的回音，辨出洛梅尔和卫道者菲拉的身形走在最前面。他们身边两侧都由好几名卫士簇拥着。

黛拉焦急地抓住他的胳膊，"也许我们就这么离开会更安全。"

"我们不能让洛梅尔胡闹下去。"

泽尔达发出一阵清脆的笑声，"如果你认为这个世界现在一团糟，那你就等着听听洛梅尔还会怎么折腾吧。"

贾里德在原地站定，等着逼近的众位幸存者上前。如果他打算要说服他们，相信洛梅尔和菲拉只是为了个人的野心对他们加以利用，那一定要有一种充满自信的庄严姿态。

他哥哥在他跟前停了下来，警告说："如果你留在这里，那就要听从我的吩咐。现在我是首席幸存者。"

"长老对此是怎么投票的？"贾里德平静地问。

"他们还没投票呢。但他们会的！"洛梅尔似乎也有些底气不足。他停下来听了听，确认自己仍有众位幸存者的支持，这些人已经在入口处围成了半圆。

"'首席幸存者不可被撤销。'"贾里德高声诵读法律，"'除非进行全面听询。'"

卫道者菲拉迈步上前，"鉴于我们的境况，你已经进行过听询了——在一个比我们任何人都要强大的全能者面前，在伟大的光明无上土本尊面前！"

一个幸存者叫道："你得了辐射病！只有跟钴魔和锶魔打交道的人才会感染这种东西！"

"而且你把它传播给了每一个人！"又一个人喊道，接着一阵咳嗽。

贾里德开始反驳，但旋即被喧嚣声压了下去。

卫道者严厉地说："辐射病只有两种来源：要么是你与双生魔一起干了什么，就像洛梅尔说的那样；要么这疾病便是因为你亵渎光明而遭受的惩罚，而我正是这么怀疑的。"

贾里德发现自己没法冷静下去了，"这不是事实！问问赛卢斯吧，我是不是……"

"昨日时段怪物把赛卢斯劫走了。"

"思考者……不在了？"

黛拉拽了拽他的手臂，低声道："我们最好离开这里，贾里德。"

243

通道里传来叩石声和奔跑的脚步声,他伸出一只耳朵去听谁来了。

从步伐中,他能很清晰地辨出那是一名官方传信官。传信官慢慢停下了脚步,显然他感觉到入口处已经人满为患。他一踌躇,不再叩响手里的石头,而是缓步上前,走进了人群中。

"贾里德·芬顿是氽刺者!"他高声宣布说,"是他把怪物带进了上层世界!"

卫士大都配备着长矛,他们立刻列队围住了贾里德和那个姑娘。

然后有人叫喊起来:"有氽刺者……就在通道里!"

一听到这消息,幸存者大半转身就逃,乱成一团,各自往他们的洞室跑去。与此同时,贾里德嗅到了从通道里飘来的一股气味。有散发着氽刺者世界气味的人正在接近——跌跌撞撞一路走来,跌倒了,爬起来,继续往前走。

混乱中卫士队形一散,距离入口最近的两人将手中的长矛一收。

就在这时,氽刺者磕磕碰碰走进了中央投声器的声场里,一下子扑倒在地上。

"等等!"贾里德喊起来,纵身扑向那两个正要抛出长矛的卫士。

黛拉大叫着:"只是个小孩子!"

贾里德朝那个小女孩走过去,她正痛苦地呻吟着。是艾丝泰尔,就是当初他在主通道交还给那伙氽刺者的小女孩。

他听到黛拉跪在另一侧,用手在小女孩胸口检查。"她受伤了!我能摸到她断了四五根肋骨。"

艾丝泰尔仍然能认出他来,他察觉到她露出了微弱的笑容。他也能感觉到她眼睛的灵动,他听得出那对眼睛显然是很有目的地在上下转动。

"有一个时段你告诉我说,我会开始氽刺的……在我对此就要失去希望的时候。"她痛苦地说着。

他身后的长矛相互磕碰,回音映出这个孩子的笑容痛得变了形。

"你是对的。"她虚弱无力地继续说着,"我正努力去找你的世界,结果掉进了一口井里。在我爬出来的时候,我开始氽刺了。"

她的脑袋垂在了他的臂弯里,他感觉到她的生命随着一阵颤抖,离开了她的身体。

"氽刺者!氽刺者!"在他身后传来义愤填膺的喊叫声。

"贾里德是炁刺者!"

他抓住黛拉的手冲进隧道,紧跟着,两支长矛击中了他身边的墙壁。他停了一下,拾起这两支长矛,然后顺着通道跑了下去。

第九章

半个时段之后，他们已经跑过了漫长而又陌生的一段通道，贾里德停下脚步，紧张地听了听。

又是它！远远地传来翅膀扑打的声音——可对于黛拉来说，这声音太微弱了。

"贾里德，怎么了？"她紧紧靠在他身上。

他不假思索地说："我想我听到了什么。"

确实，有好一会儿，他都怀疑有恶灵蝙蝠在跟着他们。

"可能是一个炁刺者！"她急切地说着。

"我起先也盼着是，但我想错了。那边什么都没有。"没必要让她提心吊胆——现在还不用。

他尽可能地让对话进行下去，这样一来，他才不必去担心会掉到某个井坑里。话语声提供了持续稳定的回声音源。但话总有说完的时候，终于，四周陷入了一片寂静。这种时候，他就不得不搞些名堂出来，以防那个姑娘察觉他并不是炁刺者。定时咳嗽几声，看似笨拙地让长矛磕碰几下，毫无必要地拖着脚走，好让松动的石子滚在路面上嗒嗒作响——所有这些随兴而发的举动都有助于他探查前方的路。

他让长矛磕在石头上，回声映出走廊里有一个转弯。他正要转过去的时候，黛拉警告说："小心那块垂下的石头！"

她提醒的话音让他清清楚楚听到了那一长条石头的声影。但是太迟了。

砰！

他的脑袋把那根细细的钟乳石撞成了两半，碎片崩落在岩壁上。

"贾里德，"她不解地问道，"你在炁刺吗？"

他假装疼得呻吟一声，借此岔过话头——其实他脑门上磕的那一下，绝不足以造成这么大的痛楚。

"伤到了吗？"

"没有。"他赶紧向前走去。

"看来你没在炁刬啊。"

他一怔。她是不是已经猜到了？他是否就要失去进入炁刬者世界的唯一机会了？

然而，就算确信了他没有在炁刬，她也只是笑了笑，"你正犯着跟我当初一样的毛病——直到我对自己说'去他该死的辐射，管别人怎么想呢，我就是要炁刬我想要的一切！'"

借着她清晰发出的音节所产生的回音，他立刻将前面那片地方的细节牢牢印在了心里，"你说得没错。我没在炁刬。"

"我们没有必要再否认自己的本事了，贾里德。"她挽住了他的手臂，"现在那一切都过去了。我们第一次能真正做自己——真实的自己！哦，这难道不美妙吗？"

"当然了。"他揉了揉脑门上的包，"太美妙了。"

"在底层世界等着你的那个姑娘……"

"泽尔达？"

"这名字真够怪的……那张被头发遮着的脸也够怪的。她算是……朋友吗？"

对话产生的回音又回来了，他又能清清楚楚听到所有的坑坑洼洼了。

"是的，我觉得你可以把她称为朋友。"

"好朋友？"

他游刃有余地拉着她绕过一个浅浅的井坑，隐隐希望能得到一声夸奖，比如："现在你在炁刬啦！"但她并没有这么开口。

"没错，好朋友。"

"我猜……按当时那个形势来看，她是专门在等你呢。"

他脑袋一歪，笑了。十分明显，炁刬者并不缺乏正常人的感情。而且听她问出下一句话的时候，听到她说话时噘起了嘴，他多多少少有些沾沾自喜——她说："那你……会想念她吗？"

他掩饰住自己的开心，勇敢地表示："我想我能克服。"

他又假装咳嗽了几声，发现阵阵回音里出现了一团模糊不清的空阔。

247

很幸运，他这时迈出的步子踢到了一块石子。石子弹跳的声音勾勒出一道裂口断层的细节，裂缝横贯了一半的通道。

黛拉警告说："岛刺那里……"

"我岛刺到了！"他喊道，说着领她绕过危险地带。

过了一会儿，她淡淡地说："你有很多朋友，对吗？"

"我觉得我不曾孤单过。"说完他就有点后悔了，寻思着一个岛刺者处于他的境况之下，是应该觉得孤独的——至少对自己的际遇会深感不满。

"甚至并不知道你……与其他人都不一样？"

"我的意思是说，"他赶紧解释道，"大多数人都很好，我几乎忘了自己与他们不一样。"

"你甚至都认识那个可怜的岛刺者小孩。"她若有所思地说道。

"艾丝泰尔。之前我只听到……岛刺到过她一次。"他把那次在通道里遭遇的那个离家出走的女孩的事情讲了一遍。

等他讲完，她问道："而你就让摩根和其他人那么走了，甚至都没告诉他们你也是岛刺者？"

"我……那个么……"他咽了下口水。

"喔，"她好像这才明白过来似的，"我忘了……当时你跟你的朋友欧文在一起。他会听到你的秘密。"

"没错。"

"不管怎样，你深知底层世界有多么需要你，你无法舍弃他们。"

他有些疑惑地听着她。为什么她这么快就给他那个只是试探性的问题找了个答案出来？就仿佛她先是突发奇想地把他绕进了陷阱，然后又轻车熟路地把他捞了起来。她是不是知道他并非岛刺者了？一时间，似乎他要对岛刺者、黑暗、眼睛、光明的探索计划又落入了虚无缥缈的回声之中。

又一阵不祥的翅膀扇动声音传来，打断了他的思绪，他心里一沉——不过这声音对于黛拉来说还很远，她还没听到。他没有放慢脚步，不过，注意力已经全然放在了那不祥的拍打声上。现在有两只猛兽在追踪他们了！

按理来说，现在应该尽快挖个掩体，好及时应对恶灵蝙蝠，赶在它们招来更多同类之前做好准备。他心中对此早就有数。不过他迟迟没有行动起来，只是暗暗希望通道会变窄，窄到只能让他和这个姑娘通过，而恶灵蝙蝠过不去。

他放慢了脚步,等着黛拉说些什么,好产生更多的回音。

砰!

肩膀撞到了悬垂的岩石,这一下并不怎么严重。只是让他的身子转了半圈。

他一阵恼怒,从口袋里掏出一对叩石急速叩响起来。她爱怎么想就随她辐射的去想吧!如果他不是炁剩者这件事暴露了,那也随它去吧!

黛拉却只是大笑起来,"继续走吧,用上你的石头,要是这么做能让你感觉更保险的话。在我刚下定决心炁剩的时候,我也一样。"

"你也一样?"他现在迈出了轻快的步伐,前面的一切清晰地浮现在耳中。

"你很快就会习惯的。是气流导致了所有的问题。气流很美,但是很累人。"

气流?这是否意味着她能以某种方式感受到通道里缓慢飘旋的空气?那种东西他只能在长矛或是箭支飞过时听到。

这回轮到黛拉脚下磕磕绊绊了。她跌倒在他身上,让两人全都失去了平衡,一直骨碌碌地滚到墙边。

她紧紧搂着他,他能感觉到她胸口上由呼吸带来的温潮之气,她温软的身子紧紧贴着他。

他将她在怀里搂了一会儿,她低声说:"噢,贾里德——我们就要快快乐乐的了!从没有哪两个人像我们这样互相体贴、彼此理解!"

她的面颊滑嫩,贴在他的肩头,她那头整整齐齐束在脑后的秀发软软地垂在他的手臂上,随着她脑袋的微微晃动而舞动着。

他丢下长矛,抚摸她的脸蛋,感受那柔顺的肌肤,从发际线到两腮的线条分明而美妙。她的腰肢正好握在他的另一只手里,曲线动人,柔韧灵动,怯生生地延伸到浑圆的臀部。

直到此时他才完全意识到,她并不只是他通向某个终点的跳板。而且他很肯定自己想错了,他曾怀疑她是在哄骗他——而如今他十分肯定并不是那样,以至于自己甚至想要抛开一切,只想与她一起去一个遥远的、无忧无虑的世界安度一生。

但是,理性唤醒了白日梦,他猛地绰起那两支长矛,在地面上一撑。黛拉是一个炁剩者;他不是。她会在她的炁剩者世界里找到快乐,而他必将投身于对光明的追寻——如果在冒冒失失侵入炁剩者的地盘后,他还能设

249

法幸存下来的话。

"你现在在炁刾吗,黛拉?"他谨慎地问道。

"哦,我随时随地都在炁刾。你很快也会这样了。"

他试探性地、带着些许希望仔细听着,希望能察觉她周围是否有东西会发生微妙的变化。但他什么都听不出来。一定就是之前他所怀疑过的那样:他所寻觅的那种缺失太微小了,只有在许多炁刾者同时出现的时候,那种效果重重叠加之后,他才有可能觉察到。

但是,等等!还有一个更为直接的途径。

"黛拉,告诉我……你对于黑暗是怎么想的?"

她把这问题又念了一遍,借着声音,他听得出她皱起了眉峰,然后她不很确定地说:"世界上最丰饶的便是黑暗……"

"罪恶且邪恶,毫无疑问。"

"当然了。还能是什么?"

很明显,她对于黑暗一无所知。或者说,就算她能有些许的觉察,她也还是认不出那究竟是什么。

"你为什么这么执着于黑暗?"她问道。

"我就是在想,"他顺势说着,"炁刾肯定是某种与黑暗相反的东西——某种好东西。"

"炁刾当然好啦。"她十分认同,跟着他绕过一个小坑,顺着一条突然出现的河岸走着,"这么美丽的东西怎么可能是坏的呢?"

"它……很美?"在最后一刻,他尽力抹掉了疑问的语气。但这话说出来的时候,还是透着些质疑的口吻。

她兴致勃勃地说开了,声音变得生动起来:"前边那块石头——炁刾一下,它从冰冷的土石背景中跃然而出,它是多么温暖柔软啊。现在它不见了,但也就只是消失一次心跳——等温暖的空气流过,就又会出现。现在它回来了。"

他大张着嘴呆住了。岩石怎么可能这一刻在那里,下一刻就不见了?它一直都在反射他叩石的咔咔声啊,难道不是吗?怎么可能!它根本连一个手指头的宽度都没移动过!通道很宽,很直,他能听出来,没多少障碍物。于是,他抛掉了自己的叩石。

"你现在也在炁刾了?是吗?贾里德?你炁刾到了什么?"

他犹豫了一下,然后冲口而出:"在水里……我炁剚到一条鱼。很大一条,在冰冷的河床上很突出。"

"怎么可能?"她很怀疑,"我炁剚不到啊。"

它当然就在那里!他能听到那条鱼为了保持身体平稳,不住地摇摆鱼鳍。"就在那里,没错。"

"但是鱼和它周围的水相比,既不冷也不热。此外,不管是岩石还是其他什么东西,只要是在水里,我就从没炁剚到过……就算是我刚刚把它们扔进去的,我也炁剚不到。"

要掩盖一时的失口,就得再大胆一些。"我能炁剚鱼。可能我炁剚的与你不同吧。"

她听上去若有所思,"这个我倒从没想过。喔,贾里德,没准儿我根本就不是真正的炁剚者!"

"你就是炁剚者!没错!"随后他心里一阵烦乱,陷入了沉默。怎么可能会有人比炁剚者更精明呢?

皮膜翅膀那令人恐惧的扇动声更近了,这让他心头一紧。让他惊讶的是,如此异乎寻常的事情居然能逃过这姑娘的注意。那些动物已经顺着通道拉近了一大段距离,这段空间大都很宽阔,适合飞行,它们现在正急速向前。

他一挺身站了起来,竖起耳朵敏锐地听着后方的声音。跟着他们的不再只是两只恶灵蝙蝠了。声音很明显,它们的数量至少翻了一倍。

"发生什么了,贾里德?"黛拉对他充满警惕的沉默很不解。

其中一只动物发出了刺耳的叫声,鼓荡在空气中。

"恶灵蝙蝠!"她惊叫起来。

"就一只。"没必要吓到她,毕竟还有机会把它们彻底甩掉,"你带路。我来防着后面——防止它发起进攻。"

在这种时刻有那么一些优势,还是很让他有点自豪的。有她在前引路,他就没必要时不时去证实自己在炁剚了。现在,她的手握在他手中,自己只需要跟着她走就行了。不过这时候,还是需要发出声音来充实一下模糊的周遭环境,于是他有意继续着对话。

"你这样用手牵着我,"他半开玩笑地说,"让我想起了仁慈女幸存者。"

"那是谁?"

他跟随着黛拉,沿着水流旁的垄脊一路行走,他给她讲了自己童年梦

251

里那个女人的故事,讲了她曾经带着他去拜访跟她一起生活的小孩儿。

"小倾听者?"他讲完之后,她重复着这个名字,"那个孩子就叫这名字?"

"在我梦里就是这样的。他听不到任何声音,只能听到一些虫子发出的无声之声。"

"如果是无声的,你又怎么知道虫子发出了声音呢?"她领着他越过一道小裂缝。

"我记得,那个女人曾告诉我说那种声音是存在的,不过只有小倾听者能听到。她也能听到,不过要在她倾听他的心灵时才行。"

"她能那么做?"

"那可没法知道了。"他呵呵笑了起来,仿佛是在取笑自己曾经幻想过这么荒谬的事,"她就是通过那种途径接触我的。我还记得,她曾说自己几乎能倾听任何地方、任何人的心灵——除了炁刺者。"

黛拉在一根岩柱旁停下脚步,"你就是炁刺者。她进入了你的心灵,这又怎么解释?"

真要命!他一时间又结结巴巴说不出话了。他只是想利用对话的声音来听路。不过他立刻反应过来,"哦,我也是她唯一能倾听心灵的炁刺者。别太当回事儿了。梦境又不是什么符合逻辑的东西。"

她领着路进入了一处更为宽阔的地段,"可你的梦境似乎有点儿逻辑。"

"你这话是什么意思?"

"假如我告诉你,我认得这么一个小孩子,他从来没有朝着发出声音的方向听过,但是不论什么时候,当他的妈妈发现他贴在墙上听的时候,她就总是会发现有一只小虫子趴在那里。"

这一套听上去挺耳熟,"真有那么个小孩吗?"

"就在上层世界……我出生之前。"

"他怎样了?"

"他们将他认定为异类。他被带出去,送到通道里了。那时,他还不到四个孕育期大呢。"

这时候,他隐隐记起自己的父母曾给他讲过上层世界那个异类小孩的故事,一模一样。

"你在想什么,贾里德?"

他沉默了很久,然后笑道:"我终于明白自己为什么常常会梦到小倾听者了。你没发现吗？确确实实有人跟我讲过这么一个人。不过，这段记忆被我埋藏到了记忆深处。"

"那你的那个……仁慈女幸存者呢？"

另一道幕帘在早已忘却的记忆上掀开了，"我甚至能记起听人讲过的另一个异类的故事了，她被底层世界驱逐了，就在我出生前几个孕育期的时候——是个女孩，她好像一直都知道别人在想什么！"

"就是这个了。"黛拉绕过一个转弯继续说道，"现在，你那些古怪的梦境都能说得通了。"

差不多。现在只剩下他幻想中那个永恒者的来历悬而未决。

他将注意力转向前方，听到了一个遥远的、巨大的空旷空间，其中裹藏着汹涌的瀑布。他们正在接近通道的尽头，他已经很确定，前方横亘着一个庞大的世界——是冘剌者的世界吗？他很怀疑，因为他已经很长时间嗅不到冘剌者的气味了。

"太可怕了，"黛拉闷闷不乐地说道，"人们驱逐异类的方式太可怕了。"

"第一个冘剌者就是一个异类。"他转身开始领路，用上了叩石，"但是等他们将他驱逐后，他长到足够大了，便偷偷回来找了一个联姻的伴侣。"

他们走出通道，贾里德听到河水从平整的地面穿流而过，流向对面的岩壁。他大喊一声，阵阵回音投射下来，高处极高，远处极远，令人生畏。喊声从塌落各处的岩石形成的形状各异的乱石堆上反弹回来，发出杂乱无章的声响。

"贾里德，太美了！"姑娘赞叹起来，脑袋四下转动，"我以前从没冘剌到过这样的东西！"

"我们不能浪费时间，要赶紧去对面。"他镇定地说，"水流进对面岩壁的地方肯定有通道。"

她问道："恶灵蝙蝠呢？"她察觉到他声音里的紧张。

他没有回答，而是领她沿着一条平坦的路线匆匆走去，这条道在过去的日子里曾经被高涨的河水冲刷，十分光滑平整。很多次呼吸之后，他们钻进了对面岩壁的通道口——就在此时，一路追踪而来的那些动物从他们身后的隧洞里钻了出来，盘旋向前，恶狠狠的号叫声充斥在这个世界里。

"我们要赶紧藏起来了！"他叫道，"它们用不了一个心跳就会赶上来！"

他们蹚过一道河弯，蹚水的声音映出左面岩壁有一个豁口，勉强容得下他们俩。他跟着黛拉过去,发现自己身处一个小得像是居住洞室般的岩龛里。姑娘累得瘫倒在地,贾里德坐到她身边,耳中听到怒气冲冲的恶灵蝙蝠在通道外面越聚越多。

黛拉把头倚在他肩膀上,"你觉得我们到底能不能找到氚刺者世界?"

"你怎么这么急着要去那里?"

"我……好吧,也许是跟你同样的原因。"

当然了,她并不知道他真正的原因——或者说,她知道? "那就是我们的归属,不是吗?"

"不止于此,贾里德。你确定你去那里不是要……找什么人?"

"什么人?"

她一犹豫,"你的亲人。"

他眉头一皱,"我在那里没有亲人啊。"

"那我猜你肯定是一个原发性的氚刺者。"

"难道你不是吗?"

"哦,不。你明白的,我是一个……庶子。"她又赶紧说,"我是说,这事儿不会影响到咱俩吧……会吗?"

"怎么了?不会的啊。"不过这么说,听上去太若无其事了,"该死的辐射,绝没什么影响!"

"我很高兴,贾里德。"她把脸蛋贴在他的手臂上,"当然了,没有人知道我是庶子,除了我母亲。"

"她也是氚刺者?"

"不。我父亲是。"

他听了听岩龛外面。有些沮丧,不住尖叫的恶灵蝙蝠正开始纷纷退回到他们刚刚离开的那个世界里去,聚而不散。

"可我不明白。"他对姑娘说。

"很简单。"她耸了耸肩,"我妈妈发现怀了我,她就跟上层世界的幸存者联姻了。所有人都认为我是早产。"

"你是说,"他体谅地问道,"你妈妈……和一个氚刺者……"

"哦,不是那样的。他们想要联姻来着。他们有一次在通道里无意中遇到了……然后就会面了很多次。他们最终决定一起逃走,找一个属于他们自己的小小的世界。在路上她不慎跌进一口井里,他为了救她不幸丧命,她只能返回上层世界,别无选择。"

贾里德为这姑娘感到一阵心酸。而且他能理解,她一定十分盼望去到炁刺者世界。他本已用手臂搂住她,将她紧紧拥在自己怀里,但是现在,他又将她松开了。他敏锐地意识到了两人之间的巨大差异。那不单单是炁刺者和非炁刺者之间身体上的差异。那是围绕着截然不同的价值观和标准而形成的、完全背道而驰的思想和信条。而他几乎能理解炁刺者那种对非其族类者所怀的蔑视之情了——那些人仅仅将炁刺当作一种不可理解的功能。

走廊里没有恶灵蝙蝠了,于是他说:"我们最好继续上路。"

但她僵坐在那里一动不动,屏住了气甚至不敢呼吸。有那么一刻,他觉得自己听到了某种微弱的、急促的声音,之前他没注意到。为了确认一下,他叩响了叩石,他立刻感受到了许多小小的、毛茸茸的东西。现在,他能听到无数昆虫的脚如羽毛般扫过岩石的声音。

黛拉尖叫着蹦了起来,"贾里德,这是蜘蛛的世界!我胳膊刚被咬了一口!"

就在他们逃向出口的时候,他都听得到她的脚步跟跟跄跄,几欲跌倒。他伸手一把将她扶住,把她往前推,然后自己也连滚带爬地逃到了通道里面。但是太迟了,已经有一只小小的、毛乎乎的东西落在了他肩上。就在他将它拨落之前,他感到尖锐而致命的毒刺叮了他一口,灼热的剧痛随即传来。

他倚着长矛,将黛拉扛在肩头,跌跌撞撞顺着通道跑了下去。剧烈的伤痛顺着他的手臂蔓延开来,一直钻过他的胸口,钻进了他的脑袋。

但他咬着牙继续走,萦绕在心头的紧迫感激励着他:他不能在这里失去意识——恶灵蝙蝠随时都会回来的;要坚持跑到一口热泉旁边,在那里他可以弄一些热气腾腾的泥膏,把他们的伤口好好处理一下。

他撞到一块岩石,身子反弹出来,站在那里摇晃了一阵,然后他磕磕绊绊地继续走。绕过下一个转弯处,他蹚水顺着一条支流走了一段,等他重新回到陆地上时,终于一头栽倒在地。

水流穿过岩壁流了出去,在他们面前伸展开的是一条宽阔、干燥的通道。他一只手里仍然抓着那两支长矛,拄着地支撑着让自己起身向前,另一只手则将黛拉拽在身边。然后他停下来听了听,听到清脆而单调的滴水声。他用矛尖磕了磕石头,铿铿声为他映出了通道的全貌。

这是一条奇怪的通道,因为他似乎很熟悉,纤细的钟乳石滴下冰冷的水珠，落在下面的小石子上，不远处是一口形状清晰的孤井。他十分确信自己以前来过这里很多次了：就站在那块湿漉漉的针状钟乳石旁边，用手抚摸着它那冰凉、湿滑的表面。

而且，就在他失去意识之前的最后一刻，他认出了这条通道的所有细节，正是仁慈女幸存者的世界跳出幻境，出现在了这里。

第十章

贾里德从那荒诞的场景中清醒过来,从幻境和实际方位的矛盾感中抽离出来。他很确定,自己仍然躺在那条水滴不停地从钟乳石上滴落的走廊里。不过,他同样确定他自己也存在于另一个地方。

水珠的滴答声变成了让人倦怠的嗒嗒声,然后又变回了滴答声,如此交替反复。他发烧滚烫的身子下面,时而是粗糙坚硬的岩石,时而又是一张睡铺,上边铺着用吗哪果皮纤维做的柔软床垫。

当心中的方位感又一次变幻的时候,缥缈的嗒嗒声引起了他的注意,那尖细的回音传来的声影表明,有人坐在一张石铺上,手指正漫不经心地敲打着石头。

光明啊,但是这个男人真老啊!若不是他的手在动,他准会以为那是一具骨架。他的脑袋因为年老体衰而微微颤抖,仿佛是个骷髅。乱糟糟的胡须零零落落不剩几根,一直垂到地面,稀疏得几乎都听不到了。

哒哒哒……滴答滴答滴答……

贾里德回到了走廊里。就像混音的现象发生时一般,那凌乱的胡须幻化成了湿漉漉的钟乳石。

"放松,贾里德。现在一切都得到控制了。"

他几乎从梦中一惊而起,"仁慈女幸存者!"

"叫我莉亚吧,就不会那么别扭了。"

他对这名字一阵迷茫,然后索性在心里说:"我又是在做梦呢吧。"

"就目前而言……你的确是的。"

另一个焦虑的、无声的话语传来:"莉亚!他怎么样了?"

"他正在苏醒。"她说。

"那我也应该能听到了。"然后唤道,"贾里德?"

然而贾里德已经又回到了通道里——只一小会儿。很快，他又回到了吗哪纤维的床垫上，回到了这个小小的世界里，一个轮廓模糊的女人俯身照看着他，对面墙边坐着一个老得不可思议的男人，他不住地敲打着手指。

"贾里德，"那个女人说道，"刚刚那个声音是伊森。"

"伊森？"

"在我们给他换名字之前，你将他叫作小倾听者。"

贾里德更糊涂了。

他觉得是为了安抚自己的情绪，这个女人又说："我无法相信，你居然找到这里来了，在经过了这么多孕育期之后。"

他想要说些什么，不过她打断了他，"不用解释。我从你心中听到了每一件事——你在通道里的事情，以及你是怎么被咬……"

"黛拉！"他回忆起来，大叫了一声。

"她很好。我及时找到了你们。"

他猛然意识到，他现在已经完全苏醒了过来，而且仁慈女幸存者的这番话是真切地说出口了的。

"不是仁慈女幸存者，贾里德……是莉亚。"

这个女人的声影让他大为惊诧。他伸出双手摸到她的面孔，抚过她的双肩，直到她的双臂。为什么……她一点都没变老！

"你在期待什么呢……一个像是永恒者那样的人吗？"她将自己的想法传递给他，"毕竟，在我当初遇见你的时候，我还只是个孩子呢。"

他更用心地听着她。她不是曾告诉他说，只有在睡觉的时候她才能接触他的心灵吗？

"如果你距离很远，就只能在你睡觉的时候。"她明确地解释说，"你距离这么近，就不需要入睡了。"

他研究着她的声影。她大概比黛拉稍高一点。不过她的体态，尽管她比黛拉年长九到十个孕育期，她的体态简直无与伦比。她双眼闭合，后发垂肩，前发齐眉。

他转过耳朵听了听周遭环境，他听到的是一个小小的、凄冷的世界，只散布着几口热泉，每一口周围都一如既往地有吗哪植物丛环抱；一条河流从岩壁流出又流进岩壁；附近还有一张石铺——黛拉躺在那边，沉睡未醒。

所有这些声影,他都是借助那个手指的敲击声听到的——他是永恒者?

"没错。"莉亚证实道。

他站起身来,觉得自己并没有想象中那么虚弱,便在这个世界里走动起来。

莉亚告诫道:"我们不要打搅他,除非是他不敲手指的时候。"

他回过身来站到这个女子面前,仍然无法接受这个事实,他真的在这里了,进入了他那荒诞的梦境之中。"你怎么知道我在那条通道里?"

"我听到你来了。"而且他听出了她的言下之意,在这里,"听到"未必意味着"听到声音"。

她关切地伸出一只手放在他肩上,"我还从你的心里听到,这个黛拉是炁刺者。"

"她以为我也是。"

"没错,我知道。所以我很担心。我不明白你打算要做什么。"

"我……"

"哦,我知道你心里所想的。但我还是不懂。我意识到你想要去炁刺者世界,好让你能追寻到黑暗。"

"也是为了光明。利用黛拉是唯一的办法。"

"我听到的就是如此。但是你又怎么知道她是做何打算呢?我不信任这个姑娘,贾里德。"

"只不过是因为你听不到她在想什么。"

"也许吧。可能是我太习惯于倾听情感、意图,这使得当我只能面对外在形体的时候,就会有迷失之感。"

"你不会告诉黛拉我跟她不一样吧?"

"如果你想要的话,我们就只让她相信你是唯一一个我能进入心灵的炁刺者。不过,我希望你清楚自己是在做什么。"

小倾听者风风火火跑进了世界,最让人惊奇的是,他那兴高采烈的喊叫声居然没有惊醒黛拉,而永恒者也听而不闻,只是继续敲着手指。

"贾里德!你在哪里啊?"

"这边!"贾里德一阵兴奋,没想到这位他甚至根本不认识的老相识居然真的存在。

"他听不到你……记得吗?"莉亚提醒说。

"但是他径直朝我们跑来了啊！"然后，一股气味让他有些迷惑——是小虫子？——从小倾听者身上飘来。

"叫他伊森吧，"莉亚纠正他道，"那是蟋蟀的气味。他有满满一口袋呢。蟋蟀发出的无闻之声会给他提供回音，就像你使用叩石一样。"

这时，那个人到了他跟前，扑到他身上一把搂住了他，又使劲地把他晃来晃去，就好像搂着一捆吗哪枝条。

贾里德久别重逢的喜悦之情被伊森那惊人的块头吓得打了几分折扣。小倾听者是由于他那诡异的听觉被上层世界驱逐的。可就算不是那样，他也绝对会因为他这远超常人的体形被赶走。

"你这个恶灵蝙蝠小子！"伊森呵呵笑着说，"我就知道你总有一个时段会来的！"

"光明保佑，不过最好……"贾里德话说了一半就打住了，一根粗硬而颤抖的手指轻轻触在了他的嘴唇上。

"别在意，"莉亚忙说，"他只有这样才能知道你说什么。"

这个时段里，他们花了好一会儿聊着他们小时候在一起的那些事情。贾里德还不得不一一解释关于人类世界的点点滴滴，还有与那么多人生活在一起是什么感觉、炁刺者近来又有什么花招、最近是不是又有异类出现，等等。

他们的谈话在半途中断过一会儿，因为要从沸腾井里吊起食物，还要给永恒者送去一份。但永恒者只是一语不发地吃着，全然不在意他们。

随后，贾里德对莉亚之前的问题做了一番解释，"我为什么要去炁刺者世界？因为我总有一种感觉，那里就是追寻黑暗与光明的必访之所。"

伊森摇了摇头，"忘了它吧。你到这里了，就留在这里。"

"不，那是我决意要做的事情。"

"恶灵蝙蝠在上啊！"对方叫道，"你以前从未有过那样的想法！"

就在这时，贾里德在耳力余声中捕捉到黛拉在她的石铺上动了一下。

他急忙过去跪在她身边。他摸了摸她的脸，凉爽而干燥，表明她睡过一觉后已经退烧了。

"我们在哪儿？"她虚弱地问道。

他开始从头解释，但不等他讲到一半，他听到她又沉入了梦乡。

到了下一个时段，黛拉把上一个时段昏睡时错过的东西全都补了回来。她默不作声，忧郁地听着贾里德讲述他们身处的这个世界，以及他觉得，遇到莉亚和伊森一定是某些事情的一个序幕。

等后来他们独处的时候，两人跪在一口热泉旁边用新鲜的泥膏敷在蜘蛛咬过的伤口上，他才明白她为何郁郁寡欢。

"你上一次到这里是什么时候？"她问道。

"哦，很多个孕育期之前了，我……"

"吗哪个大头鬼！"她一转身，永恒者手指的敲击声在她冰冷僵硬的后背上发出闷闷的回音，"我必须要说，你的这个仁慈女幸存者真是一个大惊喜。"

"没错，她……"然后他明白了她的心思。

"仁慈女幸存者……我打赌她确实很仁慈！"

"你别那么想……"

"你为什么带我一起来？是不是因为你觉得，那个吓人的巨人很有兴趣找一个联姻伴侣？"

然后她缓和了下来，"哦，贾里德，你是不是已经忘记氘刺者世界了？"

"当然没有。"

"那咱们上路吧。"

"你不明白。我不能就这么一走了之。莉亚救了我们的命。他们是朋友！"

"朋友！"她清了清喉咙，声音尖锐，就好像是挥动鞭子的声音，"你和你的朋友啊！"

她的头傲慢地一挺，大步离开了。

贾里德跟了上去，但是这个世界突然陷入一片寂静，他又收住了脚步。

永恒者不敲手指了！他准备与人交流了！

贾里德小心翼翼地走过这个世界，心头却莫名有些犹豫。莉亚和伊森向来与他亲密无间。但永恒者就像是一个若隐若现的生物，只存在于他那幻想出的往昔之中——他永远都别指望能去理解这个人。

借着前方传来的粗哑喘息声，他找准了方向，朝着那张石铺走去。

"是贾里德，"莉亚无声地介绍着，打破了心里的寂静，"他终于来听我们了。"

他应道:"贾里德?"他的答话稍稍有些滞后,显然是由于健忘而导致了疑惑。

"当然了,你记得的。"

永恒者好奇地敲了敲手指。贾里德立刻捕捉到了一根枯瘦的指头,在每一次敲击的时候几乎完全探进了岩石上的一个小小凹坑里。不知他已如此叩击了多少个孕育期,居然将石头叩出了一个洞!

"我不认识你。"那个声音带着痛苦低声说着,就像岩石相互摩擦般粗糙。

"莉亚曾以某种方式……把我带到这里,很久以前了。"

"哦,伊森的小朋友!"一只骨节突出的手颤抖着伸向前方,它一把抓住贾里德的手腕,那力道弱不禁风。永恒者试着笑起来,但那笑容的影像被凌乱的胡须、突兀的骨骼、走了形的没有牙齿的嘴扰得听不出多少笑意。

"你多大年纪了?"贾里德问道。

尽管他问出了这个问题,但他也知道很难得到答案。那人在莉亚和伊森到来之前,就只是孤身一人生活着。生命周期?孕育期?时间进程对他来说,根本没有什么可以参照的东西。

"太老了,孩子。而且太孤独了。"他那扭曲的声音走了调,仿佛是在对这个世界浓重的寂静发出绝望的呢喃。

"与莉亚和伊森在一起也还觉得孤独吗?"

"他们全然不曾懂得,亲耳听着最亲近的爱人在无数世代之前逝去是什么感受,也不懂得从美丽的原始世界里被驱逐意味着什么,在……"

贾里德插话道:"你曾生活在原始世界?"

"……在听到你的孙辈、重重孙辈长大成人,成为真正的幸存者之后,你自己却被赶走意味着什么。"

"你是不是曾生活在原始世界?"贾里德又问道。

"但是你也没法责怪他们,那是为了清除不会衰老的异类。什么?我是不是生活在原始世界?是的。一直生活到我们失去光明之后的几个孕育期。"

"你是说,你在那里的时候光明仍然与人类在一起?"

仿佛是在挖掘埋藏已久的记忆,永恒者最终答道:"是的。我——我们当初是怎么说的来着?——见过光明。"

"你见过光明?"

对方笑了起来——那是一声微弱的、粗哑的笑声,紧跟着就被喘息和咳嗽淹没了。"见过。"他含混地说着,"就是'看到'这个动词的过去式。去看,看见,见过,曾见到……这些都是看－见。我们在原始世界曾经能够看－见,你知道的。"

看见!又是这个词——神秘而令人激动,就跟包含有这个词的传说故事一样晦涩难懂。

"你听到过光明吗?"贾里德将每个字都说得清清楚楚。

"我见过光明。看－见。无所不在。哦,我们曾多么快活!小孩子在亮光中蹦蹦跳跳,满脸光泽,他们的眼睛闪闪发光,而且……"

"你感受到他本尊了?"贾里德已经禁不住开始喊叫了,"你是否抚摸到他本尊了?你是否听到他本尊了?"

"谁?"

"光明啊!"

"不,不,孩子。我见过它。"

它?这么说永恒者也将光明视为一种非人的事物!"它像是什么东西?跟我讲一讲吧!"

对方却沉默了,在石铺上瘫坐下来。最终,他颤颤巍巍地长长吸了一口气,"上帝啊!我不知道!太久了,我甚至都记不起光明像是什么!"

贾里德摇晃着他的肩膀,"试一试!试一试啊!"

"我做不到!"老人呜咽起来。

"那它是否会对……眼睛起什么作用?"

嗒嗒嗒……

他又开始不停地叩击了,将苦涩的回忆与难以释怀的思绪重新封存,埋进那经年的习惯与精神超脱的重重岩堆之下。

现在,贾里德丝毫不打算离开仁慈女幸存者的世界了——永恒者陈年的记忆为他探索光明的通道开启了新的希望。可他又不能告诉黛拉为何要延长停留在这里的时间,所以他只能假装身体不适,不宜立刻启程。

很显然,黛拉对于他推迟前往压制者世界的解释挺认可,于是不情愿地安顿下来,等他完全康复。

她对于莉亚最初的不信任只是一时冲动,目前来说,两个女人之间的紧张气氛显然缓和了许多。有一次,黛拉甚至告诉贾里德,她对于莉亚和伊森最初的印象可能是错的。她承认说，这一切跟她最初想的全然不同。还有伊森，尽管他有生理缺陷，可也并不像她从前认为的那么吓人、那么笨拙粗鲁——一点都不。

为了顾全大局，莉亚在有黛拉在场的时候会克制自己，不与贾里德和伊森进行心灵交流。这使得黛拉几乎忘记了她的这种能力，或是对此浑不在意了。

而莉亚本身也有一些心理上的不适。尽管她对黛拉挺热情的，贾里德却总能感受到她的重重顾虑，因为她无法倾听那个炁刺者女孩的心思。

这些事态的发展，贾里德都饶有兴趣地关注着，同时也期望着永恒者再一次脱离他的入定状态，再一次寻求与人交流。光明啊！他从这位永生者身上学到了多少啊！

时间过得很快，已经到了他们抵达这个世界的第五时段。黛拉正在河里与伊森泼水玩儿，贾里德则在一块粗糙的岩石上打磨着矛尖，就在这时，莉亚的思维进入了他的脑海：

"请忘记炁刺者世界吧，贾里德。"

"你知道我已下定决心。"

"那你必须重新考虑了。通道里此时到处都是怪物。"

"你怎么知道的？你告诉我说，你害怕倾听它们的思想。"

"但是我倾听了其他人的思想——是那两层世界里的人。"

"你听到什么了？"

"恐惧、恐慌，和我无法理解的怪异影像。到处都是怪物。人们四处逃窜，到处躲藏，爬回他们的岩龛里，片刻之后又再次逃窜。"

"有没有怪物靠近这个世界？"

"我觉得没有——至少现在还没有。"

贾里德意识到事情变得更加复杂了。出发去炁刺者世界可能并不是一个更好的选择，但他似乎最好尽快离开。

"不，贾里德。不要走……求你了！"

他察觉到，这不只是她对他无私的关切。在莉亚的心灵深处，埋藏着纯粹的孤独和剧痛，她害怕自己这单纯而凄凉的世界，再次回到他和黛拉到来之前那毫无生机的孤寂之中。

然而他已然下定决心，唯一遗憾的是没法与永恒者再做一次交谈了。

可就在这时，永恒者的叩击声突然止住了。

贾里德飞奔而去。

在他经过河流的时候，黛拉不再泼水，问他道："你要跑去哪里？"

"去听永恒者。然后我们就上路。"

贾里德坐到石铺上急切地问："我们现在能谈谈吗？"

"走开吧。"永恒者不高兴地咕哝着，"你只是想让我回忆。可我不想回忆。"

"该死的！我只是在追寻光明！你能帮助我！"

这个世界里只听得到永恒者那吃力的呼吸声。

"请尽量想一想关于光明的事情啊！"贾里德恳求着，"它是否会对……眼睛有什么作用？"

"我……不知道。我似乎能记起什么关于亮光的东西……我想不起别的来了。"

"亮光？那是什么？"

"就像是……受到一声巨响的轰击，以及浓烈味道的熏染，再狠狠地被打了一拳，可能就是这样吧。"

贾里德听到永恒者脸上露出不确定的神情。这个人或许能告诉他，他要追寻的到底是什么。但这个人说的话都是谜语，比那些云遮雾罩的传说故事强不了多少。

在这副不住点头的骷髅面前，他尽量不让沮丧之情流露出来。因为他的面前可能就有那些问题的全部答案——光明如何为人类造福？它如何在刹那间触摸到所有的事物，并在一瞬间让每一件事物都变得优雅精美？只要洞穿那层遗忘的幕帘，就能得到答案！

他猛然又转向另一个方向，"那么黑暗呢？你知不知道关于它的任何事？"

他听到对方一阵战栗。

"黑暗？"永恒者重复着，犹豫了一阵，突然间声音充满了恐惧，"我……噢，上帝啊！"

"怎么了？"

他剧烈地颤抖起来。他那扭曲的面孔变成了一张充满恐惧的怪诞面具。

贾里德从未听到过如此这般的惊恐。对方的心跳急促起来，脉搏声就像是受了伤的恶灵蝙蝠在挣扎，每一次短促的、飘忽不定的呼吸都仿佛是最后一次呼吸。他想要站起来，但随即又跌坐在石铺上，把脸埋在了双手里。

"哦，上帝啊！黑暗！可怕的黑暗！现在我记起来了。它就在我们身边无处不在！"

贾里德惶惑不安地想要退开。

但这位隐士一把抓住了他的手腕，拼尽全力把他拉了回来。然后，他那凄惨的哭声传遍了这个世界，又涌出了通道：

"感觉到它的压迫了吗？可怕、漆黑、邪恶的黑暗！哦，上帝，我不想记起！但你让我记了起来！"

贾里德警觉地听着，万分恐惧。永恒者感受到黑暗了吗？就在此刻？或者他只不过是记起了它而已？不，他说了，"它就在我们身边无处不在"，不是吗？

贾里德艰难地退开，任由老人在惊恐与哭泣中挣扎。"你感觉不到吗？你看不到它吗？上帝，上帝啊，让我从这里出去！"但贾里德什么都没感觉到，身边只有凉飕飕的空气。然而他害怕了。就好像永恒者那强烈的恐惧被他吸进了自己的身体里一样。

黑暗是不是某种你感受过的东西？也许该说看过……或见过的东西？但是如果你能看到它，那就意味着你对黑暗所持的敬畏，应该与卫道者坚信应该对光明无上士所持的敬畏完全相同。但是……是什么呢？

有好一会儿，贾里德心中升起一种绝望的恐惧，生怕自己会永远听不到、嗅不到、感触不到。那是一种邪恶的、诡异的感观，一种令人窒息的寂静——虽不是全然无声，却既像无声那么熟悉，又比无声的意义更为深刻。

他来到黛拉身边，她正跟莉亚和伊森在一起。谁都没有说话。就好像那令人难以捉摸的恐惧蔓延到了所有人的身上。

黛拉已经将一些食物打进了包裹，莉亚不再违拗他的决定，收拾好了他的长矛。

沉默、不安和肃穆的气氛压抑着所有人。他们一行人朝出口走去，没有人道别。

顺着通道走了几步，贾里德转过身，许下了承诺："我会回来的。"他不经意地让长矛碰了碰墙壁，借着声音探明前路，一路走了下去。

仁慈女幸存者、小倾听者以及不可思议的永恒者所生活的这个阴郁世界，缓缓沉淀回了他的记忆深处。贾里德心中生出一种浓浓的失落感，他意识到回忆其实与梦境别无二致，对他来说，莉亚的世界存在于世的唯一证据，只有他记忆深处那仍在激荡的一点余波。

第十一章

在一路跋涉的这个时段里，黛拉始终默不作声地跟着他。她的心中充满了焦灼、犹豫，贾里德能从她脸上将那份焦虑听得清清楚楚。她是不是对他说过或是做过的什么事情感到紧张？光明在上，他已经对她的担忧解释得明明白白了。

离开莉亚的世界之后，他便设计出一套巧妙的花招来制造回音。这完全不会引起黛拉的怀疑，他信心满满。于是，一声又一声的口哨充盈在了走廊里。

最终，通道越收越窄，有一段他们不得不爬着才能过去。爬到另一头，他直起身子在地上磕了磕长矛。

"现在我们能松一口气了。"

"怎么？"她靠在他身边。

"我们身后不会有恶灵蝙蝠的威胁了。它们可穿不过这么窄的隧道。"

她沉默了片刻，"贾里德……"

他知道，她早就想问的那个问题终于要来了。但是他决定先发制人，"前边是一条很大的通道。"

"是的，我觉刺到了。贾里德，我……"

"而且觉刺者的气味很浓。"他绕过一道窄窄的裂缝，他话语的回声中清晰地反射出裂缝的形状。

"是吗？"她急切地往前走去，"也许我们接近他们的世界了！"

他们抵达了一个岔道口，他站在那里，绞尽脑汁地判断应该走左边还是右边。然而，他突然一阵紧张，本能地握紧了长矛。与觉刺者的气味混杂在一起的，是一种神秘的、邪恶的气味，这让空气变得污浊不堪——这种恶臭他绝不会认错。

"黛拉,"他低声道,"怪物走过这条路了。"

但是她仿佛没有听到。她已经满怀期待地顺着右手边的岔道走了下去。他都能听到她绕过了不远处的一个转弯。

随即传来刺耳的岩石滑动声,其间夹杂着一声尖叫。

通道的形貌在刺耳的回声中印在了他的脑海里,他朝那个巨大的裂洞冲去,姑娘惊恐的叫喊声已经被吞没在里边了。

到了松动的岩石那里,他打了个响指,探清了裂洞的声影。在紧挨着洞口的碎石堆那里,嵌着一大块坚硬的砾岩。他把长矛放下,其中一支却立即滑开,顺着洞口边沿溜了下去。落入洞底的过程中,矛杆不停地磕碰着洞壁。撞击声持续不断,直至渐渐消失在遥远的深处。

他赶忙捡起另一支长矛,放到可靠的地面上,同时狂呼着:"黛拉!"

她惊恐地小声应答道:"我在下面……在一块突岩上。"

他不由得感谢光明,她的声音听上去并不远,也许他能把她救上来。

紧紧抓住旁边那块砾石,他将身子探进了深渊,又打了个响指。回音让他知道,她就在下方距地面不远的一块突岩平台上缩成一团。

他伸出手去触碰到了她的手,于是抓住她的手腕,用力把她拽出洞口,然后将她一把送出乱石堆,推到了坚实的地面上。

他们从洞口旁退回来,又一块石头从坡上滚下,直落深处,撞击声不绝于耳。刺耳的回音映出姑娘脸上早已花容失色。

他让她哭了一会儿,然后抓住她的双臂帮她直起身子。他呼吸的声音反射在她脸上,他听到她大睁的双眼,似乎别的五官都已不重要了。他几乎能感受到那双眼睛的锐利、张力和一眨不眨,一时间,他觉得自己就要领悟到怎刺的本质了。

"那就像是发生在我母亲和我父亲身上的遭遇,一模一样!"她冲着那道深渊点了点头,"这是一个预兆——仿佛有种声音在告诉我们,他们未能共同走下去的地方,就由我们来继续前进!"

她的双手扶上了他的肩膀。他不由得想起在另一条通道里,她那温软的身体紧紧依偎在他身上的情形,他将她搂进怀里吻了吻。姑娘的反应起先很热烈,但很快就冷静了下来。

他拾起长矛,"好了,黛拉。到底怎么了?"

她毫不犹豫就将那个迟迟没有说出口的问题问了出来:

"你要追寻……光明？这一切到底是怎么回事？我听到你朝着永恒者大喊，还问他关于黑暗的事情。那把他吓得失魂落魄。"

"很简单，"他耸了耸肩，"就是你听到的那样，我在追寻黑暗和光明。"

在他们重新上路的时候，他感觉到她困惑地皱起了眉头。一个吗哪果壳在她的行囊里每走一步就磕碰一下，这声音正好足以映出通道的声影。

"这不是神学问题，"他说，"我只是有这么一个想法，黑暗和光明并不是我们所认为的那样。"

他察觉得到，她的困惑渐渐变成了一丝怀疑——拒绝相信事情只是这么简单。

"可这毫无意义啊。"她争辩说，"每个人都知道光明士是谁，黑暗是什么。"

"那咱们就先不管那个了。这么说吧，我只是有一个不同的想法而已。"

她沉默了片刻，"我不明白。"

"别拿这事儿困扰你自己。"

"但是永恒者……黑暗对于他来说意味着某种不同的东西。他对于身边无处不在的'邪恶'并不恐惧。他是被别的什么东西吓坏的，对吧？"

"我想是的。"

"是什么呢？"

"我不知道。"

她又沉默了好一阵子，他们一路上经过了好几个岔道口，然后她又说："贾里德，这一切跟去氽刾者世界这件事有什么关系吗？"

他觉得，在自己的氽刾者身份不会遭到更多质疑的前提下，他可以在一定程度上开诚布公，"从某种意义上来说，没错。就像氽刾与眼睛有关系一样，我相信黑暗和光明也以某种方式与眼睛发生着关系。而且……"

"而且你认为你能在氽刾者世界找出更多与此有关的东西？"

"一点不错。"他领着她走在一条漫长的弯道里。

"这就是你要去那里的唯一原因？"

"不。跟你一样，我也是氽刾者，那里是我的归属。"

他听到姑娘轻松了下来——她的紧张彻底松懈了，心跳也平和了。他的直言相告显然让她的焦虑得到了缓解，现在，她对于他那异想天开的探索反而有些不屑一顾了，那件事对于她的个人利益而言，并不会有什么特别大的威胁。

她让自己的手自在地握在他手里，他们继续顺着这条弯道向前走去。可就在这时，他突然捕捉到前方有一丝怪物的气味，他猛地停下。同时，他远远离开左侧墙壁。因为，甚至就在他听着那平淡无奇的墙面时，一团难以察觉的寂静之声已经开始在潮湿的石头上显现出来了。

这一次，他对这种诡异的感观差不多准备充分了。他尝试着闭上双眼，果然，立刻便感觉不到那舞动的声响了。他又睁开眼睛，无声无息的反射立刻又回来了——就像一声低语柔柔地在光滑的岩石表面传播。

"怪物来了！"黛拉警告说，"我炁刿到它们的影像了——就在那边的墙上！"

他侧脸对着她，"你炁刿到它们了？"

"差不多算是炁刿。贾里德，咱们赶快离开这儿！"

可他只是站在那里，全神贯注地感受着那种怪异的无声之声在墙上晃来晃去，它从未进入过他的耳朵，只是让他的眼睛感觉好像有人把热水泼在上面了一样。她说她炁刿到了影像。那是否意味着，炁刿就跟他现在所感受到的东西很像？

然后，他凝神听着从弯道那边传来的声影。只有一个怪物。"你往回走，在第一个岔道里等着。"

"不，贾里德，你不能……"

但是他将她顺着通道推了回去，然后轻轻一缩身，躲进岩壁的一个凹龛里。凹龛很狭窄，他听到没有足够的空间施展长矛，便将它放在了地上。然后，他闭上眼睛，将那怪物跑来时的令人迷惑的声影掌握得清清楚楚。

那个生物已经到了转弯处，贾里德能听到它紧贴着自己这侧的墙壁。他又尽量往岩龛里挤了挤。

那东西散发出的恐怖、怪异的气味越来越近了，让人难以忍受。同时声音也很清晰，遍体无数褶皱，飘摆不定——如果那真是褶皱的话。如果那东西与一般人的呼吸强度和心跳速率一样，那它已经越来越接近自己的藏身之处了……就是现在！

他猛地冲进走廊，挥拳打向他认为那个生物的腹部。

怪物肺里的空气被击得一口喷了出来，它向前一扑，便倒向了他。他上前撑住那本以为是黏糊糊的身体，又朝它脸上挥出一拳。

当听到那怪物跌倒在地时,他不安地睁大了眼睛。他略怀着一丝期待,既然它已经失去了意识,希望现在不会再有那种奇怪的寂静之声从这家伙身上扩散出来了。确实没有。

他跪下来,大着胆子伸出手去触摸那个生物。他发现它的身体根本不是遍体长着花里胡哨的褶皱。它的手臂、双腿和躯干全都被一种柔软而合体的布料覆盖着,而这布料比他当初在底层世界入口发现的那块织物还更加精致。原来他感受到的是遮体之物的声影!谁曾听说过一点都不紧身的胸衣或是腰布呢?

他的双手向上摸去,碰到了一件用更为厚实的布料做的东西,跟他在底层世界外面掩埋的那块布料一样。它紧紧裹在怪物脸上,用四条带子在脑后固定住。

他把这块布扯下来,手指游走在……一张普通的人类面孔上!这更像是女人或小孩的脸,光滑、没有胡须。但是线条很有男子气。

怪物居然是人类!

贾里德直起身子,他的脚触到一个硬硬的东西。去碰它之前,他弯下腰打了几个响指,然后毫不费力地认出了那件东西——正是怪物丢在上层世界和下层世界的那种管状物。

那个生物身子一颤,贾里德丢下那件东西,伸手抓起长矛。

就在这时,黛拉急匆匆跑了过来,"还有好些怪物……从另一条路来了!"

听了听弯道一带的动静,他能听到它们在接近。而且,他意识到它们那种神秘的无声之声是沿着通道右侧墙壁在晃动。

他拉起姑娘的手,顺着通道猛跑起来,同时让手中的长矛击打地面,产生接连不断的声响。

他听到前面有一条小小的岔道,于是放慢脚步,小心翼翼走了进去。

"咱们走这条路吧,"他提议说,"我想这里更安全。"

"这条通道里炁刺者的气味也很浓吗?"

"不,不过我们会再闻到的。这些小隧道常常会绕回原路。"

"喔,好吧。"她安慰着自己,"至少我们能避开怪物一会儿了。"

"那些不是怪物。"他心里推测着,就像是聆听无法精细区出柔软的布料和皮肉一样,炁刺到的影像多半也做不到这一点,"它们是人类。"

他听到她吃了一惊,"怎么可能?"

"我猜它们是异类——比其他所有的异类加在一起更加异类。甚至比炁刺者更高级。"

他让姑娘领着路，紧张地思索着怪物带来的种种困惑。也许它们终究就是邪魔。双生魔的传说是老生常谈了，不过还有一些不太流行的传说讲到，住在辐射里的妖魔并非两个，而是很多。现在他甚至能记起来几个故事，那些妖魔常常化身为人形出现：有碳14；有两种铀——铀235和铀238；有钚239，还有更为强大、阴郁而邪恶的热核深渊——氢。

辐射魔下的邪魔有很多，现在他想起来了。所有这些妖魔全都有本事造成最严重的污染，它们善于潜伏渗透，巧妙伪装，并能长久地持续产生影响。从神话中跳脱出来的这些妖魔，是不是终于决定要施展它们的威力了？

姑娘在一段乱石松动、高低不平的路面上慢了下来。脚下石头错动的声音让听路显得更容易了些。

他发现自己忽然想起了刚刚在走廊里的那次遭遇。毫无疑问，投射在墙上的寂静之声十分引人注意，而一旦人们能尽力克服它带来的最初恐惧，就可以体会到那种特殊的感觉。沉浸于那些感观之中，他想起当时似乎是十分清晰地听到——或者说是感觉到，或者，也许，就是炁刺到——墙面的各种细节。他当时完全能察觉到墙面上每一道微小的裂缝，以及每一块凸起。

然后，他突然僵住了，他回忆起了卫道者不久之前说过的一些话——天堂里的光明附着在每一件事物上，让人们对他周围的一切有了全面的认识。但是，当然了，怪物产生的那种投在墙上的东西，不可能就是无上士本尊啊！而且走廊也不可能是天堂！

不。那不可能。那种像是人类的怪物，时不时地投射在通道上的可怜东西，也绝不是光明。最终他对此坚信不疑。

他们继续顺着这条崎岖不平的隧道前进时，他的思绪又转向了另一件事情。有那么一刻，他的手指似乎已经碰触到这条通道所缺失的东西了。但是这个念头太模糊，他理不出个头绪来。最终他认为，他可能在这条偏远、荒凉的走廊里，无意间发现了光明的对立面——黑暗，而这也只是个一厢情愿的想法罢了。

黛拉在岩壁的一处洞口前停了下来，把他拽到自己的身边，"炁刺一下这个世界！"她兴高采烈地说。

从洞口处吹进来的风让他的后背凉飕飕的，他站在那里，听到了悦耳的潺潺水声，他利用水流的回声，细细打量起这个中等大小的世界来。

"多漂亮的地方啊！"她赞叹着，"我能觉刺到五六口热泉，还有至少两百株吗哪植物。在河岸边上……爬满了蝾螈！"

她说话的时候，话语声将周围的一切都勾勒了出来。贾里德欣喜地发现，左边的岩壁上有几个天然洞穴，高高的穹顶形成了完美的圆形，整个地面光洁平整。

她紧紧挽着他的手臂，两人走进了这个世界。风从走廊里吹进来，带来一股底层世界从未享受过的清新之气。

"我在想，这是不是就是我的母亲想要去的那个世界。"姑娘幽幽地说着。

"她不可能找到更好的地方了。要我说的话，这里容得下一个大家族，而且够好几代子孙生存的。"

他们坐在堤岸的斜坡上欣赏着下面的河水，贾里德倾听着水面下大鱼的游动声，黛拉则从行囊里取出了吃的。

过了一会儿，他在她的沉静中捕捉到一丝疑惑不解的情绪。

"有什么事仍在困扰着你，是吗？"他问道。

她点了点头，"我仍然无法理解莉亚和你。我现在懂了，她是在你的梦里接触你的。然而你自己说过，她无法接触觉刺者的思想。"

现在他十分确信，她并不知道他不能觉刺。因为，如果她是为了某种私心利用他远赴这里，那她最不应该做的一件事，就是让他知道她一直都在怀疑他。

"我已经告诉过你了，我觉得我与其他的觉刺者略有不同。"他说，"现在，我觉刺到有半打鱼在河里游呢。可你一条都觉刺不到。"

她仰面躺在了地上，双臂交叠枕在脑袋下面，"真希望你别太不一样了。我可不想觉得自己……低人一等。"

她不经意的自嘲却击中了要害。她比他高一筹，这正是他一直以来心怀芥蒂的事情。

"如果我们不去找觉刺者世界，"她说着打了个哈欠，"那这个世界就是个安身的好地方了，对吧？"

"也许留在这里就是我们最好的选择。"

他在她身边舒展开身子躺下，借着自己微弱的呼吸声，他甚至都能听到她那张魅力十足的脸，听到她那线条柔和而坚定的肩膀、腰身……所有这一切都笼罩在周围静谧的温柔呢喃之中。

"这也许是个……好主意。"她昏昏欲睡地说，"如果我们……决定……"

他等待着，可从她的方向只传来一阵入睡的喃喃声。

他翻了个身，将一条胳膊枕在脑后，想要驱散那个伤感而令人渴望的念头，这个念头已经开始动摇他的目标了。尽管他并不想承认，但留在这里，和黛拉一起留在这个偏远的世界里，永远将炁刺者、人形怪物、恶灵蝙蝠、上层和底层世界、幸存者首领，以及所有那些社区生活形态的繁文缛节都抛诸脑后，是一件不能更棒的事情了。而且，没错，甚至比他对于光明与黑暗毫无希望的探索更棒。

但那并非是他所能得到的。黛拉是个炁刺者——一个高人一等的异类。对于她和她的超凡本事，他永远只能仰视，而自己绝不能做到。在某一次侵袭的时候，他听到一个炁刺者对另一个是怎么说的来着？——"炁刺者光临这里，就好比只有一只耳朵的人到了聋子的世界里。"

就是这样。他永远都像一个残疾人，要黛拉用手拉着他走。在她那个气流涌动、万事万物超乎理性规律、让人难解的世界里，他永远别指望能听明白，他会迷失，会一事无成。

即使睡得很沉，他也知道自己和姑娘已经躺下好久了——差不多有一整个睡眠时段了，或者更久。在他觉得自己就要转醒的时候，耳边突然传来了尖叫。

可如果是黛拉在叫，那一定会将他从梦中惊醒。而他压根儿没有醒转过来。那声音是在他的意识中惊叫不止。而且那叫声似乎来自他心灵深处，犹如一股充满恐惧的旋风席卷而来。

然后，他分辨出那绝望的、寂静的号叫声中所包裹着的，正是莉亚。他尽力从这狂暴嘈杂的声影中提取出具象的含义。但那个女人极其恐慌，无法将她心中的恐惧化为语言。

他钻入那恐怖、惊惧、崩溃的情感深处，捕捉到了一些声影碎片——叫喊声，尖叫声，四处逃窜声，寂静之声无情地咆哮在那些他童年幻境中温馨而真实的岩壁上，偶尔传来几声嗤嗤声。

这影像不言而喻：人形怪物终于找到了莉亚的世界！

"贾里德！贾里德！恶灵蝙蝠……从通道里来了！"是黛拉摇醒了他。

他抓起长矛一跃而起。有三四只，其中一只已经飞进了这个世界，几乎就在他们上方。千钧一发之际，他把黛拉扑倒在地，并将长矛支在地上等着它的冲击。

领头的野兽号叫着恶狠狠地直扑而下，胸口正好撞上了矛尖。长矛几乎捅进去了一半，那只野兽发出刺耳的尖叫声，随即重重砸在了地上。

第二只和第三只一阵暴怒，直扑而来。

他一把将姑娘甩进河里，随即也跟着纵身跃下。一入水他便叫苦不迭，他发现水流出乎意料地湍急，立刻便将她冲走了——一直冲向通入地下河道那一侧的岩壁。

他觉得自己无法及时把她拉回来了，但他拼尽全力向前游去。一只恶灵蝙蝠的翅尖扫到了他前方的水面，爪子差一点就抓住了他。

他又划了一下水，手触到了黛拉的头发，那长发正在水面上翻滚，他一把将它揪住。但是太迟了。水流已经将他们带进了地下河道，身后巨浪汹涌，排山倒海。

（未完待续）

幻想书房

刘皖竹 译

《玩家一号》

[美] 恩斯特·克莱恩

出版社：Broadway, 2012

《玩家一号》的故事发生在 2045 年，那时地球上的资源已经耗尽，社会秩序几近荡然无存，变成了一片可怕的废墟。尽管有些孩子依然照常上学，部分政府机构也还在运转，但这都与故事的主角韦德·沃兹无关，他一直过着艰苦的生活。

韦德是一个身材肥胖的普通少年，脸上还长着青春痘。他几乎将所有的空余时间都耗费在一个名为"绿洲"的虚拟世界中。尽管韦德不太合群，但他却足智多谋，富有创造力。他破解了世界首富、绿洲创始人詹姆斯·哈利德留下的"密钥"，将继承他的巨额遗产，这引来了多方势力的追杀。在书中，作者以一个狂热粉丝的口吻提到了许多电子游戏和街机游戏，尤其是 20 世纪 80 年代的作品，在这一时期，大量酷炫的音乐和游戏作品横空出世。对于那些热爱游戏、厌恶学校、害怕和女孩交往的男孩子来说，这本书算得上是一次刺激之旅。

这部作品获得了读者的广泛好评，人们认为它描绘了一个"新奇的"未来，并塑造了一个独特的英雄角色。不过，倘若在《玩家一号》的亚马逊页面上写下这些评价的读者此前从未读过任何科幻作品，也没看过《黑客帝国》《银翼杀手》《纽约大逃亡》和《十二猴子》这样的电影，他们发出这种感叹倒是情有可原。

事实上，这本书中没有一丁点儿新颖的元素。故事的主角不过是科幻作品中常见的青春期男孩罢了，就像海因莱因笔下的火星少年和奥森·斯科特·卡德书里的安德。当然，韦德的确依靠他的智慧渡过了难关，但他所谓的智慧不过是高超的游戏技巧而已，在现实世界中这种技能毫无用处。在韦德生活的世界中，天空和水体都早已被污染，连人类的思想也没能幸免。而恩斯特描写这些情景的口吻十分热切，仿佛他和他的读者从未接触过这样的设定。我费了很大力气才读完这本书，因为几乎每一页都有直接来自其他科幻作品的梗和人物形象。不过要是你还不满三十岁，看的科幻小说也不多，甚至没看过《黑客帝国》《银翼杀手》或是其他一些电脑极客拯救地球的故事，那么，《玩家一号》还算是个不错的选择。

荐书人：[美] 保罗·库克

《密西西比卷轴：百变王牌》

[美] 乔治·R. R. 马丁 主编

出版社：TOR Books, 2017.12

《百变王牌》是一部小说选集，里面的几个故事虽然作者不同，但都使用了共同的世界观设定，其编者为乔治·R.

R. 马丁与梅琳达·斯诺德格拉斯。在一个有关超能力的角色扮演游戏的启发下，马丁开始搭建整个故事框架：1946 年，外星人在纽约触发瘟疫，接触瘟疫病毒的人都受到了感染，开始变异。有些人成了"王牌"，获得了强大的超能力；而更多人则变成了"小丑"，他们在获得能力的同时，外表也发生了变化，令普通人（被称为"纳兹"）感到恐惧和厌恶。变异之后，这些人并不会发现自己体内的超能力，直到一些特殊事件发生，唤醒他们的能力，而这些特殊事件被称作"翻牌"或"抽牌"。

《百变王牌》系列的第一部同名小说 1987 年由 Bantam Books 出版。自此以后，这一系列小说不停更换出版公司。而这本由 TOR Books 推出的《密西西比卷轴》已经是第二十四本小说，其中每一本的标题都与纸牌有关。尽管这些故事充满黑暗元素，但也不乏幽默、浪漫、刺激与希望，相信一定能为读者带来轻松愉悦的阅读体验。

这本选集由五部短篇小说以及一部中篇小说组成。由史蒂芬·李创作的《高架的阴影中》在最后串联了整本小说，为这本书画上了圆满的句号。故事主角威尔伯·莱瑟斯是蒸汽船"纳齐兹号"的船长，这艘船来自新奥尔良，在这之前还有七艘同名船只。1951 年，在一次争论中，威尔伯受到了债主的枪击，他则利用自己心爱的船只，通过船上的蒸汽为自己报了仇。在这之后，"纳齐兹号"也被拍卖出去，他怀孕的妻子也被迫离开。这时，威尔伯船长才发现自己被困在了船上，成了无形的幽灵，只有在吸收阀门中的蒸汽时，他才能现身。

后来，船上来了一些新船员，包括女船长蒙田、领航员、工程师以及耶利米。耶利米对蒙田忠心耿耿，也是唯一一个相信船长鬼魂存在的人。"纳齐兹号"从此成了小丑们的避难所，他们需要躲过无情的移民局特工，偷渡进新奥尔良寻求庇护。《密西西比卷轴》围绕着一系列爱情故事与侦探戏剧展开，也讲述了"纳齐兹号"的经历，她的新主人决定将这艘船停在辛辛那提，并在那里开设赌场。没了蒸汽锅炉，威尔伯将被永远困在船上，无法逃离。

这本选集中的几个故事环环相扣，倘若不是章节开头的提示和角色的转换，读者很容易误以为这些故事都出自同一个作家之手。小说语言丰富有趣，加上精妙的气氛渲染，使得读者有身临其境之感。书中，每个角色都有自己独特的背景故事，里边有变异的魔术师和他的乌鸦，一对感染瘟疫后外形诡异的表演者，一个长着橡胶皮肤和章鱼触手的男孩，一对正在进行第二次蜜月旅行的保险专员，还有一位同性恋酒店经理和他的伴侣。在故事最后，所有支线都圆满解决，将使你感动落泪。

尽管《百变王牌》系列中的瘟疫设定十分复杂，但这本选集中的故事作者都提供了详尽的解释，使你无须阅读前作也不会产生任何理解障碍。不过在读完《密西西比卷轴》之后，你也许还想读读其他故事。总之，这本书适合那些喜欢阅读现代都市奇幻史诗的读者。

荐书人：
[美]乔迪·林恩·奈 & 比尔·福西特

《数以兆计》

[英]约翰·C. 赖特

出版社：TOR Books，2012

约翰·C. 赖特曾凭借科幻巨著《黄金时代》三部曲崭露头角，这三部令人印象深刻的作品分别为《黄金时代》（2002）、《欢悦的菲尼克斯》（2003）以及《超越黄金时代》（2003）。《黄金时代》三部曲讲述了未来某个太阳系文明对临近恒星的首次探索。在这一系列作品中，赖特通过巧妙的写作手法与别出心裁的情节设置，展现了自己精湛的创作技巧。三部曲的后两部完美承接首作，悬念迭出。而在故事完结之时，所有情节承上启下，形成了一个有机整体。这实在是一次惊人的创举。

如今，赖特先生开始创作另一个系列故事，其中第一部《数以兆计》已经推出平装本，其精美的封面由插画师约翰·哈里斯绘制。《数以兆计》这本书围绕主角梅涅劳斯·伊雷申·蒙特罗斯展开。梅涅劳斯是后启示录时代美国得克萨斯州的一名赏金枪手，同时也是一位精通高等数学的天才。在应征加入一项星际行动后，他需要前往一颗由暗物质组成的恒星。一个名为"纪念碑"的外星人造星体围绕着这颗恒星运行，上边刻满了神秘的数学符号。梅涅劳斯的工作便是破译这些符号，而剩下的成员则负责从钻石星上采集暗物质。

在冷冻休眠前，梅涅劳斯为自己注射了一种特殊血清，进入了后人类基因状态。但在苏醒后，他发现飞船上的其他成员曾暗中破坏自己的行动，导致钻石星向它的造物主发出信号，泄露了人类正在附近徘徊的消息。与此同时，造物主们正朝着人类"赶来"，判断是否有必要征服地球、奴役人类。梅涅劳斯不仅需要处理这一情况（以及考虑如何应付将在八千年后到来的造物主），还得与自己最好的朋友对抗，而后者同样是一名后人类。此外，一段浪漫的三角关系也在酝酿之中。在书中，赖特还花了大量篇幅谈论高等数学（这俨然已经成为当代科幻小说中的必备内容了）。与《黄金时代》中圆满的结局不同，这部小说的结局并不尽如人意。这一系列的第二部名为《神隐千年》，现已推出精装本。将《数以兆计》同"黄金时代"三部曲中的第一部相比较并不公平，因为这是一个完全不同的故事。尽管这本书同样立意新颖，读起来也轻松有趣，但赖特并未使用过多华丽的辞藻，在策划点子时也不算细致入微（这对于支线情节的铺设相当重要，在科幻小说中也十分常见）。也许很多读者并不喜欢这本书，但我却被它深深吸引。如今，许多科幻小说，尤其是短篇小说的口吻都相当压抑，通篇充斥着我无法理解的沉闷（或严肃）。我想，这是由于人们普遍认为"文学作品"应当是严肃的，因此许多作家自觉或不自觉地这样创作。

《数以兆计》的确是一部充满乐趣的作品，它始终妙趣横生，从不惹人倦怠，由此可以推断，这一系列后几部小说的质量也不会令人失望。

荐书人：[美]保罗·库克

《火花》

[美] 大卫·德雷克

出版社：Baen Books, 2017.11

早从20世纪70年代开始，大卫·德雷克便构建了无数奇异的新世界。这些充满想象力的故事有的基于真实历史，有的则仿佛是从他的头脑当中凭空显现出来的。《火花》这部小说情节紧凑，其类别也难以界定，它不仅仅是一个奇幻故事，更颇具科幻气息。从我长达半个世纪的阅读和编辑经验来看，德雷克在这个故事中描绘的世界相当独特，几乎算得上是数一数二了。在这本书中，他笔下的宇宙在新奇之余不失合理，前后呼应一致，鲜少讹误。在这个故事里，人类可以通过踏板车进行太空旅行，在不同星球间穿梭。为了让这个新宇宙拥有理论支撑，作者的灵感源泉来自量子力学。

在量子物理中，思维可以影响亚原子粒子的位置乃至性质。在著名的双缝干涉实验中，电子可以通过两条缝隙中的任意一个。这应当是一个随机事件，但倘若你进行观察，电子将始终通过你观察的那条缝隙。回到故事本身，在德雷克的这个新世界里，宇宙自身的纽带被某种物质削弱，人们生活的世界尽管看似一如寻常，却发生了深刻的变化，就连其物理根基也不复从前。当你试图进入不同的地方时，已知和未知之间将产生扭曲变形。更糟糕的是，在人类生活的现实当中，出现了某种危险的智能生物。此外，人们还发现在那些超现实的空间当中，存在一些古老的遗迹。人们相信在远古时期，曾存在过更加先进强大的科技文明。而宇宙巨变之后残存的这些遗迹，正是其他中世纪文明神器的力量源泉。但这一差异并未影响德雷克的叙事，这着实是一个值得一读的英雄故事。

故事的主角帕尔是一位颇有才华的年轻人，他来自偏远的乡下农庄。由于人类世界中发生的种种变故，这个小镇与世隔绝。帕尔是一个制造者，他能够感受并操控古代神器；同时他也是一位骁勇善战的守卫者，在离开自己生活的农业小镇前，他曾是镇上的守卫头领。这本书便从这个天真的年轻人的旅途开始。帕尔满怀希望，来到了被城墙包围的都城，渴望成为一名战士。战士属于精英阶层，能够自如地使用神器。在这个世界中，人们使用神器当作武器和盾牌，进行战斗。而帕尔一开始使用的是自己制作的武器，无法取得对战资格，还结下了仇家差点因此丧命。正在他想要习惯城市生活时，帕尔认识了一位大师制造者，并最终被他说服，肩负起了一项危险的营救任务。完成任务后，他再次返回都城，希望接受挑战，成为战士。这本小说语言平实，引人入胜。书中描述的世界观十分新颖，同时德雷克还描写了经典的战斗场景，用科幻小说的方式讲述了"圆桌骑士"的故事，着实令人耳目一新，也将为你带来独特的阅读体验。

荐书人：
[美] 乔迪·林恩·奈 & 比尔·福西特

原创小说征稿启事

本征稿启事长期有效

YUAN CHUANG

银河边缘，这里是不折不扣的故事发源地。从基地到川陀，从塔图因到绝地圣殿，无数传说在此演绎……

2018年，八光分文化联合人民文学出版社共同推出"银河边缘"丛书，这是一套由东西方科幻人联合主编的幻想文库，作品主体部分选自由美国科幻大师迈克·雷斯尼克主编的科幻原版杂志《银河边缘》，但也有相当篇幅展示国内优秀的原创科幻小说。在此，我们向国内原创科幻作者约稿。

我们以"惊奇畅快"为原则，着力呈现中外名家及新人作者的中篇佳作，展示更具野心的科幻作品，呼唤长篇时代的到来。

投稿邮箱
tougao@8light-minutes.com

投稿邮件格式
作品名称+作者名

审稿周期
初审十五个工作日回复（长篇除外）

稿费
150～200元/千字（长篇另议），优稿优酬。

字数
不限字数，以2万～4万字中篇为宜，接受长篇来稿。

审稿标准
① 想象力：想象力是科幻小说的核心与灵魂，也是审稿的首要标准。
② 代入感：作者通过剧情、人物等元素，使小说易读，令读者沉浸其中。
③ 剧情逻辑：在人物动机、事件逻辑上没有明显的漏洞，不会让读者产生"跳戏"的感觉。
④ 技术细节：非常欢迎但不强求。

投稿注意事项
① 务必保证投稿作品为本人原创，从未发表于任何平台。
② 切忌一稿多投。
③ 小说请以附件的形式发送邮箱，注意排版，合理分段。
④ 请在邮件末尾提供个人联系方式，如真名、QQ、手机等。同时欢迎加入我们的QQ写作群：494290785。

《银河边缘》编辑部　2018年11月